TRADUCTION

dirigée par
Donald Smith

Correction-révision: Diane Martin,
Monique Proulx, Colette Tonge

Données de catalogage avant publication (Canada)

Barfoot, Joan, 1946-
    [Dancing in the dark. Français]
    Dance à contre-jour
    (Collection Littérature d'Amérique: traduction)
    2-89037-305-3
    I. Titre.   II. Titre: Dancing in the dark. Français
    II.Collection.
PS8553.A73D3614 1986   C813'.54   C86-096456-6
PS9553.A73D3614 1986
PR9199.3.B37D3614 1986

Titre original:
Dancing in the dark
Copyright 1982 by Joan Barfoot
Published by arrangement with Macmillan of Canada,
A Division of Canada Publishing Corporation,
Toronto, Ontario, Canada.

TOUS DROITS DE TRADUCTION, DE REPRODUCTION
ET D'ADAPTATION RÉSERVÉS
Édition française au Canada: Québec/Amérique.

Nous tenons à remercier le Conseil des Arts pour son aide à la
traduction.

Traduction française: Françoise Nadeau.
Dépôt légal:
4e trimestre 1986
Bibliothèque nationale du Québec

ISBN 2-89037-305-3

JOAN BARFOOT

DANSE À CONTRE-JOUR

Traduit de l'anglais
par
Françoise Nadeau

QUÉBEC/AMÉRIQUE
450, rue Sherbrooke est, 3e étage,
Montréal, Québec
H2L 1J8
Tél.. (514) 288-2371

DU MÊME AUTEUR

Abra, Éditions Québec/Amérique
(traduction de Gilbert La Rocque), 1985

1

JE PANSE MES BLESSURES AVEC DU PAPIER ;
avec ce cahier bleu, d'un bleu criard ; ni turquoise, ni
azur, ni marine, mais d'une couleur trop crue et
saisissante. Sur la couverture, il y a des espaces étiquetés
en noir : Nom ——————————— et, au-dessous, Matière
———————————. La date est le 17 août. Je l'ai demandée
à l'infirmière.

En tout petits caractères, dans le coin gauche en bas,
on indique que le cahier est imprimé sur du papier
recyclé. Et je trouve que c'est bien. J'ai toujours approuvé
ce genre de choses, quand je m'adonnais à y penser.

À l'intérieur, les pages sont finement lignées de gris ;
une strie rose délimite la marge sur le côté de chaque
page et trois trous, ronds et précis, sont découpés dans
chaque marge, pas du tout comme ceux, irréguliers et
inégalement espacés, laissés par un couteau dans un
corps. Il y a une netteté rassurante dans ce cahier qui fait
qu'on se sent contraint soit de le laisser vide, soit de le
remplir soigneusement, parfaitement, avec une certaine
douleur dans la perfection.

Je suis sensible à ce qui est soigné, complet et parfait. Aujourd'hui, par exemple. J'ai la chance d'occuper un coin près de la grande fenêtre, de sorte que je peux regarder dehors à mon aise.

Ici, bien sûr, la température est constante, l'atmosphère intouchable. Je ne peux donc pas dire s'il fait étouffant à l'extérieur, mais je ne le pense pas ; je crois que c'est une journée où, à la façon d'un liniment, la chaleur pénètre et guérit le corps.

Hier, il a plu. Mais à l'abri, ici, à l'intérieur, c'était quand même agréable et j'ai pu regarder la grisaille tomber sous forme de bruine. La pluie d'hier donne aujourd'hui à la lumière du soleil une verdeur exceptionnelle, une clarté presque excessive. Tout est clairement défini : les frontières sont perceptibles entre le vert de l'herbe, le gris des troncs et l'émeraude profond des feuilles. Impossible de les confondre.

Par une journée comme aujourd'hui, l'esprit devrait être clair, lui aussi.

C'est de ces détails dont il me plaît de m'occuper : rien de plus vaste que cette chambre, que ce corps. Je m'efforcerai d'attendre la netteté tout en m'écartant de la passion.

Le lit est étroit, couvert de blanc, rugueux. Le lit que j'avais était large, les draps en étaient bleus et, pendant l'hiver, on le recouvrait de l'épaisse courtepointe confectionnée, il y a longtemps, dans la famille de ma mère, à partir de vieux chiffons bleus et jaune tendre, carrelés de rouge et de blanc. Ce lit-là n'avait pas de boutons-poussoirs qui font s'élever de chaque côté des barres de métal luisantes, masse supplémentaire qui dépare la simplicité des lignes. Et il était plus moelleux aussi, alors que celui-ci est dur et étroitement enveloppé.

Il y a deux de ces lits dans la chambre. L'un est le mien et je fais bien attention de ne pas le quitter, ou si peu, de ne jamais trop m'en éloigner car, bien qu'il puisse paraître étrange et laid, il est quand même à moi.

Je peux allonger le bras et le toucher de ce fauteuil à motifs bleus et violets où je m'assois et qui remplit l'espace entre le lit étroit et la grande fenêtre à vitre épaisse. Les chevilles croisées, le dos fermement appuyé au fauteuil, le cahier bleu bien ouvert sur mes genoux qui effleurent le rebord de la fenêtre, j'entrevois encore, dans mon champ de vision, la blancheur des draps lisses. Trois pieds, peut-être, entre le lit et la fenêtre.

C'est exactement l'espace qui convient. La plupart du temps, c'est tout ce dont je peux m'occuper.

Au pied de mon lit, distante de la largeur d'un corps, une commode s'étend de mon lit à l'autre moitié de la chambre. C'est une commode double avec un miroir et des tiroirs de sous-vêtements, partagés et séparés entre mon côté et l'autre. Au-dessus de ma moitié de commode, au centre, est suspendu un paysage dans un cadre bon marché, représentant une scène automnale avec des arbres aux feuilles rouges et or à l'aspect irréel et un ruisseau trop bleu qui coule sur des roches gris fer. Ce n'est pas le genre de tableau que j'aurais choisi et pourtant, il convient étrangement à cette chambre.

Au plafond, il y a une lampe fluorescente qu'on allume au crépuscule et durant les jours gris. Fixée à la tête du lit, il y a aussi une liseuse qu'on ne peut pas utiliser passé une certaine heure. Lorsqu'il commence à faire sombre, les rideaux de couleur crème sont tirés sur les fenêtres, et on n'y voit plus rien.

C'est une drôle de moitié de chambre : accueillante malgré tout, mais impersonnelle. Pourtant, bien des choses en elle me plaisent : tout y est disposé en ligne droite ; tout y est toujours en ordre ; je ne suis responsable de rien de tout cela.

Les jours sont lents, les événements, rares. Personne ne me force à bouger. Quand je quitte mon étroite moitié de chambre, le plus loin où je vais, c'est à la salle à dîner, trois fois par jour ; ou alors je dépasse l'autre lit, l'autre moitié de la double commode, le deuxième paysage en tous points semblable au premier, et l'armoire, pour me rendre jusqu'à la salle de bains. Nous sommes deux dans cette chambre et la salle de bains communique avec une chambre contiguë où il y a deux autres femmes. Pour s'assurer que personne d'autre n'entre dans la salle de bains, il faut verrouiller les deux portes : celle de la chambre 201, qui est la mienne, et celle de la chambre 203, qui est la chambre voisine. Parfois, quand je m'installe sur le siège des toilettes et que je n'ai pas envie de bouger parce qu'il y fait blanc et clair, une poignée de porte tourne et quelqu'un laisse échapper une remarque étouffée, mais je n'y prête pas attention. Me déplacer, même si je voulais, requiert un effort de volonté et je suis quelque peu dépourvue de volonté ces temps-ci.

Et ainsi, absorbée de la sorte par les menus riens de ma propre existence, un petit fil sur mon peignoir, le reflet d'une épingle sur le tapis près de mon fauteuil — comment une telle chose peut-elle avoir chu là alors que je n'utilise pas d'épingles, voilà un mystère qui occupera quelques moments — comment pourrais-je tenir compte de l'existence des autres ? Je fais bien attention de ne pas les voir. Je ne veux rien connaître d'eux. Je prends bien garde, dans ma moitié de chambre, de ne jamais jeter de coup d'œil au-delà de mon lit, de ne jamais prendre connaissance des murmures et des bruissements qui proviennent de l'autre lit, de ne jamais rencontrer de regards. Si c'était possible, je tournerais les yeux en dedans et je ne regarderais que moi.

Quand il faut s'habiller, quelqu'un le fait pour moi. Ils me lèvent et m'assoient ; parfois même, ils me brossent les dents. Je me laisserais bien nourrir à la cuillère aussi, mais cela obligerait un contact, une rencontre avec des yeux qu'il serait laborieux d'éviter, alors je mange seule. J'attends, par contre, que l'on ait coupé ma viande. Autrement, j'aurais à la prendre avec mes mains pour la déchiqueter parce que je suis incapable de m'imaginer en train de la découper.

Les bons jours, la vie, ici, peut sembler reposante. Les mauvais jours, j'ai beau m'efforcer de rester calme, le cœur bat la chamade, la sueur dégouline et je suis prise de tremblements. Je ne sais pas vraiment d'où cela vient, mais je sens cela toujours près, en veilleuse. C'est pourquoi il me faut si sérieusement tenir compte du petit fil sur mon peignoir, de l'épingle sur le tapis, du dos qui doit se tenir droit et des chevilles bien croisées, du cahier qui doit être fermement placé sur mes genoux et de l'écriture maîtrisée, nette. Je ne me permets pas de ratures ; les pâtés et les irrégularités ne sont pas tolérés non plus.

J'ai peur. J'ai peur des changements et de ce qui n'est pas précis. Je déploie de grands efforts pour atteindre la perfection parce que j'appréhende ce qui peut résulter des erreurs. Les catastrophes attendent les erreurs. Je veux que tout soit en ordre. Chaque chose exige un endroit approprié, et une façon convenable d'y penser. Le salut provient de l'ordre. Mais c'est si dur ; ce n'est pas facile de maintenir précision et perfection. C'est un travail de tous les instants et il faut constamment se tenir sur ses gardes. La grande chute, l'abîme profond, ne guette que le premier petit faux pas.

2

JE NE LE VOIS PAS EN ENTIER, seulement par fragments. Et les plus clairs de ces fragments sont ses mains. Je ne peux pas imaginer avoir épousé une forme de mains différente. Sûrement pas des mains courtaudes, massives, larges, poilues aux articulations, de celles qu'on imagine huileuse d'avoir touché, disons, des pièces de moteur, des mains vulgaires et menaçantes. Ce n'est pas que les mains de Harry manquaient de force, mais elles étaient d'un autre genre. Longs doigts fins, habiles et lestes, jamais gauches, reliés aux os délicats de sa main, peau hâlée recouvrant des veines bleues, couleurs délicatement harmonisées. Et enfin le poignet, aux os proéminents et saillants, duveté de poils blonds. Des mains sobres. Des mains compétentes et protectrices. Des mains qui savaient, qui voyaient et qui agissaient. Des mains qui me connaîtraient et qui veilleraient sur moi. Des mains qui, utilisées à d'autres fins, pourvoiraient à nos besoins. Il me semble que ce qui se trouvait dans sa tête se déversait fluidement dans ses mains pour exprimer ce savoir. Elles étaient l'instrument de ce qu'il était, lui. Et de ce que nous étions, nous.

Quelquefois, pendant la soirée, je les prenais, rien que pour les contempler. Les regarder, simplement. M'émerveiller de leurs lignes qui s'approfondissaient, de leur dimension et leur grâce, de ce qu'elles accomplissaient durant les heures où je ne les voyais pas, de leur autorité et leur sûreté. Pour moi, Harry se résumait dans ses mains.

(Mais les autres endroits où ses mains allaient, je n'en savais rien. Mains traîtresses.)

Mes mains, je les regarde, un peu étonnée. Elles sont petites et quelque peu potelées, pâles ; elles ne sont pas élancées ni tendues comme les siennes. Ces mains qui ont fait tant de petites choses et une grande, une importante chose. Un mystère, l'histoire de ces mains.

Elles ont lavé tant de vaisselle et tant de fois poussé l'aspirateur. Elles ont tant essuyé de fenêtres avec tant de chiffons et leurs ongles ont gratté tant de taches minuscules. Elles ont nettoyé et pelé les légumes et elles ont porté des plats chauds de la cuisinière au comptoir, du comptoir à la table. Elles ont cueilli des fleurs dans le jardin et des boîtes de conserve sur les rayons du supermarché. Elles ont recousu des vêtements déchirés et passé le fer sur des tissus froissés. Elles ont soulevé des oreillers pour leur redonner une forme arrondie et de lourds sacs de provisions. Elles ont tourné des pages et des matelas. Je sais qu'elles doivent être fortes, mais elles peuvent aussi être dociles, vaillantes. Elles ont presque toujours fait ce qu'elles étaient censées faire.

Je sais que chacune de ces petites tâches que mes mains ont accomplies, en elle-même, n'était pas très importante. Mais je croyais que, mises ensemble, elles pouvaient l'être. Je croyais qu'elles nous protégeraient, qu'elles bâtiraient un mur sans faille. Semblables à des illustrations de vieilles villes : toutes bandées au-dedans de grands murs impénétrables destinés à empêcher l'ennemi d'envahir et à permettre aux citoyens, à l'intérieur, de vivre libérés du poids de la peur. Des murs protecteurs, aussi longtemps qu'on restait à l'intérieur.

À l'extérieur des murs, où les hommes allaient, bien sûr, l'ombre du danger. Des animaux sauvages, des ennemis sauvages, qui bondissent pour griffer et tuer. Mais ensuite, la sécurité retrouvée à l'intérieur, le souffle relâché, les muscles détendus, les pieds au repos. Ces murs, dérisoires aujourd'hui, pouvaient être recréés, du moins leur essence, avec des planchers et de la vaisselle propres, des repas bien cuisinés et des tapis nettoyés à l'aspirateur, des fenêtres étincelantes. C'est ce que mes mains croyaient.

C'est ainsi que ses mains allaient à l'extérieur pendant que les miennes restaient à l'intérieur. Ensemble, quatre mains nous suffisaient, les deux siennes, les deux miennes ; nous avons dansé une ronde, parfaitement concentrique, rien que nous deux.

(Sauf que l'une de ses mains était occupée ailleurs, ce qui ne faisait que trois.)

Ça aurait dû marcher. Il s'est produit une fissure, là, quelque part, mais je n'arrive pas à trouver où.

Peut-être que mes mains, malgré tous mes efforts, ne sont pas allées assez loin. Tout doit rester en ordre. Un seul détail négligé déséquilibre légèrement la structure entière ; sans compter que ces détails s'accumulent.

Si, par exemple, j'aperçois une épingle sur ce plancher et que je néglige de la ramasser, que se passe-t-il ? Le lendemain ou l'heure d'après, soudain, il y a une autre épingle et peut-être même une peluche tombée de la couverture ou Dieu sait quoi encore. Si, de nouveau, j'omets de les enlever, elles continuent de s'accumuler, elles s'empilent jusqu'à ce qu'il y en ait trop à ramasser et je reste là, écrasée, au milieu de tout cela. La leçon qu'il faut en tirer, c'est qu'à l'instant même où l'on repère l'épingle, il faut la prendre et la ranger.

Mon erreur précédente doit sûrement être imputée au fait que je ne suis pas allée assez loin. Je me suis occupée de ce que je croyais être suffisamment petit, mais il y avait plus minuscule encore. Les chaises étaient parfaitement disposées, les tables époussetées et polies, les rideaux tombaient bien et, derrière, les rebords des fenêtres étaient essuyés et blancs. Il n'y avait aucun recoin resté sale.

Et pourtant, cela n'a pas suffi. J'avais tort de penser que les détails ne pouvaient pas être plus minimes. Il a sûrement dû traîner, sur le tapis, des épingles que je n'ai pas vues et, sur mes robes, de petits fils. Il a sûrement dû y avoir, sur l'une de ses cravates, une petite tache qui est devenue du sang.

Ma mère, bien que cela ne lui ressemble pas, m'a donné de sages conseils : « Domine la situation, me disait-elle, ne te laisse jamais dominer par elle, ça n'amène qu'un surcroît de travail, en fin de compte. » C'était sensé, et déjà pressenti par mon instinct. Mais elle ne m'a pas dit jusqu'où il fallait aller. Ne le savait-elle pas ? Si elle l'ignorait, toute ces petites choses invisibles auraient dû se dresser ensemble pour finalement la coincer, elle aussi. Mais, apparemment, elles ne l'ont pas fait. Ou bien, le savait-elle ? Si alors elle le savait, c'est une grande injustice de ne pas me l'avoir dit. Ses avertissements ne sont pas allés assez loin.

Tous ces petits riens ; faut-il donc vivre tête baissée, sur ses gardes ?

C'est du moins ce qu'il semble. Et si je l'avais compris, j'aurais été ravie de m'y soumettre. Je souhaitais désespérément agir de la bonne façon. Je souhaitais si désespérément bien faire.

Ses mains ont réalisé de plus grands travaux que les miennes. À son bureau, je les imagine en train de se mouvoir prestement et avec compétence sur les feuilles de papier ; son écriture grasse, noire, large et puissante griffonnant ses ordres. Tellement assurées, ces mains ; sachant ce qu'elles avaient à faire, et le faisant aussitôt.

Des mains qui, à la maison, saisissaient les poignées de la tondeuse à gazon, qui maîtrisaient les vibrations du motoculteur lors de la préparation de la terre pour les fleurs, qui enserraient fermement les sacs à ordures verts de plastique glissant, qui tournaient les pages du journal avec un craquement, sec et précis, pour les plier convenablement, sans les chiffonner ni les enchevêtrer. Des mains qui manipulaient adroitement les tire-bouchons pour ouvrir rapidement, proprement, les bouteilles de vin, toutes ces actions accomplies naturellement, sans effort apparent, sans concentration aucune, comme obéissant à des directions intérieures.

Des mains gracieuses qui étalaient la peinture à grands coups de rouleau et qui ne tremblaient pas autour des bordures de fenêtres. Des mains qui savaient applaudir les mets particuliers, tandis que la bouche, au-dessus, souriait, appréciant mon travail avec générosité.

(Mais je ne veux pas voir sa bouche. Ni ses yeux. Seulement ses mains qui devraient tout révéler. Mais qui ne révèlent plus rien.)

Les mains, elles, ne changent pas au fil des souvenirs. Le reste s'est beaucoup modifié.

Des mains (ceci est difficile) qui tenaient mes épaules, et les rendaient droites ; qui m'enlaçaient, et me rendaient confiante. Des mains qui, librement, caressaient mon corps aux endroits dissimulés à tous les autres, des mains que je laissais, en toute sécurité, m'explorer.

Ah, les mains trompeuses ! Qui pouvaient accomplir tant de choses sans jamais en parler. « Laisse ta main droite ignorer ce que fait la gauche » dit à peu près la Bible. Et j'étais la main droite de Harry. C'est lui-même qui me l'a dit. Il m'a confié : « Je ne sais pas ce que je ferais sans toi. Je ne sais pas ce que je serais devenu. Tu es ma main droite. » Et aussi, selon les circonstances, son cœur et son support. Je ne pouvais que lui montrer mon amour ; lui, il savait le dire en plus ; c'était là un pouvoir qu'il possédait, lumière voilée et pénombre, mains puissantes et mots chuchotés. Si j'avais su m'exprimer, qu'aurais-je pu dire ? Était-ce suffisant de prendre ses mains, pour tenir la ronde hermétiquement fermée ? Mais dans les efforts que je consacrais aux petites choses, ma dévotion n'était-elle pas évidente ?

Il me disait : « Tu prends tellement bien soin de moi. » Je sais qu'il était occupé. Les gens me racontaient à quel point il travaillait fort, de façon efficace et parfaite ; ils disaient qu'il était spectaculaire et solide. Ses promotions en étaient la preuve évidente. Il revenait à la maison, tendu et fébrile, et nous prenions un verre avant le dîner. Il jetait un regard autour de lui, dans notre impeccable salle de séjour, lustrée et propre, confortable et ordonnée, et il disait : « Mon Dieu, que c'est bon d'être chez soi ! » Il se préparait un deuxième verre et lisait son journal. Ensuite, nous mangions. Je voulais des nourritures à consistances et à couleurs parfaites. Il le remarquait et disait : « C'est si joli que c'est dommage de le manger. » Je faisais plus que cuisiner et servir, beaucoup plus. Je décorais. J'étais une artiste. J'ai créé sa maison. J'ébauchais soigneusement chacun des moments de la journée pour que l'image de ses désirs soit parfaitement à point lorsqu'il rentrerait.

Et ses mains m'enlaçaient.

Je ne croyais pas qu'il se trouverait un espace par où puissent s'élancer ou fuir des segments de notre vigilance, mais un trou doit avoir été mis à nu, une fuite s'est produite.

Oh, c'est une sorte de leçon. Ni mains ni murs ne méritent la confiance. Une fissure se développera tôt ou tard quelque part dans le mur et une main scrutatrice, tentée, s'y enfoncera. Par simple curiosité ? Peu importe. Les mains mentent, les mots mentent. Un petit mensonge est semblable à une petite épingle d'argent : lui aussi est susceptible de se reproduire, de se multiplier.

Mais j'avais confiance. Ma foi était authentique, sans mensonge aucun.

Harry, cependant — ses mains n'agissaient pas indépendamment de lui. Oh non, il savait ce qu'elles manigançaient.

Cela lui arrivait-il de les regarder en se demandant ce dont elles étaient capables ? Je regarde les miennes de cette façon, parfois. Elles semblent tellement innocentes et paisibles, maintenant ; il est difficile de croire à la réalité de ce qu'elles ont fait. Oui, j'imagine Harry en train de regarder ses mains et de ressentir quelquefois la même chose, lui aussi.

3

CELA VEUT-IL DIRE QUE J'AI TOUT PLANIFIÉ et que je savais parfaitement ce que je faisais ? J'aimerais le croire, mais il est inutile de me leurrer maintenant. Il se trouve que j'ai passé vingt ans de ma vie sans réfléchir. Qui m'a soufflé quoi faire pour que je puisse, par la suite, m'en attribuer l'initiative ?

Et après, il a suffi de douze heures pour repenser toute ma vie, à peu près exactement douze heures. La période de temps écoulée entre le coup de téléphone de cette femme — quel était son nom déjà, Dottie quelque chose — et le retour de Harry. Un brusque changement de vitesse, une secousse qui chambarda l'ordonnance de ma vie.

Et le retour de Harry. Alors, un seul moment de lucidité.

J'étais en haut en train de passer l'aspirateur : deux fois par semaine, je faisais toutes les chambres. J'avais lu que la saleté profondément incrustée dans les fibres des tapis entraîne leur détérioration. J'entendis sonner le téléphone, j'arrêtai l'aspirateur pour être sûre d'avoir bien entendu, l'abandonnai là, dévalai l'escalier, en forme, en forme parfaite pour courir, travail et exercice ayant gardé le corps ferme, pour enfin attraper la quatrième, peut-être la cinquième sonnerie.

« Edna ? » Une voix familière, mais difficile à replacer. « C'est Dottie. Dottie Franklin. » Oui, voilà son nom. Quel genre de personne peut bien être cette Dottie Franklin ?

« Êtes-vous occupée ? Est-ce que je vous dérange ? » C'était simplement l'épouse — que j'avais aperçue quelques fois à des réceptions — d'un collègue de bureau que Harry avait d'ailleurs supplanté à la dernière promotion. Elle n'avait jamais téléphoné. Avait-elle bu ? Peut-être. Il y a des femmes seules qui boivent. Pas moi. Je n'avais aucun motif de le faire.

« Edna, c'est difficile à dire. » Pas ivre ; de la tension, et non de l'alcool, dans sa voix.

« C'est quelque chose dont Jack s'est rendu compte ce matin en allant travailler. Par hasard, simplement, parce que notre auto ne voulait pas démarrer et qu'il a dû se faire reconduire par un homme du garage qui a emprunté une route différente. »

Et alors ?

J'ai vu blanchir mes jointures qui étreignaient le combiné. J'ai senti mon corps se crisper et ma raison s'engourdir comme sous l'effet du froid. De la glace s'infiltrant dans ma maison chaude et parfaite.

« Il était seulement huit heures du matin. Il n'y a pas d'autre explication. Je suis désolée, Edna, mais je me suis dit qu'il fallait que vous le sachiez. Ça n'est qu'équitable. »

Équitable ? Mais qu'est-ce qui est équitable ? Est-ce que le fait de savoir est plus équitable que celui d'avoir confiance ? Plus valable ? Ah, Dieu aurait mieux fait que ce soit moi, Ève, au lieu de l'Ève qu'il a créée ! Je n'aurais pas choisi la connaissance au détriment de la paix.

Non, je ne pense pas que c'est ce que j'aurais fait.

Une fois qu'on sait, on ne peut plus revenir en arrière.

« Qu'est-ce que je peux bien dire, Edna ? Pardonnez-moi, mais il fallait que je vous prévienne. »

Le papier peint de la salle de séjour était presque neuf. Blanc moucheté d'or. J'avais pensé que ce serait élégant, sur un seul pan de mur. Je l'avais posé en une journée et quand Harry était revenu à la maison, il m'avait entourée de son bras et il avait déclaré : « Magnifique. C'est exactement ce qu'il fallait. J'avais peur que ce soit trop pâle, mais tu avais raison, comme d'habitude. » Il n'avait pas ajouté cela avec rancune, mais en tirant fierté de mon jugement et de mon bon goût. Dans ma maison, je ne commettais pas d'erreur et il aurait été étonné, sans doute, si le papier peint avait été mal assorti.

Alors. Le papier peint devant moi, le tapis propre sous mes pieds, les coussins impeccables autour de moi sur le canapé. Les mouchetures dorées dansaient sur le papier peint.

C'était toujours calme dans ma maison. Le jour, les bruits ne venaient que de moi, et j'aimais cela. Mais il s'agissait maintenant d'un silence différent, une différente sorte d'attente.

Il me semblait que je n'avais jamais bougé, que je n'aurais jamais pu ; que je n'avais jamais fait qu'attendre. Et que seul cet instant immobile, unique, existait ; les extrémités de ma vie rompues net, ne laissant que ce moment d'attente au centre de mon existence.

Interrompue brusquement par le téléphone. Je répondis sans détacher les yeux de la blancheur mouchetée d'or du mur, du point qui me retenait clouée là, point sans lequel j'aurais basculé, glissé, perdu l'équilibre à tout jamais. Je cherchai le combiné.

« Edna ? » Harry, bien sûr. Sa chère voix, chaude, familière, au bout de la ligne. Mais tellement lointaine. Comme lorsque quelqu'un devient sourd, un faible tintement de mots brûlants. « Écoute, je suis désolé, mais je vais devoir travailler tard encore ce soir. Ce travail me rend fou, il y en a plus à faire que je ne le pensais. Est-ce que ça t'ennuie ? Je devrais rentrer avant minuit, de toute façon. Je suis désolé, je n'y peux rien. »

Peut-être, en effet.

Douze heures se sont écoulées entre le téléphone de cette femme et le moment où Harry est apparu. J'ai entendu son auto, sa clef, ses pas, l'eau couler dans la salle de bains, la chasse d'eau, d'autres pas à l'étage supérieur, un appel, un cri, des mouvements de descente rapide dans l'escalier, des pas dans la cuisine et, enfin, d'autres dans la salle de séjour où je m'étais assise, m'accrochant au point d'or sur le mur blanc moucheté. Vis son beau visage, bien connu, tant aimé, devant moi, s'avancer entre le mur et moi. Et, comme je l'avais prévu, une culbute, un étourdissement, une perte d'équilibre.

Plus tard, je regardai la pendule sur le mur de la cuisine, blanche, en forme de marguerite, avec un cœur et des aiguilles jaunes ; l'aiguille jaune des secondes tournait lentement, si lentement ; tout le temps du monde s'interrompant là, en douze heures et en un instant. Deux heures dix-huit du matin. Deux heures dix-neuf. Deux heures vingt. Tout était fini à ce moment-là. Les douze heures et l'instant, achevés.

Je n'ai pas regardé. Je n'ai jamais vu le résultat.

4

L'HOMME QUI VIENT QUELQUEFOIS à ma chambre, au bureau duquel parfois on me conduit, le docteur, ses mains ressemblaient beaucoup à celles de Harry. Je me surprends à les fixer et un jour, il me dit : « Vous semblez intéressée par mes mains. Ont-elles quelque chose de particulier ?

Oui, elles ont quelque chose de particulier. Mais je ne le lui dis pas. Je garde mes pensées pour moi. J'ai quarante-trois ans et je n'ai eu droit, semble-t-il, qu'à une douzaine d'heures de réflexions : je dois donc les choyer. Je n'en ai pas suffisamment pour pouvoir les partager.

Je ne veux pas non plus qu'aucune d'elles s'échappe de mon esprit ; c'est une des raisons pour lesquelles je prends tellement soin de les consigner par écrit. L'homme, ce docteur, me dit : « Edna, qu'est-ce que vous écrivez ? Voulez-vous me montrer le cahier ? » Non, bien sûr, je ne le lui montrerai pas. Il a tenté, un jour, de m'y contraindre ; il s'est avancé pour arrêter ma plume si bien qu'un gros trait bleu a rayé ma belle calligraphie, mais j'ai mis fin à cela ; la plume a tourné dans ma main, poignet aussi rapide que celui d'une majorette, et ma main s'est élevée, plume dirigée vers lui comme — quelque chose d'autre — et il a reculé, cédé, puis dit : « Ne vous tracassez pas, continuez, c'est très bien. » Ce cahier, il ressemble beaucoup au papier peint moucheté d'or : il m'aide à garder mon équilibre. Il garde aussi à distance tout ce qui se passe, tout ce qui s'est déjà passé. Je tiens à cette distance, j'apprécie l'écart entre tout ce qui est, ce qui était, et moi. J'ai peut-être été aveugle, naïve, mais je ne le suis plus maintenant.

Ce docteur, il n'arrête pas de parler et je sais qu'il croit pouvoir m'atteindre. Ce cahier bleu est mon arme. La douleur passée et la douleur présente sont nettement consignées ici ; c'est d'ailleurs ce à quoi il est utile. J'arrive à la fin du premier cahier et, bientôt, j'en demanderai un second. Combien y en aura-t-il ? Combien d'années vais-je vivre ?

En présence du docteur, je deviens une sténographe qui prend soigneusement ses paroles en note. Mais sans sténo, de mon écriture nette, tout en me hâtant pour ne pas me laisser distancer et en déployant des efforts continus pour que tout reste soigné. Ce n'est guère facile, mais ça l'est plus que certaines autres choses.

Il me parle de sa femme, de ses deux enfants et de sa maison. Je vois qu'il essaie de me tirer des mots, à moi aussi. Il veut me faire partager ma vie en partageant la sienne. Mais ses mots tombent comme des pierres dans le puits de mon cahier et ils restent là, tout simplement, inertes.

Il me pose des questions. « Comment vous sentez-vous aujourd'hui ? Vous trouvez-vous bien ? Est-ce que tout le monde vous traite correctement ? Êtes-vous satisfaite des repas ? »

J'écris ses questions.

Il en pose tellement. Quelquefois, il essaie de me faire utiliser le cahier à ses fins personnelles et il me dit : « Écrivez-moi une histoire sur votre maison. Ou faites-m'en un dessin. Dites-moi comment elle était. Était-elle grande ? De quelle couleur était-elle ? Montrez-moi comment les pièces étaient disposées. Y avait-il un garage ? Est-ce qu'il pouvait contenir une voiture ou deux ? De quelle couleur était la cuisine ? Aviez-vous confectionné vous-même vos rideaux ? Est-ce que le sous-sol était fini ? Harry faisait-il des travaux dans le sous-sol ? Où regardiez-vous la télévision ? Regardiez-vous beaucoup la télévision ? Quel genre d'émissions aimiez-vous ? Combien de téléphones aviez-vous ? Gardiez-vous vos livres de recettes sur le comptoir de la cuisine ou disposiez-vous d'une étagère spéciale à cette fin ? Combien y avait-il de chambres à coucher ? Couchiez-vous dans la même chambre ? Aviez-vous des lits jumeaux ou s'agissait-il d'un grand lit ? Est-ce que Harry et vous dormiez ensemble dans le même lit ? Aimiez-vous être au lit ? De quelle couleur étaient vos draps ? »

Je ne lui dis rien. Pas même la couleur des draps. Ce n'est pas de ses affaires. J'aime le son de mon stylo qui parcourt les pages en crissant. Parfois, je l'entends si clairement qu'il noie presque la voix du docteur et ses interminables questions.

Pourtant, elles restent là, ses questions, couchées sur le papier.

Oui, notre maison était très grande ; bien trop grande pour nous deux, quoique nous l'ayons achetée dès le début en pensant que s'ajouteraient peut-être d'autres occupants. Trois chambres à coucher, deux salles de bains, un énorme sous-sol pour la buanderie, l'entreposage, la chaudière, les passe-temps de Harry, si passe-temps il avait — un sombre espace béant au-dessous de nous. Et au rez-de-chaussée, clarté et grandes pièces, escalier reliant le haut et le bas, une lumière rayonnante, une luminosité et des tons pastel sur les murs. Clarté et solidité. Un magazine aurait pu venir la photographier et l'aurait qualifiée de typique, mais elle représentait plus que cela pour moi : elle était l'abri, le refuge vers lequel nos vies convergeaient, mis à part la vie de Harry à l'extérieur. N'aurais-je pas dû voir à quel point sa vie signifiait plus que ce petit espace étroit ? Que, malgré la grandeur de la maison, elle ne pouvait en aucune manière le contenir ? Elle me contenait, moi, et je ne pouvais pas imaginer, malgré tout ce qu'il me racontait que, vraiment, il continuait d'exister en dehors de la maison. Il s'en allait le matin pour revenir le soir et tout cela demeurait un mystère, pendant que je me préparais en vue de son retour.

J'aurais dû le savoir, parce qu'il me parlait de ses journées, des transactions et des négociations, des relations labyrinthiques, de la politique du bureau et des avancements. Il me disait, tout exalté et tremblant de passion : « Merde, Edna, j'adore gagner ! » Et moi, je pensais (combien stupidement) que gagner ne pouvait pas être sa vraie passion ; que sa vraie passion devait être chez nous. Je ne pouvais pas imaginer de passion différente de la mienne.

J'écoutais et j'encourageais, mais je n'entendais pas. Ce sont là deux de mes erreurs : cette surdité protectrice, ce manque d'imagination.

Je divague et c'est dangereux.

Oui, il y avait un garage attenant à notre maison. Suffisamment d'espace pour une seule voiture. Je n'ai pas appris à conduire. Je me rendais à pied jusqu'à l'épicerie du coin, je prenais un taxi quand j'allais en ville pour retrouver Harry lorsque nous sortions le soir et, pour le reste, il me conduisait, les soirs ou les fins de semaine quand il y avait des courses à faire. Cela ne semblait pas l'ennuyer. J'aimais ces moments où nous nous occupions ensemble des petites choses nécessaires ; notre union s'en trouvait comme consolidée, et Harry avait quelque chose à y voir. Je m'asseyais à côté de lui dans la voiture et je le regardais, son profil attentif aux autres conducteurs, aux autres voitures, tandis qu'il cherchait une place où se garer, sa main qui manipulait si aisément le volant, comme tant de choses, avec désin-volture, l'autre main accrochée au rebord de chrome au-dessus de la vitre, actionnant les clignotants avant de tourner. Mon mari, sûr de lui, compétent. Les expéditions du samedi pour les provisions, de la peinture, ou même simplement pour acheter des ampoules, ou pour une promenade, et je m'asseyais à côté de lui dans notre véhicule de métal clos, en m'émerveillant de son calme, en retenant mon souffle devant ses audaces, ses risques avec la carrosserie de l'auto et avec nos corps tandis qu'il se faufilait adroitement dans les espaces étroits en jurant, mais sans agacement véritable : il prenait plaisir à défier un autre conducteur, à le déjouer, à lutter de vitesse, à le devancer à ce petit but, l'entrée d'un mail, un endroit pour se garer devant un magasin ; tels étaient ses défis de fins de semaine. Un homme agité, nerveux ; il souhaitait demeurer perpétuellement actif, occupé, de telle sorte que je ne sentais pas que c'était un fardeau pour lui de me conduire à ces endroits.

Cela devenait ardu, par contre, dans un magasin, où il était impatient, ne se souciant pas de bien choisir, désireux d'en finir au plus vite pour passer à autre chose. Alors que moi, fredonnant la musique diffusée dans le supermarché, éblouie par les lampes fluorescentes et les gens, la foule, je déambulais joyeusement dans les allées, palpais, comparais, rejetais, regardais.

Harry disait : « Bon Dieu ! Dépensons-nous tout ça pour de la nourriture ? » Eh bien oui, nous dépensions beaucoup pour la nourriture. Ce n'est ni bon marché ni simple d'acheter pour préparer des repas qui ne sont pas banalement bons, mais aussi agréables à regarder. Le brocoli doit être d'un vert particulier, et ferme, et les rôtis doivent être persillés. Il faut examiner attentivement pour s'assurer qu'il n'y a pas de gris sur les bords. Il faut tâter la laitue, prendre les fruits, les soupeser, fermer les yeux pour deviner leur texture intérieure, et même les humer. Certains fromages conviennent pour les sauces, d'autres pour les petits casse-croûte et, pour chaque occasion, l'âge, la consistance et la couleur doivent être pris en considération. C'est un talent de pouvoir juger la qualité et la beauté de la nourriture, de planifier les façons dont elle sera apprêtée, et d'agencer les divers éléments dans l'assiette pour conduire adéquatement au dessert. Pas de couleurs ni de goûts antagonistes. À côté de tout cela, le prix n'entrait pas en ligne de compte. Nous n'étions pas pauvres, nous n'avions pas à chipoter là-dessus. Et, de toute façon, durant ces journées d'emplettes, Harry se tenait dans une autre allée, tapant du pied, s'amusant à examiner les listes des ingrédients sur les boîtes de céréales et de biscuits, toujours disposé à poursuivre son chemin. J'avançais graduellement, aussi vite que possible. Si consciente de son impatience. Si j'étais à ce point consciente de son impatience, pourquoi ne l'étais-je pas des autres choses ? Durant ces vingt ans, et même après la première année, je croyais sentir avec acuité chacun de ses états d'âme et chacune de ses contrariétés. Et pourtant, j'ai raté l'essentiel. Comment cela a-t-il pu se produire ?

De retour à la maison, un après-midi de fin de semaine : pour décharger la voiture, on laissait les portières ouvertes et j'attendais que Harry surgisse au détour de l'allée empierrée bordée de chrysanthèmes et d'arbustes, et pénètre dans notre maison jaune pâle, notre cuisine jaune pâle, où je rangeais ce que nous avions acheté au fur et à mesure qu'il l'apportait.

Pendant la journée, si je me rappelle bien, nous ne tenions pas en place, nous débordions d'activités. Lui, à cause d'un excès d'énergie, une démangeaison dans les doigts, il était impatient d'agir ; moi, parce qu'accoutumée à voir achevé ce qui doit être fait avant que l'obscurité ne tombe. Difficile de rompre les contraintes de la semaine, même celle-ci terminée.

Mais l'obscurité venue, tous deux plus sereins, plus satisfaits, les tâches accomplies, nous nous installions devant un dîner arrosé de vin, nous entamions une soirée de lecture, de télévision, blottis l'un contre l'autre sur le canapé — ce que je préférais entre tout — ou chacun se divertissant de son côté, — ce qui n'était pas mon choix. Mais je savais beaucoup de choses : dans les magazines, j'avais appris qu'un certain degré de vie privée doit être privilégié, qu'on ne doit pas toujours s'agglutiner l'un à l'autre. Mais combien ardu suivre ce conseil m'apparaissait-il. J'aurais désiré enrouler mes bras autour de son cou et m'y cramponner, mais je n'osais pas ; au lieu de cela, je m'asseyais et je le regardais ; en lisant ou en regardant la télévision, je lui lançais souvent des coups d'œil. Comment étions-nous ensemble ? Comment me trouvait-il et pourquoi m'avait-il choisie ? Ah, je lui devais tout ! Ma vie, je la devais à Harry.

Me devait-il quelque chose ? Peu importe, il a payé.

Que ces jours me semblent révolus aujourd'hui. Que la quiétude du néant est une chose merveilleuse. Voilà ce qu'il y a de plus précieux, vivre sans drame, dans la certitude. Je m'en souviens, mais c'est si lointain, si détaché et étranger, que c'est comme de considérer la vie d'une autre personne : je suis stupéfaite à l'idée de tout ce qui était possible autrefois. J'aurais aimé le savoir mieux et l'apprécier, à ce moment. Je l'appréciais, bien sûr, mais pas suffisamment et pas de la bonne façon. Je donnerais beaucoup, maitenant, pour une journée, une semaine, un mois, une année, une vie, où rien d'importance ne surviendrait. Je saurais aujourd'hui savourer parfaitement la sécurité.

Que ferais-je avec Harry si je pouvais ravoir tout cela ?

Non, je n'ai cousu aucun de nos rideaux. Quand nous avons acheté cette maison, je voulais que tout soit parfait : j'ai donc commandé les tentures et les rideaux ; des hommes sont venus pour mesurer et installer, pour les suspendre exactement où il fallait, tons et nuances judicieusement destinés à chaque pièce, jaune clair et gai pour la cuisine, or pour la salle de séjour, du tissu épais pour nous protéger des regards, des voilages en dessous pour filtrer la lumière ; à l'étage, dans les chambres à coucher, des couleurs choisies avec autant de scrupule — du bleu dans notre chambre, à Harry et moi, tapis et murs d'une teinte similaire, une matrice parfaite. Des lampes à abat-jour blancs sur des tables de chevet de bois sombre, le lit de bois sombre, une commode de bois sombre et tout le reste bleu. Je vois encore Harry, adossé aux oreillers, des lunettes à monture dorée lui glissant sur le nez (c'était durant les dernières années seulement, ses yeux un peu affaiblis, verres à double foyer devenus nécessaires et son anxiété au sujet de cela, l'inquiétude derrière la blague : « Ah, Edna, tu es mariée à un vieil homme maintenant ! »), en train de compulser des rapports de son bureau, des livres. Il n'était pas friand de romans comme moi. Il disait : « Je n'ai pas le temps. Trop de choses se passent dans la réalité. » Il aimait les biographies d'hommes qui avaient réussi et les rapports d'affaires. Je préférais les romans légers. Je me disais : « Je suis sûre qu'ils contiennent autant de vérité, qu'ils décrivent autant la réalité que ses livres », sans avoir de point de repère avec lequel les comparer, aucun moyen d'en vérifier l'exactitude. Peut-être avait-il raison : mes livres étaient faux, ce n'étaient que des contes de fées. Ils semblaient pleins d'espoir, en effet, ils indiquaient des possibilités de dénouements heureux mais peut-être était-ce mal de ma part d'y croire.

Les choses mal interprétées, mal comprises, inaperçues et manquées me déconcertent et m'attristent.

Car j'étais si sûre de moi. Comment ai-je pu me montrer si sûre de moi et si stupide ? Étais-je donc stupide à ce point ? Est-ce possible que presque tout ait été vrai et qu'une seule chose ne l'ait pas été ? Mais alors, cette seule chose a-t-elle pu vraiment exister ? Je ne comprends pas.

Les magazines, et j'en ai tellement lus, glanés sur les rayons du supermarché devant la caisse, insistent sur la complexité des hommes. Ils recommandent la patience. J'étais une femme patiente, je crois ; mais maintenant, je m'aperçois que c'était en grande partie ma propre nature et que cela avait peu à voir avec Harry.

À quoi cela me sert-il de connaître ces choses aujourd'hui ?

Je l'ignore. Mais je me tiens occupée, je continue d'écrire.

Oui, Harry et moi partagions un seul lit, un grand lit. Les draps étaient bleus, la belle courtepointe à motif compliqué, cadeau de famille, l'unique belle chose provenant de la maison de mes parents, était étendue sur les draps. Je ne peux pas y penser.

Je me sens ici comme nageant dans une existence irréelle. C'est ainsi que je me sentais les soirs où Harry ne pouvait pas rentrer à la maison (ne voulait pas rentrer à la maison) et que je me retrouvais seule à regarder sans doute la télévision. J'appréciais les journées, seule ; tellement de choses à faire. Mais les soirs, dans la pénombre, c'était différent, je me sentais seule. Il me semblait anormal, bizarre, d'être seule le soir — abandonnée. Trop de peurs étaient ranimées.

La télévision était une présence. Pas tellement les émissions, mais l'idée que des gens jouaient la comédie. Qu'y avait-il derrière tout cela ? Sous le burlesque excessif, le père, peut-être, d'un enfant infirme ? Le mari d'une femme infidèle ? Voilà ce qui m'intéressait.

Mais, alors que je pensais à ce que la télévision cachait, pourquoi ne le faisais-je pas pour chez moi ? Le drame était moins apparent. Pas évident du tout que, chez moi, il ne s'agissait pas non plus de réalité et que des choses se cachaient tout autant.

Ici, dans cet endroit sec qui n'est pas ma maison, il n'y a que l'irréel qui existe. J'ai l'impression de flotter à la dérive et peut-être dériverais-je ainsi éternellement, sans cette ancre qu'est mon corps rivé à mon fauteuil, mes chevilles bien croisées, le cahier bien posé sur mes genoux, le stylo qui couvre les pages de mon écriture nette, en suivant docilement les lignes.

Ceci ne peut pas être ce qui se passe. Et pourtant ça l'est.

Je donnerais n'importe quoi pour retourner en arrière. Défaire et refaire. Je suis affolée à l'idée de savoir que ce n'est pas possible. Ça devrait être possible. Je serais tellement meilleure, maintenant que je sais. Je serais parfaite. Si j'étais parfaite (je pensais l'être, mais je perçois maintenant les failles), ne le serait-il pas, lui également ? Et ainsi, tout cela n'aurait pas été nécessaire. Tout cela serait demeuré irréel, impossible.

5

JE VOIS MON VISAGE, mon corps dans le miroir. Le matin, j'ai à peine besoin de m'asseoir dans le lit pour m'apercevoir en train de me regarder fixement.

Et apercevoir d'autres regards fixes, aussi. Ce visage a quarante-trois ans, mais il y a plein d'autres visages, à côté de celui-ci. Il y a une enfant, une petite fille, une adolescente et tous les âges de la femme mariée. Chacun de ces visages a contribué à celui que je vois maintenant, tout comme dans les émissions policières à la télévision, lorsque la physionomie d'un suspect se précise à chaque addition d'un croquis sur plastique comportant des traits différents. C'est ainsi qu'il se forme, ce visage que l'on a.

J'ai passé des heures à me regarder dans les miroirs et pourtant, je ne sais pas si je me reconnaîtrais en me rencontrant dans le couloir ou dans la rue. De la façon dont je vois maintenant Harry, peut-être : fragmentée, des morceaux ici et là. Je sais que mon nez est légèrement trop gros. Mes lèvres, quoiqu'elles aient été plus fortes, j'en suis sûre, se sont étirées, pincées. Yeux bleus ; pas grand-chose à dire pour ou contre eux ; ils sont de taille normale, d'une couleur qui n'a rien d'extraordinaire et distancés normalement. Rien n'est grotesque chez moi, rien n'est insolite, et je suppose que c'est l'effet que j'ai essayé d'obtenir avec tout le temps, l'argent et l'effort que j'ai investis. Je souhaitais rester jeune et ferme, pour Harry, pensais-je ; mais peut-être était-ce pour moi aussi ? J'aimais Harry de la plus impeccable façon possible et je me maintenais en forme et attrayante. Ou du moins pas répugnante. Oh, je lisais les magazines, je savais ce qu'il fallait faire.

Mais la peur de vieillir existait-elle, en moi ? N'était-elle que dépendante de Harry ? À force de scruter les miroirs, je voyais se riduler de nouvelles lignes autour des yeux, de la bouche et j'avais des visions désespérantes d'une gorge flasque et pendouillante.

Je combattais par des exercices quotidiens pour étirer les muscles et aplatir le ventre, pour raffermir les cuisses ; je me tapotais le menton du revers de la main cent fois par jour afin de repousser la chair superflue. Je prenais un café comme petit déjeuner et une simple salade pour déjeuner, puis je partageais le dîner préparé pour Harry. Je m'entretenais et m'entraînais comme un cheval de course.

Lorsque je me lavais le visage ou que je le massais avec crèmes et lotions, je le faisais avec des mouvements vers le haut, jamais vers le bas, consciemment et, par la suite, machinalement, pour encourager la peau à monter, jamais à descendre.

Je n'ai pas si mal réussi. Il y a des rides et quelques cheveux gris dispersés parmi les bruns. Je n'ai jamais pesé plus de cent quinze livres et je crois être encore plus mince maintenant. Mes hanches ne sont pas fortes, ni mes cuisses tombantes. « Beau cul » me disait Harry quand, passant près de moi, il me tapotait légèrement. Je pouvais encore porter un short l'été.

Lorsque j'ai découvert mon premier cheveu gris avant l'âge de trente ans, j'ai ressenti une sorte d'appréhension devant les changements à venir. Mais vraiment, cela n'a pas empiré beaucoup.

Mes seins sont encore très fermes, en dépit de quelques petites marques de tension à leur naissance. Mon ventre est un peu rond, moins plat qu'avant, mais, en fait, je pense que ce pourrait constituer un élément attirant ; chaud, comme un petit oreiller à se poser sous la tête.

Sur mes bras, il y a des taches de rousseur, mais qui ne sont pas désagréables à voir. Sous mon bras gauche, au-dessus du coude, il y a un minuscule grain de beauté inoffensif. Si on me trouvait morte dans la rue, sans papiers d'identité dans mon sac, je pense qu'on aurait de la difficulté à m'identifier par les marques sur mon corps. Il faudrait fouiller les fiches dentaires et même là, que quelques plombages anonymes à noter.

J'aperçois des plis dans ma peau, autour de ma taille, derrière mes genoux et, malgré tous mes efforts, un léger relâchement autour de ma gorge. Si je regarde de plus près, je peux voir les pores d'où émergent les poils de mes mollets. On ne me permet pas, bien sûr, l'usage d'un rasoir, mais une aide vient me raser de temps en temps. Elle le fait vite, mais sans déchirer la peau. « Ça alors, Mme Cormick, vous avez de belles jambes ! » me dit-elle. Elle est bien jeune ; c'est sans doute pour cette raison qu'elle semble étonnée.

Quel âge avait-elle ? J'ai tellement peu fait attention. Vingt-six ou vingt-sept ans peut-être ? Et même pas séduisante. Si elle avait été belle, ou importante, j'aurais peut-être remarqué, j'aurais pu voir qu'elle possédait des charmes dont j'étais dénuée. Mais il n'y avait rien de remarquable chez elle.

Était-ce son goût particulier à lui, alors ?

Dans le miroir, j'arrive à détecter un indice de tension sur mon corps et mon visage, mais c'est compréhensible.

Mais ne devrait-il pas se refléter quelque chose de plus dans un visage de presque quarante-quatre ans ? Ne devrais-je pas être au moins capable de le voir clairement ? Où est la force de ce visage ? Je ne veux pas parler de rides, n'importe qui peut avoir des rides. Je veux parler d'intensité, de clarté. Il devrait y avoir quelque chose qui dise : « J'ai vécu quarante-trois années, j'ai existé. » Le miroir devrait avoir quelque chose à révéler.

Au lieu de cela, je me sens petite et insignifiante, comme un vase ou une photographie sur un mur ; mon visage semble blanc et maladif, trop doux, artificiel, comme une sorte de mastic froid.

Trois sillons assez profonds traversent mon front, impossible de jamais penser les faire disparaître par des massages ; et il y en a deux autres tout aussi profonds le long de ma bouche, un de chaque côté. Autour de mes yeux, la peau est un peu foncée, d'un brun gris qui me fait ressembler à ces femmes arabes qui utilisent cette couleur pour rehausser leur teint ou se donner l'air mystérieux. À me scruter ainsi le visage, je me sens comme une vieille aquarelle et je m'attends à voir des craquelures, comme sur de la peinture séchée, me fendiller le visage.

6

QUAND J'ÉTAIS PETITE FILLE, il y avait un grand miroir dans ma chambre. Le soir, alors que j'étais censée être au lit, je prenais des poses devant ; je m'exerçais à marcher, à me pavaner, à me tenir la main sur la hanche, inclinée en arrière, à mimer les réclames des magazines de ma mère, dans lesquels des modèles incitaient à acheter des robes et des produits de beauté.

« Est-ce que je suis jolie ? me demandais-je. Est-ce que je suis très jolie ? » Je ne pouvais pas le dire. Même dans ce temps-là, je ne réussissais pas à me voir telle que j'étais.

Étrange, parce que j'étais pourtant capable de le dire pour les autres. Les filles dans la rue, on savait du premier coup d'œil si elles étaient belles ou pas. Ma petite sœur Stella, née trois ans après moi, n'importe qui pouvait assurer qu'elle était jolie. Les gens disaient à mes parents : « Quelles jolies petites filles ! », mais peut-être établissaient-ils une moyenne ? En compensant la très ordinaire Edna par la très belle Stella, ils arrivaient peut-être à un « jolies » qui incluait les deux ? Comment savoir ?

Mes cheveux sont devenus longs, ma mère les a coupés, ils ont repoussé, ils étaient bouffants et hérissés par les permanentes d'enfants ou bien ils pendaient, hirsutes. J'ai eu une frange, l'ai laissée pousser, l'ai fait recouper et, à chaque changement, je me scrutais dans le miroir, m'étonnant des différences, me demandant s'il y en avait suffisamment pour que ça fasse une différence. « Est-ce que je suis jolie ? »

Je suppose que non. Si on est beau, il est évident que l'on est capable de le dire. À se regarder, à voir ses traits parfaits, on le sait ; ce doit être aussi évident que de constater qu'on est laid. J'étais sûre que si j'avais été laide, je l'aurais su, aussi, d'un seul coup d'œil. Donc, quelque part entre les deux : déçue de ne pas être jolie, mais soulagée également de ne pas être laide.

Alors, les détails frappants de ma physionomie devaient être fabriqués. Mais il est dangereux ainsi de tomber dans l'excès et le ridicule.

Même maintenant, j'aimerais me persuader que ces choses n'ont pas d'importance. Il serait bon de penser qu'on est évalué uniquement selon ses qualités. Mais les professeurs eux-mêmes n'aimaient pas les garçons trop gros et personne ne souhaitait être aperçu en compagnie de la fille aux lunettes, aux vêtements pauvres, à la peau foncée et huileuse. Certainement pas moi, en tout cas, de peur d'être perçue comme son reflet.

Non, une bonne apparence était essentielle : c'était la première chose que les gens voyaient, celle qui conditionnait leur jugement. Elle déterminait — elle en était même la cause première — de façon décisive la tournure qu'allait prendre une vie. Elle pouvait n'être qu'un masque pour une autre vérité cachée sous la peau, mais les gens ne cherchaient pas à débusquer la vérité ainsi. Même un enfant savait cela. Même l'enfant Edna savait qu'une démonstration de peur ou de douleur gâterait la surface.

Et il y avait d'autres choses que même un enfant savait. Le schéma à adopter, la façon dont la vie devait être menée ; ce savoir était assimilé. Celle qui était une fille deviendrait inévitablement une femme ; le chemin à suivre était donc bien défini et clair. S'en écarter signifiait l'échec. Je considérais ma mère comme un échec dans ce sens, le produit d'une mutation. Un embarras.

Avant notre mariage, Harry a essayé et essayé de me faire parler. Il disait : « Je ne dirai pas un mot, Edna. Je vais simplement m'asseoir ici jusqu'à ce que tu dises quelque chose. » Ou il m'interrogeait sur moi.

Quand je l'ai rencontré, je pouvais à peine parler.

Il m'a dit : « Parle-moi de ta famille, Edna. » C'était avant qu'il ne la connaisse.

Ce dont j'étais persuadée, c'est que mes parents erraient complètement dans la mauvaise voie. Pourquoi ma mère achetait-elle ces magazines si elle n'avait manifestement aucune intention de suivre leurs conseils ?

Les magazines et les livres, le monde lui-même en dehors du nôtre, démontraient clairement qu'en réalité, le système normal fonctionnait à l'opposé de celui de chez nous. Les aberrations de mes parents étaient inexplicables.

Je vois ma mère. La dernière fois que je l'ai vue, il y a plusieurs mois maintenant, je suppose, elle se tenait un peu courbée, mais elle restait anguleuse et dure. Enfant, immobile près d'elle je levais les yeux, je voyais cette longue planche qu'était son corps et je savais qu'à son contact, je me ferais mal. Même une étreinte, quand j'étais petite et douce, alors qu'elle était grande et dure, s'avérait dangereuse.

Elle obligeait mon père à sortir dehors pour fumer et ne lui permettait pas de boire. Il se rendait dans la véranda ou l'arrière-cour pour fumer sa pipe. Je ne sais pas où il allait pour boire, mais parfois, il rentrait éméché et elle faisait claquer assiettes et portes.

Je me disais alors : « Eh bien ! Pourquoi ! Pourquoi ne pourrait-il pas faire ce qu'il veut ? » Il se tenait si coi la plupart du temps, sauf quand il était éméché. Il travaillait dans une quincaillerie et, chaque semaine, il remettait son salaire à ma mère. Elle lui redonnait un peu d'argent pour ses dépenses.

Il n'a pas pu savoir cela avant de l'épouser. Elle a donc dû le trahir quand ils se fréquentaient, en lui exposant un autre visage, un mensonge.

« Assieds-toi droite », m'intimait-elle. (À Stella aussi, sans doute.) « Ne te salis pas. Finis ton assiette. »

Je ne les ai jamais entendus se quereller, mais je ne les ai jamais vus s'embrasser non plus. C'était étrange, avec Harry, de constater une si complète différence ; il aimait que ses mains touchent quelque chose.

Les robes de ma mère tombaient de façon disgracieuse. Elle marchait à grandes enjambées. Elle portait les bottes de caoutchouc de mon père pour étendre la lessive dehors.

Et pourtant. J'admets qu'ils ont fini par se convenir, même s'il n'en était rien au départ. Avec qui d'autre, tels qu'ils étaient l'un et l'autre, auraient-ils pu vivre ? Peut-être aurait-elle aimé porter quelquefois de belles robes, des souliers fins et dire : « Chéri, ton dîner est prêt » ou encore : « Fantastique ! Tu as eu une augmentation. Ça doit bien aller au travail. » Peut-être aurait-elle aimé qu'il gère une entreprise. C'était là une chose triste, de constater sa rancœur à elle et sa défaite à lui.

C'était aussi un exemple. Je me suis arrangée pour être totalement différente. Je prêtais attention aux magazines et non à ma mère, et je fis le vœu que lorsque je me marierais (peu importe la façon dont cela m'arriverait, mais cela était inéluctable), j'apprécierais mon nouvel état à sa juste valeur.

C'est ce que j'ai fait. Et maintenant, je ne sais pas comment les choses devraient fonctionner, je ne sais vraiment pas.

Elle a dû concocter des choses bien étranges pour rendre mon père aussi invisible. J'imaginais parfois que l'on brûlait ma mère comme sorcière à cause de son art des transformations. Quel autre sort pouvait lui être réservé ?

Alors, je lui cachais mon visage, de peur qu'en le voyant, qu'en me surprenant à manifester un besoin, elle me fasse disparaître, moi aussi. C'était beaucoup plus sage de garder le silence et d'éviter de me trouver sur son chemin. Quand, dehors, je tombais et que je m'éraflais le genou, j'arrêtais le sang avec des feuilles puis je versais des larmes, en silence, seule. Je n'allais pas pleurer auprès d'elle pour qu'elle me console d'un baiser. (Mais l'enfant que j'ai été devait être encline à l'exagération parce que, bien sûr, elle m'aurait consolée ; elle n'était pas si dénaturée.)

Je l'ai quelquefois aperçue avec ses amies, venues prendre le thé l'après-midi, lorsque mon père était au travail, et elle se montrait quelque peu différente : elle souriait, parlait, croisait les jambes confortablement et laissait ses épaules se détendre un peu ; était-ce le visage qu'elle avait emprunté pour conquérir mon père ?

À cette époque, je pensais beaucoup à elle et c'est ainsi que je compris mes propres intentions.

Mais ce qui est arrivé et l'endroit où je me trouve, ce n'est pas de sa faute. Il s'agissait d'un monde si minuscule, notre maison et cette petite ville. Seuls les magazines nous apportaient des nouvelles de l'extérieur et je les dévorais pour y trouver des réponses.

Quel soulagement, quelle révélation que Harry ! Un homme qui disait, apparemment, tout ce qu'il pensait, même les mesquineries, de sorte que j'ai cru que c'était un homme sincère, qui me dévoilait tout. La seule personne qu'il m'était possible de croire sur sa physionomie, comme on dit. Je l'aimais pour cela, mais je l'aurais aimé de toute façon, pour m'avoir donné une vie.

C'était ma mère qui avait décidé que je devais aller à l'université ; mon père avait tout simplement acquiescé. « Tu es assez intelligente, Edna », me disait-elle, et c'était vrai que mes notes étaient bonnes, ou passablement bonnes, meilleures que celles de Stella en tout cas. Chose sûre, je n'ai jamais été idiote. « Tu es capable d'arriver à quelque chose. »

J'ai bien perçu la rancœur qu'il y avait dans sa voix, mais à l'époque, j'entendais si souvent de la rancœur dans sa voix que je n'y faisais plus attention.

Je ne sais pas si elle m'aimait. Pourtant, elle semblait vouloir obtenir des choses de moi.

Mais comment se sont-ils arrangés pour nous avoir, Stella et moi ? Particulièrement l'incompréhensible Stella, qui semblait appartenir à une tout autre famille ?

Stella, qui criait si fort que tous les deux accouraient ; qui hurlait, bravait, relevait brusquement la tête d'un air dédaigneux et franchissait la porte en toute liberté, ne se souciant de rien, ni de personne. Elle les stupéfiait par le nombre de ses exigences.

Je veux seulement signifier par là que nous étions si différentes, et non pas que ma sœur m'était antipathique.

Ils étaient ma famille. Quand je suis partie, je m'attendais à ce qu'ils me manquent. De tous les étrangers du monde, c'étaient eux qui me connaissaient le mieux.

Ils ne sont pas venus me voir ici, ils n'ont pas écrit non plus. Me haïssent-ils aujourd'hui ? Sont-ils effrayés par moi ou ne sont-ils tout simplement pas autorisés à venir ni à écrire ?

Je les imagine terriblement désorientés et honteux. Plus que n'importe qui, à part, bien sûr, les parents de Harry, ils doivent se demander pourquoi.

Ils doivent tous avoir pleuré et s'être affligés pour une raison ou pour une autre.

« Chère Edna, m'avait dit un jour ma belle-mère en me tapotant l'épaule, tu es si bonne pour Harry. »

7

JE M'EXERÇAIS MÊME À EMBRASSER, devant le grand miroir de ma chambre : les lèvres tordues en de longs et passionnés baisers contre le verre frais et doux. À essayer de deviner comment ce serait.

Je me disais alors : « Un jour, ça va vraiment m'arriver », mais sans pouvoir l'imaginer. Il était grand et brun, mais n'avait pas de visage.

J'ai perfectionné mes étreintes avec mon oreiller, plus réceptif. Je m'exerçais sans cesse : il serait fâcheux, le temps venu, d'être maladroite ou de ne pas savoir comment faire.

Mais était-ce possible qu'il n'y ait jamais rien de plus que le miroir et l'oreiller ?

Non, ce ne pouvait pas être possible, même s'il paraissait inimaginable de passer des oreillers aux baisers.

J'ai expérimenté avec du rouge à lèvres et du mascara, du fard et de la poudre. Je vérifiais le développement de mes seins, les souhaitant suffisamment gros pour être désirables sous des chemisiers et des chandails moulants, mais pas gros au point d'être vulgaires. À un certain point, ils ont cessé de se développer et j'en étais satisfaite.

Tout était si difficile. J'étais sidérée d'observer Stella, de trois ans ma cadette, passer avec tant de grâce et de facilité à travers tout ce qui m'était si douloureux.

Adossée au mur de la grande salle de l'école, j'attendais qu'on m'invite à danser, j'attendais et attendais. Scrutant les autres, m'interrogeant sur le fonctionnement de tout cela. Je croyais vraiment (en fait, je le crois encore) qu'ils partageaient quelque obscur secret, ces gens à la peau et au rire éclatants, aux cheveux flottants, qui agitaient les bras, traînaient les pieds ou sautillaient. Un secret qu'ils connaissaient tous, mais que personne ne m'avait révélé et que personne ne me révélerait jamais. Et cela était évident que je ne le connaissais pas.

Je n'arrêtais pas de sourire. Le visage me faisait mal à force de sourire. Une bande de garçons, des camarades de classe qui paraissaient bien différents sur scène, jouaient du Presley : « Don't Step on My Blue Suede Shoes ». Je faisais bouger mon corps au son de la musique, tapais du pied et continuais de sourire, mais ce n'était pas là le secret. Les autres, agiles sur la piste de danse, ne se marchaient pas sur les pieds (chaussés non pas de souliers de daim bleu, mais d'escarpins blancs ou de sandales avec des socquettes blanches). Quand la musique s'engourdissait, les filles posaient la tête sur l'épaule des garçons et quelque chose de nébuleux semblait alors s'élever du plancher.

Je ne pouvais pas m'empêcher d'observer.

À la maison, je reprenais mon oreiller. Si je faisais un jour partie d'un couple, me disais-je, je deviendrais celle qui observe de l'intérieur vers l'extérieur, au lieu du contraire. Être enlacée, ce devait être quelque chose.

J'embrassais mon oreiller. « Bonne nuit, chéri, lui chuchotais-je. Dors bien. »

Ah, Harry était si merveilleux ! Il m'a sauvé la vie.

Je ne le lui ai jamais dit. Cela l'aurait effrayé.

Il me disait : « Edna, décontracte-toi ! Personne ne va te mordre ! » Pas si sûr. Je n'ai jamais eu totalement confiance : quelqu'un, les dents brillantes, pourrait s'élancer hors de la foule en titubant, pour agripper mon trop libre poignet.

Et, après tout, j'avais raison. Même les gens que l'on aime le plus griffent à certains moments, comme des animaux.

Je me disais : « Peut-être que si j'observe attentivement, je vais saisir le secret. » Ce qui impliquait de n'être pas observée moi-même. Je préférais d'ailleurs passer inaperçue, jusqu'à ce que je puisse éclaircir la situation. Car si les gens regardaient, ne risquais-je pas de les faire rire en commettant une maladresse ou une étourderie ? S'ils me regardaient, un bouton sur le menton leur sauterait aux yeux, alors qu'autrement, il s'évanouirait tout doucement. S'il fallait qu'en parlant je m'embrouille ou que je perde le fil d'une phrase, n'était-il pas préférable que personne ne soit témoin ?

Il était sûrement préférable de garder mes mains le long de mon corps plutôt que d'allonger le bras et de risquer de recevoir un coup.

Comme c'est étrange d'avoir agi toujours au nom de la sécurité pour me retrouver finalement dans cette situation.

Et puis, derrière moi, venait Stella. Belle, sûre d'elle, Stella l'enjouée et la rieuse. Oh! la pleurnicheuse et l'insoumise Stella aussi, mais quelle importance? Tout devenait si simple pour elle.

Mais comment a-t-elle pu se muer en Stella dans cette maison? Cette sombre, cette triste maison où même les odeurs paraissaient humides et lourdes; cette maison où le désespoir, la sévérité, les déceptions et l'impatience menaient une lutte acharnée pour devenir le thème du jour. Où le canapé et les chaises étaient d'un brun déplorablement foncé, couverts de bosses, de mauvaise qualité, où les lourds rideaux étaient doublés, et où toutes les boiseries étaient repeintes du même brun déplorable que le mobilier. Où le papier peint avait des couleurs claires, mais des dessins si lourds : de grosses fleurs vertes et des fougères étaient plaquées sur le fond blanc, à se demander comment elles pouvaient se tenir debout. Elles semblaient si lourdes qu'il n'aurait pas été étonnant, au lever, de trouver un beau matin sur le plancher un amas de verdure en papier.

Nous n'étions pas pauvres à ce point. Ce n'était pas aussi laid que ma mémoire se le représente. C'était l'atmosphère qui assombrissait la maison, davantage que les boiseries et les murs, cette atmosphère humide et lourde qui a dissipé mon courage et tous les mots que j'aurais pu posséder. J'avais tendance à me faufiler discrètement dans la maison, pareille à un insecte effrayé.

Mais Stella est issue de la même maison. Comment expliquer cela?

Que se rappelle-t-elle de la maison où nous avons grandi ?

J'observais avec stupéfaction la facilité avec laquelle elle faisait connaissance, la facilité avec laquelle elle trouvait les mots à dire pendant des heures au téléphone, la facilité avec laquelle ses cheveux tombaient en place, souplement. De timides garçons frappaient à la porte et elle disparaissait avec eux dans la nuit claire en lançant un simple et joyeux : « Au revoir, à plus tard. » J'écoutais la radio avec mes parents.

Le secret, quel qu'il soit, n'en était pas un pour elle.

Mes parents ne m'ont jamais dit : « Regarde Stella comme elle est populaire, pourquoi ne l'es-tu pas ? » C'était inutile : nous le savions tous, alors que nous égrenions nos soirées, silencieusement et désespérément seuls. Je m'étendais sur le canapé, les yeux fermés, pendant que la radio diffusait de la musique et des histoires. Je respirais régulièrement sans bouger, mais, dans ma tête, je chantais avec les orchestres et tournoyais sur des pistes de danse reluisantes avec un bel homme brun. J'étais la chanteuse, la danseuse et l'héroïne de toutes les histoires. Les yeux fermés, j'avais le pouvoir de disparaître.

Je portais de longues robes de soie rouge, des fleurs dans les cheveux et j'étais beaucoup plus vieille. Mais belle. Ou alors une chanteuse de chansons sentimentales drapée dans une robe toute noire, un projecteur dirigé sur moi et le reste du monde dans l'obscurité. Je jouais dans une pièce de théâtre : la main sur le cœur, je disais : « Oh oui, je t'aime ! Bien sûr, je t'épouserai. » Les hommes tentaient d'attirer mon attention en me lançant des roses sur la scène. Ma voix tenait du miracle, mon corps était plein de grâce. J'étais chaleureuse, charmante et jamais à court de phrases. J'étais adulée, parfaite et ravissante. Et consciente que, même si ce n'était pas évident sur la scène, dans ma splendide maison, il y avait un bel homme amoureux de moi qui m'attendait avec un verre de vin et de longs bras prêts à m'enlacer.

Ah, c'était là une vie parfaite, sans la moindre lacune ! Mes jours à moi, au contraire, étaient monotones au point que, parfois, il m'était difficile d'attendre jusqu'au soir que Stella s'en aille (bien que si on me l'avait demandé, j'aurais filé, tout comme elle, aux soirées de fête, aux réceptions de danse, au cinéma ; évidemment que c'est ce que j'aurais fait), que mes parents s'installent et allument la radio, pour enfin m'abandonner à cette vie parfaite dans laquelle les gens me regardaient avec tant d'admiration, où j'étais une femme talentueuse, choyée, adorée. Et où j'exprimais des choses avec mon corps et ma voix — des choses qui, autrement, ne seraient jamais dites.

Ensuite, mon père s'étirait et bâillait, les articulations de ses mâchoires et de ses doigts craquaient, et cet univers prenait fin brusquement. Même au beau milieu d'une chanson, avant la fin d'une danse, j'étais ramenée dans cette petite pièce sombre, étendue sur le canapé, calme et silencieuse. « C'est l'heure d'aller au lit, jeune fille, disait-il à chaque fois. Faut se lever tôt demain. » Car il fallait toujours se lever tôt chez nous : à sept heures tous les jours de la semaine pour l'école et le travail, à huit heures les fins de semaine pour les corvées et l'église. Quand pourrais-je donc me tirer de là, comment cela se passerait-il ? Quel être humain me dénicherait ici, quels sont les yeux qui me reconnaîtraient et m'emmèneraient dans une vie faite pour moi ?

Maintenant, ils ne sont plus que tous les deux. Et j'imagine qu'ils regardent la télévision au lieu d'écouter la radio.

Et la vie de Stella a connu des moments bizarres. Il y a des choses que j'aimerais lui demander. J'ai raté l'occasion lorsqu'elle s'est présentée, mais maintenant, pour une raison ou pour une autre, je crois qu'elle me manque. J'aimerais qu'elle vienne me rendre visite.

Je divague trop, ici, et je m'aventure trop loin. Ce que je devrais être en train de faire, c'est de garder un œil sur le tapis et sur le couvre-lit.

8

MAIS VOILÀ CE QUE J'ÉTAIS, une petite fille minée par la crainte, incapable de savoir si d'autres gens l'étaient aussi, bien que maintenant, je suppose que c'était le cas pour la plupart d'entre eux. J'imagine que c'est une des erreurs de l'enfance, de se croire unique, de ne pas s'apercevoir des moyens qu'utilisent les autres pour se cacher. Tout ce que je savais, c'est que je possédais plusieurs visages, tous dissimulés, et de multiples aspirations, sans pouvoir déceler parmi eux le seul authentique. Et je savais aussi qu'il existait ce secret qui aurait, si je l'avais connu, éclairci et changé bien des choses pour moi. Errer dans l'ignorance de ce que les autres savaient était dangereux et me rendait vulnérable. Qui connaît les dangers de l'ignorance ?

Et pourtant, j'étais consciente d'une autre chose : qu'à un moment donné, un changement surviendrait. Je serais une tout autre personne. Cela surviendrait quand je ne serais plus une enfant, quand je quitterais cette maison et cette ville, quand j'aurais atteint mes vingt ans.

Il y a en moi un côté tenace, entêté. Cette confiance qu'un jour j'échapperais à cette enfance craintive en est une preuve flagrante. J'étais capable de me dire : « Tout ceci finira, et cessera sans doute d'avoir de l'importance. À vingt ans, quand je serai autre, tout ceci n'aura plus aucune importance. »

Que c'est doux, et triste à la fois, de se souvenir de cet espoir, maintenant que mes vingt ans semblent si loin derrière.

Je n'avais aucune idée de la manière dont ce changement surviendrait. Un coup de baguette d'une bonne fée ? Bien sûr que non, mais il se produirait quelque chose. Il ne pourrait pas toujours être uniquement question de cette petite maison désagréable, de miroirs et d'oreillers.

(Et quand le changement est enfin survenu, j'en étais si reconnaissante que je n'ai jamais osé en appeler un autre. Car, troublante possibilité, ce qui est donné peut aussi bien être enlevé.)

C'est d'un homme qu'il serait question. Qui lirait au-delà de mes traits ordinaires, ou de mon manque de charme, au-delà de mon silence et de ma peur, jusqu'à la femme en rouge qui danse et chante sur scène. Toutes les Edna contenues en moi, il les verrait et les désirerait. Ma timidité le charmerait, il saurait me protéger de ma peur. La nuit, il m'enlacerait pour éloigner le silence et l'obscurité.

Il se tiendrait aussi debout près de moi, le jour, et dirait aux gens : « Voici ma femme. » Il n'y aurait alors plus de confusion au sujet de mon identité. Même pour moi, la chose deviendrait claire.

Tout ce qui m'arriverait à vingt ans, devenue adulte, paraissait aussi concret, et aussi lointain, que les autres vies menées le soir, les yeux fermés.

En quoi le nombre vingt était-il magique pour l'enfant Edna ? À ce moment-là, il me semblait terriblement vieux et éloigné. Dans mon adolescence, il se mit à poindre, à scintiller par intervalles, puis à miroiter à l'horizon. De la jeune fille craintive sans visage surgirait la femme enjambant un abîme mystérieux : elle serait le papillon issu de la chenille, le gracieux cygne du vilain petit canard et l'héroïne de tous ces autres contes pour enfants.

Cette transformation impliquerait, bien sûr, quelque effort. Mais, même si à l'époque je n'étais ni préparée à fournir cet effort, ni susceptible, d'ailleurs, de le reconnaître, un des aspects magiques du nombre vingt était qu'il me conférerait alors la capacité de fournir cet effort et la sagacité de le reconnaître comme tel.

Je voyais ma vie dessinée en chiffres, comme un jeu où il faut relier les points dans un livre pour enfants. Une ligne droite verticale qui partait du bas, de la naissance à cinq ans ; ensuite, un écart vers la gauche jusqu'à neuf ; encore une verticale jusqu'à douze ; et, après, une longue ligne plate, horizontale qui avançait péniblement jusqu'à vingt. À partir de là, les lignes pourraient changer, aller n'importe où ; un nouveau diagramme pourrait se dessiner. Qui sait où elles me conduiraient une fois le saut accompli ?

Tout doit mener quelque part. J'affectionnais les lignes et les schémas.

Ensuite, j'eus dix-neuf ans et ma mère m'envoya à l'université. « C'est maintenant, Edna, que tu vas réussir » me dit-elle avec une surprenante quoique maladroite gentillesse. Je rougis à la pensée qu'elle avait pu percevoir si clairement que je ne réussissais pas bien du tout.

Mais je partageais son opinion. Il me faudrait désormais réussir parce que j'avais dix-neuf ans et que vingt était tout proche. C'était donc cela, la préparation en vue du changement.

Aveugle, effrayée et pleine d'espoir, j'esquissai un pas dans l'espace. Quelle que soit la direction où je regardais, il n'y avait rien à voir. Le passé était douloureux et ne me concernerait plus ; l'avenir, je ne pouvais pas encore l'imaginer. Il pourrait être n'importe quoi. Au lieu de regarder vraiment, je ne savais guetter que l'instant du changement.

Ma mère et Stella se tenaient sur le perron et nous nous fîmes au revoir d'un geste de la main. Mon père me conduisit en ville, jusqu'à l'appartement que nous avions trouvé pour moi. « Eh bien, me dit-il en se tournant pour repartir, ça y est, je crois » et il m'embrassa sur la joue gauchement. Je voulus un moment lui demander de rester, lui dire que j'avais peur. Mais j'avais toujours peur et il ne pouvait pas rester ; et qu'importe s'il avait pu ? Il n'était d'aucune aide, ne l'avait jamais été.

Ainsi, je me retrouvais seule. Cette solitude me semblait si naturelle que je m'en rendis à peine compte. Un bref sursis, un luxe avant d'atteindre ma vingtième année, le moment où quelque chose, un plongeon dans la vraie vie qui m'attendait, devait s'accomplir.

Bien sûr, cette image de moi semble si vulnérable, si complaisamment pitoyable. Mais en fait, l'enfant craintive que j'étais portait aussi en elle un refus de courber l'échine. Quoi d'autre que cela avait pu m'amener aux soirées de danse, me tenir là, souriante, pleine d'espoir, à taper du pied ? Quoi d'autre aurait pu m'inciter à partir seule pour l'université, dans cet appartement où je découpais des images de magazines pour égayer les murs ? C'est un exploit que de supporter la peur, mais d'avancer malgré tout n'en est pas un moindre. Il y a de la fierté à survivre.

J'errais dans la ville et sur le campus, l'œil aux aguets. Les grands édifices de pierre, les acres de pelouse et les gens migrateurs comme des saumons au moment du frai, comprimant des livres sur leur poitrine ou balançant des serviettes à bout de bras. Les classes étaient gigantesques. On pouvait s'y perdre, ce qui rendait la bravoure plus facile. Qui remarquerait ?

« Travaille bien, Edna, c'est tout ce qu'on te demande, m'abjura ma mère avant de partir. Ce n'est pas facile pour nous de te payer ça. »

Donc, j'étudiais beaucoup, j'assistais à tous les cours, j'écrivais des dissertations et je trimbalais des livres de la bibliothèque. Mais l'expérience s'avéra étonnamment facile. J'avais, même dans ce temps-là, un talent pour le détail, un talent pour percevoir les choses, une parcelle de savoir, un fait, pour le retenir aussi longtemps que nécessaire. Je ne prétends pas que j'apprenais, mais j'avais de la mémoire.

Et j'observais. Un professeur de psychologie disposait d'un laboratoire où l'on tentait des expériences sur les rats, lieu qui ressemblait en quelque sorte à celui, étrange, dans lequel j'évoluais.

Le soir, je tirais une chaise devant la fenêtre de mon appartement et j'observais les passants sur le trottoir, les gens assis sur leur véranda, avides des dernières chaleurs automnales. Eux ne pouvaient pas me voir, tapie dans l'obscurité. Ils n'auraient même pas songé à regarder. Encore maintenant, quand je hume l'automne, me reviennent inévitablement cette fenêtre et cette odeur de feuilles.

Ensuite, très tard, quand tout devenait calme et qu'il n'y avait plus rien à regarder, je fermais les rideaux et j'allumais les lumières à l'intérieur. Là, j'étais en sécurité, bien au chaud, seule. Et même si la solitude pouvait me rendre mal à l'aise, elle demeurait, en même temps, agréable. Personne n'était témoin.

J'allumais alors la radio, je m'allongeais sur mon canapé de fortune et redevenais chanteuse et danseuse. Plus de père pour s'étirer, bâiller, rompre le charme ; je m'endormais parfois, là, et vivais les rêves de mes personnages, jamais les miens.

D'autres vies étaient aussi offertes sur les tableaux d'affichage. Elles étaient alignées sur les murs des couloirs et je les lisais. Depuis les annonces pour travaux de dactylographie jusqu'aux horaires de concerts, de pièces de théâtre et aux avis de réunions, comme un détective, j'essayais de voir lesquelles sautaient aux yeux, étaient susceptibles d'offrir une récompense, une vie.

Elles offraient de tout. Une association pour étudiants étrangers ? L'avis mentionnait que tout le monde était bienvenu : je me trouvais là tout aussi étrangère que n'importe qui d'autre. Les visages ronds et noirs ou les bruns et aquilins se sentaient-ils aussi éloignés de tout cela que moi ? J'allais par les couloirs, traversais des pelouses, changeant de salle de cours, et c'était comme si quelqu'un d'autre me regardait faire.

Ah ! les endroits que ces gens connaissaient, endroits que je ne verrais jamais, sauf en images dans mon esprit.

Des couleurs et des vêtements bizarres, d'étranges danses, d'étonnantes musiques. Imagine, me disais-je, me trouver devant un désert. À quoi ressemblait une longue étendue de riens ? Ici, les yeux rencontraient des obstacles — des arbres ou des gens, des édifices. Comment était-ce, de ne rien voir ?

Comment était la poussière, ou la jungle ? La faim et la menace de la mort ? Il était possible d'imaginer un homme noir qui m'enlèverait et m'emmènerait chez lui pour faire de moi une princesse. Dans un monde différent, je pourrais être belle.

Mais, bien sûr, placée concrètement face à la situation, elle pouvait apparaître tout à fait différente. Dans une réunion, il ne serait pas étonnant d'entendre dire que la vue d'un désert est tout simplement ennuyeuse ; que la menace de la mort ne fait que rendre les gens irritables ; que la politique est petite et humaine ; que la vie d'une princesse est étouffante.

Je préférais un Tombouctou exotique et doré à ce qu'il était vraisemblablement : un campement isolé, poussiéreux, guetté par la famine.

Les images de l'esprit ne sont pas sans importance, après tout. Dans le passé, j'ai fourni de considérables efforts pour les protéger.

Ce que je voulais, c'était de la grâce, une richesse d'esprit qui ajouterait au lieu d'enlever. Un moyen, peut-être, de révéler ce qui se passe derrière les paupières : les danses et les chansons.

Et voilà que je me trouvais seule, loin de la petite ville étouffante, dans une plus grande ville qui devait offrir proportionnellement de plus grandes possibilités, où les véritables aspirations pourraient se déchaîner.

Une revue littéraire paraissait quatre fois l'an. On apercevait certains de ces gens dans les couloirs, vêtus de noir, quelques-uns arborant un soupçon de barbe, des femmes aux longs cheveux raides et plats encerclant de pâles visages, à l'expression distraite ou provocante. Le teint sombre des visages étrangers, la pâleur de ces intellectuels — tous exotiques, étrangers et attirants.

La revue contenait de tristes et douces histoires, des poèmes amers et révoltés. À propos de la guerre, de la trahison, de la douleur et de la pauvreté, mais différemment ; pas de politique ni de faits, mais des formes. Et à propos de corps flous qui se tortillent, se caressent. Il semblait que ces pâles gens osaient n'importe quoi avec des mots.

Il existait donc là une possibilité pour moi. Des mots magiques, peut-être ? Pourrais-je transformer la peur, faire disparaître ce que je voulais par une incantation, ou faire surgir l'homme qui me reconnaîtrait ?

Je sentais une légère excitation. Si, de plus, on imprimait mes mots, il était possible que je devienne importante, comme une chanteuse ou une danseuse, les désavantages en moins : devoir être regardée, sans être obligée d'affronter l'assistance.

Un soir, au lieu d'allumer la radio, je me suis assise et j'ai écrit un poème. Le seul que j'aie jamais écrit, et je ne parviens pas à me souvenir d'un seul mot. Seulement qu'il était question de peur, mon thème le plus cher. Quinze lignes gravées un soir, à une heure tardive. Comme pour les cours, ça ne s'avérait pas aussi difficile qu'appréhendé, ni rimes ni pieds nécessaires. Seulement des mots qu'un stylo déversais, et qui devenaient poème sur le papier.

Je contemplai ces mots et compris qu'ils ne dissipaient pas la peur ; ils en faisaient simplement quelque chose qu'on pouvait contempler.

Qu'arriverait-il d'eux, si je les livrais à d'autres ? La rencontre suivante du groupe qui publiait la revue devait se tenir à trois semaines de là : suffisamment de temps pour préparer ce qui serait mes premiers pas vers mes vingt ans. Je pourrais m'acheter un chandail à col roulé noir et peut-être écrire un autre poème. Je pourrais aller à la réunion de ces gens et leur abandonner ma peur.

Je me demande si j'aurais pu le faire. Je suis curieuse maintenant de savoir si mon poème aurait eu des chances de paraître dans cette revue, quelle allure m'aurait conféré ce chandail noir, si j'aurais pu être une autre Edna.

Mais Harry surgit un jour entre le poème et la réunion, et le besoin de désirer quoi que ce soit d'autre disparut. Le cygne et le papillon, voilà ce qu'il était, lui, et non pas moi.

Et j'eus vingt ans, et tout changea, comme je l'espérais. Sauf que je n'avais pas tellement changé ; le seul changement, c'était ce que Harry m'enseignait.

Les espoirs frêles et vacillants de la petite Edna, les enfants perdus des rêves.

Mais Harry était tout ce qu'il y a de plus réel.

J'avais presque tout oublié de cette histoire ; plus de vingt ans ont passé depuis. Maintenant, dans mon esprit, ne subsistent de ces gens que des teints sombres et des chandails à col roulé sombres. Et aujourd'hui, mes mots sont là, dans ce cahier bleu. Je suppose que je ne pouvais pas m'occuper, à la fois, de mots et de Harry. Ou que je n'en sentais pas le besoin.

Que cela devenait mystérieux — et ça l'est encore — cette façon dont les gens rient et parlent si aisément, se touchent, se tiennent les mains et se donnent des tapes dans le dos. Ils vont au téléphone, composent des numéros et savent quoi dire après « allô ». Ils peuvent lire tout haut ou se raconter des choses qu'ils savent, se partager des recettes ou des soucis. Ils s'offrent mutuellement à boire, s'allument des cigarettes et se regardent dans les yeux. Dans ma salle de séjour, les bras de Harry autour de moi, ou même chacun assis de notre côté, je me suis montrée aussi capable de faire un peu de tout cela. J'ai parlé, posé des questions et ri à des blagues. J'ai opiné de la tête encore et encore, en écoutant. Harry me racontait que les gens lui disaient : « Edna est vraiment formidable. » Ils admiraient ma façon d'écouter, ma gentillesse — certains me comparaient même à une sainte. « C'est ce sourire angélique, me disait-il en riant, ce regard vitreux que tu prends quand quelqu'un est vraiment ennuyeux et que tu essaies d'être gentille. »

Les gens ne semblent pas très exigeants, ni soucieux de chercher trop loin.

Je sens grouiller en moi un million de mots, qui tentent d'émerger à la surface.

Qu'a donc vu Harry ? Dans quel contexte a-t-il dit : « Je t'aime » ? Peut-être a-t-il aperçu un reflet. Il m'a prise, en tout cas, m'a tenue et a insufflé la vie en moi comme s'il avait tiré une personne de la noyade. Il m'a enseigné des comportements et suffisamment de mots. Je les ai adoptés avec gratitude, sans être totalement consciente de le faire.

Je dirais que Harry m'a élevée ; de la même manière dont on dit que les parents élèvent leurs enfants.

Que serais-je devenue sans lui ?

Il n'était plus nécessaire de le savoir. Je concentrais sur lui mon peu de courage, ma volonté de fer, et lui, il observait et écoutait pour moi.

Il a pris soin de moi bien plus qu'il ne l'a jamais su.

Mais est-ce un reflet de ma stérilité que nous ayons inversé les rôles et qu'il soit devenu, pour moi, une sorte de matrice ?

9

J'ENTENDIS UN BRUIT DE PAS PRÉCIPITÉS derrière moi et je me retournai, effrayée. On n'est jamais assez prudent.

« Excuse-moi, t'ai-je fait peur ? » me demanda le garçon, essoufflé.

Je semble incapable de me remémorer son dernier visage, mais celui-là est clair. D'intenses yeux bruns, un long nez étroit, des lèvres minces, une bouche large, ouverte, confiante et légèrement hors d'haleine, un pantalon mince brun clair, une ceinture brun foncé, une chemise bleu clair, une veste (en nylon, je crois) d'un bleu plus foncé, rejetée légèrement sur les épaules comme pour les mettre en valeur.

Plus tard, je verrais les omoplates, la carrure qui rétrécit au niveau des os, les côtes, jusqu'à la taille et, en avant, les os de la hanche qui guident la chair vers cette autre chose que je n'avais jamais vue auparavant. Et la seule que je verrais jamais. « Comment sais-tu si je fais bien l'amour ? » me demandait-il en riant, mais je ne suis pas sûre qu'il blaguait vraiment. « Tu ne l'as jamais fait avec d'autres que moi. »

C'était beaucoup plus tard.

Il s'excusait encore. « Je suis désolé, j'essayais de te rattraper, mais je ne voulais pas t'effrayer. Tu es dans ma classe d'anglais, n'est-ce pas ? La Restauration ? »

Oui, c'était vrai : son visage m'était quelque peu familier. Mais en tant qu'élément d'une foule, d'une classe entière. Maintenant, différent. Son attention en ce moment était concentrée sur moi comme si la rue et les autres personnes n'étaient pas là, que nous seuls existions. (C'était là un de ses dons, de transformer l'objet du moment en unique objet. Je l'ai vu tourner ce brillant regard pénétrant sur d'autres, si flatteur ; petit stratagème aimantant l'aveu.) « Je suis Harry Cormick, dit-il. Je ne connais pas ton nom. »

C'était Edna Lanning à ce moment-là. Plus tard, Edna Cormick. Aujourd'hui, seulement Edna, je suppose. Edna tout court.

« Pourquoi je voulais te parler ? C'est que tu ne manques pas beaucoup de cours, n'est-ce pas ? Je t'ai vue chaque fois que j'y suis allé, mais j'en ai séché quelques-uns et je pensais que si je pouvais peut-être regarder tes notes, je me rattraperais. Dis-le moi si ça ne te plaît pas. Mais j'ai pensé que s'il y avait quelqu'un à jour dans ses notes, ce devait être toi. »

Comment me voyait-il donc, alors ? Comme une misérable esclave ?

Il dut lire dans mes pensées car il se mit à rire et ajouta : « Excuse-moi encore une fois, ce n'est pas exactement ce que je voulais dire. J'ai pensé que tu semblais du genre serviable avec les copains. Et d'ailleurs, je voulais faire ta connaissance. »

Était-ce vrai ? Par quoi cela avait-il commencé ? Le désir de me connaître ou de m'emprunter mes notes ?

Il avait la main sur mon épaule ; c'était rassurant, gentil et amical. Et excitant d'une certaine façon. Tout cela, ses yeux, et son long corps mince — virilité, plus une pointe d'espièglerie.

Peut-être le coup de foudre n'existe-t-il pas, mais il existe certainement une sorte d'attraction puissante, immédiate. Je suis presque sûre que je l'ai tout de suite reconnu comme le visage manquant au miroir et à l'oreiller.

Ou alors peut-être aurait-il pu être n'importe qui. Bien que je ne puisse m'imaginer personne d'autre. La seule pensée qu'une autre personne, un quelconque inconnu aurait pu me prêter attention, est perverse ; c'est tuer l'esprit de Harry, sa distinction. Il est trop cruel de penser que cette histoire aurait pu n'avoir aucune importance.

« Alors, est-ce que je peux emprunter tes notes ? »

Il dut s'interroger sur les raisons de mon long silence. « Oui, » dis-je finalement puis, pour résorber l'apparente sécheresse de mon ton, j'ajoutai : « Oui, bien sûr. Mais elles sont à mon appartement. » Comme s'il s'agissait là d'un obscur empêchement.

« Eh bien, si tu te rends chez toi tout de suite, je pourrais t'accompagner. Alors, — et il sourit malicieusement, — si quelqu'un d'autre surgit lourdement derrière toi, tu n'auras pas à avoir peur. Je vais tous les repousser. »

Il parlait continuellement, meublant tous les espaces. « Je suis en études commerciales et on en a eu plein les bras ces dernières semaines. C'est pour ça que j'ai séché autant de cours d'anglais. Tu es en anglais ? »

« Oui. »

« Première année ? »

« Mm-mmm. »

« C'est mon seul cours d'anglais. Je suppose qu'en études commerciales, ils ne s'imaginent pas qu'on a besoin de savoir parler très bien. » Quel rire agréable il avait ! Il semblait s'amuser sans cesse.

« L'image qui me vient toujours, quand on change de salle de cours, c'est celle d'une bande de pingouins. Tous ces complets trois-pièces et ces chemises blanches. Je passe la moitié de mon temps à étudier à la laverie. »

Comme cela était surprenant, de constater qu'une personne pouvait rire d'elle-même et de l'image qu'elle projetait. Comme cela semblait courageux et assuré !

« Et quand tu recevras ton diplôme, que penses-tu faire ? » (Montrez-vous intéressée, répétaient les magazines de ma mère. Faites-lui voir qu'il est important. Je les ai pris au mot, si ma mère ne l'a pas fait.)

Mais je pensais vraiment qu'il était important. Ou qu'il pourrait l'être.

« Entrer dans une compagnie, je suppose, je ne suis pas sûr. Il se présentera bien quelque chose. Mais ce que je veux, c'est du pouvoir, tu vois ? »

Honnête. Foncièrement honnête : pouvoir révéler de façon si insouciante et spontanée ses motivations profondes, sans qu'elles soient nécessairement pures et intègres, et à une étrangère, en plus. « Bien sûr, je vais devoir travailler pour ça. Je ne suis guère patient, mais il faut passer par là. Je veux prendre des décisions, je veux avoir mon mot à dire dans le fonctionnement des affaires. »

Ce qui ne faisait pas de lui un réformiste, ni quelqu'un désireux de tout modifier en profondeur. Pas de projets grandioses et il se montrait honnête à ce sujet-là aussi. Non, il était heureux de diriger le lancement de nouveaux produits, de conclure des marchés et de brasser des contrats, la douce et simple autorité, quoi. Sa joie résidait dans le pouvoir, exercé de n'importe laquelle des façons. Il me confia une fois : « Cela ressemble à de la jouissance. »

Il monta derrière moi les marches de mon appartement. Je me sentis mal à l'aise, car je me demandais à quoi je ressemblais, vue de dos.

« Je vais chercher mes notes. »

« As-tu du café ? On pourrait prendre un café avant. À moins que tu ne sois pressée par autre chose. As-tu le temps ? »

Évidemment, s'il voulait rester, j'étais disposée à faire tout le café qu'il pourrait boire.

« C'est beau ici » fit-il sans grand enthousiasme. Je regardai autour de moi et je découvris l'endroit pour la première fois avec les yeux d'un étranger. Personne n'avait jamais pénétré ici à part moi et mon père, le premier jour.

Oui, c'était délabré. La maison elle-même était délabrée, le couloir et l'escalier étaient délabrés, de même que cet appartement du deuxième étage. Mais c'était le mien.

Après toutes ces années vécues dans la bourgeoisie, je m'en souviens moi-même avec une certaine honte, et quelque affection, aussi. Après tant d'années de tables assorties aux chaises, de canapés et de rideaux harmonisés, cet appartement apparaîtrait inconcevable aujourd'hui. Mais c'était le mien.

La chambre, ici, où je m'installe le dos si droit près de la grande fenêtre, n'est pas la mienne. Je ne l'ai pas choisie et elle n'a rien à voir avec moi. Seuls ce premier appartement et la maison ensuite étaient à moi.

La raison pour laquelle je ne nourrissais pas les mêmes obsessions de propreté envers cet appartement qu'envers ma maison, plus tard, n'avait rien à voir avec son caractère délabré. Je crois que, pour moi seule, la propreté n'était pas aussi importante. Dans ma maison, pour Harry, ça devenait une chose vitale.

Dans l'appartement, il y avait un petit lit simple derrière un épais rideau suspendu aux anneaux d'une barre qui traversait l'encadrement d'une porte. Celle-ci séparait le minuscule recoin qui servait de chambre à coucher de la salle de séjour. Là, un petit lit pliant garni de coussins verts, bruns et jaunes, épouvantables maintenant que je me les rappelle, affectait des allures de canapé. Un monceau de livres entassés contre un mur. Plus tard, Harry me fabriqua une bibliothèque avec des briques rouges et des planches dorées ; le style que beaucoup d'étudiants adoptent, me dit-il.

La cuisine comprenait un réfrigérateur cabossé et une cuisinière, un petit comptoir, un évier simple et deux armoires raboteuses, deux chaises de cuisine dont la peinture crème s'écaillait et une vieille petite table de bois pour y étudier et manger. Plus loin, il y avait la salle de bains munie de vieilles installations irrévocablement tachées. Je les avais frottées et frottées, me disant que ces taches provenaient de Dieu sait quelles abominables bactéries, mais cela n'avait rien changé.

Quand j'évoque cet appartement aujourd'hui, il me reste une impression de longueur et d'obscurité, une émanation d'odeurs de cuisson et de saleté d'anciens locataires, de pâleur et d'insalubrité, et le souvenir de mes pauvres efforts pour m'en défaire. Mais, malgré tout, c'était le mien.

Je préparai le café tandis qu'il jetait des regards autour de lui. « Pourquoi ça ? » me demanda-t-il en pointant du doigt un mur de la salle de séjour.

Il faut dire que j'avais tenté de décorer avec des choses qui m'avaient frappée, des photographies en couleur découpées dans des magazines et accrochées là, telles quelles. Celle qu'il m'indiquait était le portrait d'une jeune fille qui dansait, tournoyait, entièrement absorbée par ses mouvements et son corps.

« Ah, elle ! » répondis-je. Que pouvais-je dire au sujet de ce qu'elle représentait pour moi ? « Je me sens bien quand je la regarde. Elle semble si heureuse et si comblée par ce qu'elle fait. » C'était la vérité : une sorte d'inspiration venue de sa joie, de sa concentration.

« Et celle-là ? »

Il s'agissait d'une photo de vieille femme, toute ridée, pensive.

« Eh bien, je pense qu'il s'agit là de personnalité. Elle a souffert, tu vois, dans sa vie, et c'est comme si elle disait : « Ça a peut-être été dur, mais ça m'a donné quelque chose. J'ai passé au travers. » Elle est — triomphante, on dirait. » Ce que je voyais vraiment dans les rides de cette vieille femme ne se trouvait ainsi qu'imparfaitement expliqué.

Perçut-il ma peur? Ou peut-être pensa-t-il que j'étais profonde, et sensible. Il but à petites gorgées son café trop amer, demanda : « Tu aimes vivre seule ? »

« Oh oui ! » Je n'en avais aucune idée. Je prenais les choses comme elles se présentaient.

Est-ce ce moment-là qui le fit déduire que j'étais indépendante et sûre de moi ? Il n'a sûrement pas pu me voir telle que je me voyais, et j'ai pris garde, d'ailleurs, qu'il ne le puisse pas.

« Peut-être, dit-il enfin, que je pourrais jeter un coup d'œil sur tes notes. »

Bien sûr, voilà vraiment ce qu'il souhaitait faire : les regarder vite et s'en aller. Je sais parfaitement ce que signifie cette expression : « mon cœur a sombré ». C'est précisément ce que j'ai senti alors, le cœur qui sombre comme une pierre au fond de l'eau.

L'appartement ne serait plus le même après son départ. Comme s'il avait été une brise et une lumière qui se seraient déversées sur la pièce, en exacerbant du même coup les médiocres aspects. Quand il s'en irait, je me retrouverais non plus seule, mais isolée.

Tout cela parce qu'il possédait le visage du miroir. Parce qu'il riait et disait la vérité, parce que son corps était mince et parce qu'il était là, dans mon appartement.

« Tu as une très belle écriture, me dit-il. Comment fais-tu alors qu'il faut écrire si vite aux cours ? »

« Ah ! je note seulement les points importants. Je rédige le tout plus tard. » Et là, je me serais battue :

encore cette mine d'esclave. Aussi bien arborer cheveux gras et lunettes.

« Ça doit prendre du temps. »

Il se levait, s'en allait et je le verrais franchir la porte, descendre l'escalier, partir, et c'en serait fini. Comment ferais-je pour réintégrer cet appartement, me rasseoir sur ma chaise derrière ces rideaux pour observer ?

« Ça te tenterait, un film la semaine prochaine ? »

Le cœur remonte et flotte dans la gorge. « Oui. Oui, j'aimerais bien. »

« Bon. Je t'appellerai dans quelques jours. »

« Il n'appellera pas » pensai-je. Mais il appela.

Mon écriture, ici, qui suit les lignes droites de ce cahier, est d'une beauté si délicate que j'en pleurerais.

10

ÉCOUTE, LES GENS INVESTISSENT DANS LE MARCHÉ FINANCIER, dans les biens immobiliers, dans l'or. Ils mettent leur argent, ce qui a de la valeur à leurs yeux, dans ce qu'ils croient pouvoir rapporter des bénéfices raisonnables. Ils laissent tomber, peut-être, des récompenses immédiates dans l'espoir qu'il se présente quelque chose de meilleur dans l'avenir.

Les gens investissent sans arrêt. Moi aussi. J'ai pris la seule chose que j'avais, mon unique possession, moi-même, quoi qu'il ait pu en advenir, et je l'ai investie dans Harry. Les gens investissent sans arrêt. Pourquoi pas moi ?

Je pensais que ça devait rapporter, comme dans un compte d'épargne, six, huit ou dix pour cent par année. Après quelques boursicotages dans le marché — les soirées dansantes de l'école secondaire, les grincements de dents, l'argent dépensé pour du rouge à lèvres et de la poudre, les frais d'université et un poème — venait le plongeon décisif : tout mon actif concentré sur Harry.

Ma mère me disait : « Quoi que tu fasses, ça te revient. » Quand j'étais petite, cela me terrifiait. Mes péchés minuscules — lui avoir, dans un moment de révolte spontanée, tiré la langue derrière son dos ; avoir arraché en cachette tous les cheveux d'une des poupées de Stella ; m'être promenée à bicyclette autour du pâté de maison alors que je n'étais pas censée dépasser le coin — ces gestes tourmentaient mes nuits. Je me demandais quelle forme prendrait mon châtiment.

Mais cela devait aussi fonctionner dans l'autre sens. Si je me faisais bonne, gentille et serviable, cela aussi devait être récompensé.

J'étais aussi bonne qu'il semblait raisonnable de l'être. Je ne suis pas une sainte et il faut bien s'accommoder de la réalité. Autrement, on ne pourrait se rendre nulle part et on ne pourrait rien manger sans songer à quelque atrocité passée (bien que je ne me déplaçais pas beaucoup et que, pour ma part, je mangeais peu.)

J'étais loyale et j'essayais d'être aimable. Quand des gens venaient me solliciter pour les maladies de cœur ou pour le cancer, je donnais généreusement. Je lisais les journaux ainsi que les magazines, je pouvais donc identifier les coupables notoires et si, au supermarché, je voyais des raisins qui provenaient du Chili ou des pommes de l'Afrique du Sud, je ne les achetais pas, s'il se présentait une alternative.

Mais, dans tout cela, il faut faire la part des choses. Harry aimait les raisins (comme moi, en fait) et il aimait aussi les pommes croquantes au goût acide. Ces endroits semblaient tellement éloignés, alors que Harry était là, tout près de moi. Et se heurtaient des points de vue contradictoires : quelle différence cela faisait-il vraiment si je n'achetais pas de ces raisins ? Qui s'en trouvait atteint? Les généraux au Chili ne disaient pas : « Edna Cormick n'a pas acheté de nos produits aujourd'hui » et, en Afrique du Sud, ils ne disaient pas : « Edna Cormick a refusé nos pommes. » Bien sûr que je croyais à la paix, aux estomacs pleins et aux choses équitables. (Ça n'est que plus équitable, Edna, disait Dottie Franklin.) Mais qui ou quoi devais-je servir en premier ? L'homme qui rentrait à la maison ou des gens sans visage, au loin ?

Je n'étais pas le genre à porter des pancartes, à défiler devant une ambassade ou à lancer des slogans devant des caméras de télévision. J'étais une petite femme qui faisait son possible. C'étaient là des choses trop importantes pour qu'une personne comme moi puisse les mener à bien, donc, tout ce que je tentais de faire, c'était mon possible. Ainsi, j'ai essayé de garder mon bien en sécurité et j'ai évité les raisins et les pommes quand il y avait une alternative tout en pensant que si je m'assurais que mon minuscule univers était bon et sûr, ce serait suffisant pour payer les dettes éventuelles.

Peut-être n'ai-je pas été assez loin. Mais j'ai été plus loin que bien des gens. Et j'étais très discrète. Qui m'aurait remarquée dans la rue ou dans l'allée d'un supermarché ? Pour mériter un tel échec dans mes investissements, il aurait fallu sans doute que je sois une tout autre personne.

J'ai investi ma bonté en Harry et je m'attendais réellement à une bonté avec intérêt en retour.

Une valeur sûre, c'est ce que ma vie avec Harry aurait dû être.

11

« PARLE-MOI, EDNA » me disait-il.

Oui, mais de quoi ?

À vrai dire, je préférais écouter. Et à vrai dire, il préférait parler. Il avait renoncé à beaucoup de choses pour moi, pensais-je, — aux autres filles, par exemple, il devait y en avoir eu d'autres — et la façon de lui revaloir cela m'apparaissait simple et unique. Écouter, surtout. Tout ce à quoi j'avais renoncé, c'était à la transcription de mes notes chaque soir et à mes soirées à observer par la fenêtre. Peut-être à des poèmes. Mais les poèmes sont disparus au moment où il est apparu. Si jamais ils avaient refait surface, la peur et le chagrin en auraient été la cause, mais Harry comblait l'espace de telle sorte qu'ils s'engloutirent de plus en plus profondément sous son poids jusqu'à n'être plus que de petites parcelles blotties au fin fond de mon âme.

Même la vie de danseuse et chanteuse avait disparu. Le temps manquait pour ces choses, maintenant ; d'ailleurs, qui avait besoin de fiction alors que d'authentiques événements se déroulaient ?

Nous sommes sortis au cinéma ou dans des bars (où j'ai trouvé à la bière un goût bizarre et je me suis alors demandé comment les gens, y compris Harry, pouvaient prendre plaisir à en boire tellement) et, souvent, nous nous asseyions dans ma pièce de séjour. C'était intime, là, il n'y avait que nous deux. Nous ne pouvions pas nous rendre trop fréquemment à son appartement car il le partageait avec un autre étudiant, ce qui rendait la solitude à deux difficile.

Il s'asseyait à côté de moi sur l'étroit canapé, les mains repliées derrière la tête, les yeux fermés, et il me racontait ses rêves. « Je veux tellement de choses, Edna, me confiait-il. Accomplir quelque chose de grand. Pas seulement devenir riche, bien que, ajoutait-il en riant, ça en fasse partie aussi, ça ne serait pas désagréable. Mais je veux accomplir quelque chose, construire, être quelqu'un. Je ne veux pas vieillir et mourir en pensant que j'ai raté quelque chose, que personne ne m'a remarqué ou que je n'ai rien fait de valable. Je veux prendre de l'importance. »

J'opinais de la tête, même s'il avait les yeux fermés. « Oui, je sais. » Bien qu'en fait, je n'en savais rien. Il semblait regarder beaucoup plus loin que moi. Ma propre vision, à ce moment-là, s'arrêtait à la présence dans ma pièce de séjour de ce garçon aux yeux fermés que je pouvais effleurer rien qu'en me penchant.

Mais que je comprenne ou non n'était pas l'important. L'important était qu'il me fasse confiance en me racontant ses rêves. « Tu seras quelqu'un » l'assurais-je.

Devenu vieux, aurait-il été satisfait? Aurait-il pu s'asseoir et dire : « Non, je n'ai rien raté. Les gens m'ont remarqué. Ce que j'ai fait a compté. J'ai eu de l'importance » ?

« Parle-moi, Edna » me disait-il parfois.

« De quoi ? »

« De toi. Je t'ai dit ce que je désirais, maintenant, c'est à ton tour. Dis-moi ce que tu veux. »

Je le voulais, lui ; mais c'était là une chose trop audacieuse à dire.

« Je ne sais pas. Je ne suis pas comme toi. Je ne suis pas sûre de ce que je veux. »

« Mais tu dois bien avoir une idée, des projets à propos de ce que tu feras avec ton diplôme. »

« Eh bien, il n'y a pas énormément de choses à faire avec un diplôme d'anglais. Je vais probablement finir dans l'enseignement. » Triste perspective ; raison pour laquelle je ne désirais par regarder au-delà de cet homme svelte, détendu, dont la présence là, dans ma pièce de séjour, tenait tout à la fois de la surprise et du miracle — chose que je ne pouvais lui révéler, sous peine de lui révéler aussi ma peur.

« Et te marier un jour ? » Ses yeux étincelaient, rieurs : testait-il ainsi mon intention de le prendre au piège ?

« Peut-être. Si ça se présente. »

« Mais tu ne vises pas quelque chose en particulier ? Il n'y a rien, dans ton esprit, qu'il ne soit comme urgent d'accomplir ? »

Il me fit me sentir alors très petite et inutile. Cela le stupéfiait visiblement de constater qu'une personne jeune, qui débute dans la vie, pouvait ne pas nourrir de rêves. J'aurais peut-être pu dire : « J'ai songé à écrire des histoires, ou à voir Tombouctou. » Mais il ne s'agissait là que d'imagination.

« Bon d'accord, disait-il, si tu ne veux rien faire de particulier, que veux-tu être ? »

Il existait une différence entre les deux ? Je me renfrognai et secouai la tête. J'aurais pu répondre : « Je veux être en sécurité » ou bien : « Je veux être heureuse », mais cela l'aurait déçu et aurait semblé stupide. Comme je ne voulais pas lui faire de réponse stupide, je gardai le silence.

Mais je comprends aujourd'hui ce qu'il a voulu dire. J'ai passé toutes ces années avec lui, à croire, comme une évidence, que j'étais ce que je faisais et que je faisais ce que j'étais. Mais maintenant, j'ai fait quelque chose qui doit être différent de ce que je suis ; il est impossible que je sois le genre de personne à poser ce genre de gestes. Donc, c'est sans doute ce à quoi il faisait allusion. Mais de façon moins radicale, je présume.

« Tu veux des enfants ? »

« Eh bien, j'imagine que oui. » Il n'était pas question d'un ardent désir d'enfants, de voix maternelles et profondes se débattant quelque part dans mon corps ; seulement d'une hypothèse. Les enfants apparaissaient dans la vie des gens, selon l'ordre des choses, et je supposais que, selon l'ordre des choses, ils apparaîtraient dans la mienne. Mais ce qui me paraissait inconcevable, bien que de moins en moins, maintenant que Harry était dans mon appartement, alors qu'il aurait pu être ailleurs, c'était le fossé qui séparait celle que j'étais de celle que je serais.

« Je te vois mère de famille. Tu ferais une bonne mère. »

C'était possiblement vrai.

D'autres soirs, d'autres questions. « Parle-moi de ta famille » me demanda-t-il. Et je lui dis ce que je pouvais.

« On ne dirait pas que tu les aimes beaucoup. »

« Mais bien sûr que je les aime ! » Ébahie. « C'est ma famille. »

« Peut-être. Mais on ne dirait pas que tu les aimes. »

Il tenta de me faire voir ces différences : entre être et faire, aimer bien et aimer beaucoup. Il était beaucoup plus réfléchi que moi.

Il semblait toujours voir les choses plus clairement. Il n'avait pas peur. Sauf cette fois où il a eu peur.

Il avait les yeux ouverts et il me regardait. « Tu n'aimes pas parler de toi, n'est-ce pas ? Tu es timide. »

Ce fut la bonté, la rare douceur de son visage, l'attention qu'il me portait qui provoqua le reste.

« Je ne sais pas comment faire. »

Les mots s'étaient échappés tout simplement et restèrent suspendus un moment. En entendre l'écho me bouleversa. Il y avait une grosse pierre logée, là, dans ma poitrine depuis aussi longtemps que je pouvais m'en souvenir, au point que cela me paraissait normal d'en ressentir le poids et, tout d'un coup, voilà qu'elle s'était brisée en mille éclats et que les morceaux se volatilisaient, le poids avait disparu et je tremblais, mon visage se convulsait et mes larmes se déversaient sans que j'y puisse rien.

« Hé ! » Il dut en rester abasourdi. « Qu'est-ce qu'il y a ? Edna ? Qu'est-ce qui se passe ? » Il m'avait entourée de ses bras, sa main retenait mon visage contre son épaule et il me berçait, doucement, en murmurant : « Ça va, ça va, c'est fini », comme une sorte de mélopée, en me laissant pleurer.

Ah ! j'avais quelquefois pleuré — enfant, à cause de blessures aux genoux, adolescente à cause de la solitude —, mais jamais de cette façon auparavant, pas avec tout le corps tordu comme par une crise de nerfs, les larmes distendant mes veines et mes artères. Cela me faisait mal et je voulais arrêter ; mais en même temps je ne le voulais pas, car le bercement et les murmures étaient agréables, réconfortants, et si rassurants tandis que je pleurais. Je continuai ainsi interminablement, tout en songeant : « Oh mon Dieu ! que c'est terrible ! » — signifiant par là, je crois, tout ce que j'avais vécu jusqu'à ce moment et aussi : « que c'est bon ». Les larmes pouvaient difficilement s'arrêter pour cette raison, mais finalement, elles séchèrent et je me sentis abattue, lasse et, en plus, j'avais le hoquet. Je pensai : « Je dois vraiment lui faire confiance pour me laisser aller à agir ainsi. » Et ensuite, je me dis : « Alors, je dois vraiment être amoureuse de lui. » Auparavant, je m'étais seulement permis ces mots dans mon imagination, dans des conversations fictives, tandis que je m'abandonnais au sommeil, seule.

Je me redressai, j'essuyai mon visage. « Je suis désolée, dis-je, je dois être affreuse. » Je ne voulais pas qu'il me voie laide, maintenant que j'étais éveillée à l'amour, là dans ma chair. Car c'était une des choses que je saisissais parfaitement : il faut paraître au mieux pour obtenir de l'amour en retour.

« Tu es très bien. » De la main, il me caressait les cheveux, l'épaule et le bras. Sa voix était tellement douce. Si la mienne était chargée de tremblements, la sienne était chargée de tendresse.

Je pense aujourd'hui que, s'il ne m'avait jamais vue pleurer, nous ne nous serions peut-être jamais mariés. Je pense que c'est là la différence que ces larmes ont faite.

Plus tard, je pus lui dire, sans un tremblement ou une larme : « Tu sais, je n'ai jamais entendu personne de ma famille dire : « Je t'aime ». Personne n'a jamais prononcé ces mots-là. » Je me mis à trouver cela étrange, bien plus qu'auparavant. À ce moment-là, cette constatation me vint parce que j'avais quitté la maison, parce que Harry m'apprenait à voir, parce que je pouvais lui faire confiance et, en conséquence, l'aimer.

« Mais alors, pourquoi toi, tu ne les prononces pas, ces mots-là ? Ça ne prend peut-être qu'une personne pour tout chambarder et inciter les autres à le faire ! »

Ç'aurait été comme de marcher nue devant eux. Tout pourrait se désagréger sous l'effet du choc.

Ses parents, lorsque par la suite je les rencontrai, étaient bien différents. Sa mère, petite, avait les cheveux gris et était charmante ; son père, gros et grand, avait les cheveux gris et était courtois. Ils se touchaient souvent et souriaient à Harry. De petites caresses, un tapotement sur la main ou dans le dos. Ils semblaient très attachés l'un à l'autre et ils étaient fiers de Harry. Il était leur seul enfant. « C'est là la différence, me dit-il. Ils n'avaient que moi à aimer. »

Oui, bien sûr, mais que cette réalité, dite comme ça, était blessante, même s'il n'était aucunement dans ses intentions de l'être.

Ils étaient vêtus élégamment et vivaient à l'aise. Au dîner, lorsque Harry nous présenta, sa mère portait une robe de soie grise qui faisait rutiler ses cheveux et son père portait un complet trois-pièces anthracite. Harry aussi. « C'est l'uniforme de la famille », plaisanta-t-il.

Je portais une robe neuve que Harry m'avait aidée à choisir. Je possédais seulement des vêtements scolaires quelconques, des jupes et des chandails. Cette robe était en coton, ivoire, avec de fines rayures roses. Simple, avec des boutons assortis, sur le devant, et une ceinture assortie aussi. Modeste, et assez chère. J'apprenais une autre chose : que la simplicité peut coûter plus cher que le recherché, et qu'elle est de meilleur goût.

J'achetai aussi des escarpins blancs et un petit sac à main blanc pour l'occasion.

Ils étaient charmants, polis, aimables et distingués. Vivant à l'aise sans être riches, leur prospérité et leur satisfaction transparaissaient dans toutes ces petites choses qui les rendaient différents de ma famille — leur façon de tenir leur fourchette, leur façon de manger — le repas était une plaisante cérémonie au lieu d'une nécessité exécutée dans l'embarras et le silence. Je parvins à dire des choses sur moi et à poser des questions polies en retour. Harry contrôlait la situation. Il semble qu'il pouvait s'occuper de n'importe quelle situation délicate. Par la suite, il me dit que je leur avais plu. « Ils ont dit que tu semblais être une gentille fille » et il esquissa un grand sourire de connivence. C'était un plaisir nouveau que d'oser des choses clandestinement, que d'être habilement trompeurs, car à ce moment-là, nous dormions ensemble, geste surprenant pour quelqu'un comme moi, toutes ces années auparavant.

Je me demande ce qu'ils auraient pensé de moi s'ils avaient su. Je me demande comment, moi-même, je me sentais réellement.

Nos deux familles à ce mariage, quel contraste ! Stella mise à part, évidemment, qui dansa, dansa sans cesse, ressemblant avec éclat bien davantage à une sœur de Harry qu'à la mienne.

12

IL AVAIT UN CORPS SPLENDIDE.

« Edna, allons, disait-il. Je t'aime. » Je n'aurais jamais pu, malgré ma joie et ma passion pour lui, être la première à prononcer ces mots-là. Mais il était là à me demander avec insistance : « Tu m'aimes, n'est-ce pas ? » C'était difficile : comme si les mots étaient tabous et que je risquais, à les prononcer, d'être foudroyée.

C'est vrai qu'on peut être foudroyé. Les mots laissent un terrible vide.

Je me croyais une personne de haute moralité ; c'était il y a vingt ans, lorsque ce genre de choses avait de l'importance. Mais notre monde, celui de Harry et le mien, gravitait à côté de celui des autres, petit univers concentrique auquel rien au-dehors ne semblait s'appliquer.

Il me déshabilla lentement, doucement et avec admiration à chaque étape. Il m'embrassa les seins et ensuite, à mon grand étonnement, les cuisses. Il se montrait — presque pur dans ses gestes. Comme s'il était en train de dévoiler une gracieuse statue. Comme si elle était objet de vénération, objet intouchable.

Mais il m'a bel et bien touchée. Je m'étendis sous les draps pendant qu'il se déshabillait. Il fut beaucoup plus rapide pour lui-même que pour moi : un vif, habile déboutonnage, un geste de l'épaule pour se défaire de la chemise, un grincement de la fermeture éclair, les mains glissées sous l'élastique, une flexion du torse, pieds levés pour se libérer, puis assis au bout du lit, incliné pour les chaussettes puis, enfin, debout et voilà, un homme nu.

Je pensais aux miroirs et aux oreillers, à ce qui avait été inimaginable alors et à ce qui serait réel désormais.

Il se glissa sous les draps avec moi, se tourna sur le côté. Pendant un moment, il ne fit que me toucher délicatement des doigts et des lèvres. Je sentais, de temps à autre, des tremblements lui parcourir le corps, mais il était patient.

C'était agréable. C'était, comme je l'avais imaginé, une sensation vraiment exquise de sentir un long corps tout chaud à côté du mien.

Je me sentis nerveuse lorsqu'il rejeta les couvertures et se souleva sur le coude pour laisser errer son regard sur moi, mais fière aussi que mon corps ne présente pas de défauts évidents. Le sien non plus, même si je pouvais lui dénombrer les os. Il était délicat, ferme et mince.

Il n'a jamais laissé aller son corps. Aucun de nous deux ne s'est laissé devenir flasque.

L'acte en lui-même ne dura pas assez longtemps pour que j'en saisisse toute la signification. C'est qu'il était bien là, cet homme, cette authentique chair toute chaude, ce phénomène magique. J'étais trop confondue pour être vraiment consciente de la chose elle-même.

Mais nous l'avons fait et refait. Il y avait du temps à revendre. Des heures dans ce petit lit. Avoir ce corps tout autour de moi tenait du miracle.

Lorsque, après, il s'effondrait, le visage dans mon cou et son corps chaud le long du mien, survenait le moment que je préférais entre tous : je pouvais alors lui caresser les épaules et les cheveux, tendresse et douceur de mes mains lui rendant la tendresse et la douceur des siennes. C'était mon moment à moi, après.

Nous dormions pelotonnés l'un contre l'autre. Rien ne pouvait m'atteindre grâce à ce corps qui m'enveloppait par derrière, ce long bras jeté sur mes côtes, en travers de mes seins.

Cela ne se passait pas comme on le lit dans les romans, avec l'extase qu'on y décrit. C'était en quelque sorte ce à quoi je m'attendais, mais cela ne se déroulait pas du tout de façon prévisible. Je me disais que c'était probablement mieux, dans un sens, de sentir chaleur et tendresse, à défaut de passion.

Chez lui, c'était de la passion, fait indubitable. Ce qui me mettait quelque peu mal à l'aise. Qu'il ait tant besoin de moi, qu'il fasse preuve d'un désir si exacerbé, me semblait faux, quand la vérité, à l'exception de celle des corps, se révélait tout autre.

Je préfère donner plutôt que recevoir ; avoir besoin des autres plutôt qu'on ait besoin de moi ; vouloir plutôt qu'être voulue. Sentir qu'on me donne, qu'on me veut, qu'on a besoin de moi, m'oppresse.

Lorsque j'étais une fille qui embrassait oreillers et miroirs, je me disais : « Bon. Voilà la pratique. Ça va être différent quand ce sera pour de bon. » Ce fut, bien sûr, différent. Les oreillers et les miroirs ne vous embrassent pas les seins ni ne vous tiennent dans leurs bras.

Mais j'avais pensé que la différence serait autre : que, dans l'acte, il y aurait une perte de soi, un dépassement des limites. Je pensais que, quand cela m'arriverait, je m'élèverais et planerais vers un endroit inconnu et libre. Je disparaîtrais complètement. J'avais imaginé une transcendance inimaginable et indescriptible.

J'étais ébahie par l'espèce de magie créée dans ce petit lit avec Harry, mais aussi ébahie que l'autre magie ne soit, apparemment, qu'une illusion.

Car à toutes les fois, et à chacune d'elles, avant, pendant qu'il était à l'intérieur de moi et après, je restais là, avec mon corps, et toutes mes pensées, consciente de chaque sensation, de chaque mouvement, de toutes les palpitations et de la sueur. Pas un seul moment je n'ai senti que je pouvais me perdre.

Y a-t-il des gens qui se perdent? Ou les livres mentent-ils comme ils semblent l'avoir fait pour tellement d'autres choses?

Mais je me trouvais en sécurité.

Je me trouvais en fait bien plus en sécurité que je ne l'avais escompté. Je devais avoir supposé que si les règles extérieures ne s'appliquaient pas à notre monde à nous, les accidents extérieurs ne nous surviendraient pas non plus.

Harry n'était pas si bête. Il doit avoir envisagé la situation de façon tout à fait différente — c'était d'ailleurs préférable, quoique cela se soit, ironiquement, avéré inutile.

Il y eut d'étranges frottements, des craquements, des mouvements gauches, mais je ne compris pas tout de suite ce qu'il faisait. Puis, il déposa à côté du lit un petit ballon humide et laiteux, fermé avec un nœud.

C'était répugnant, cette petite limace blanche, et Harry remarqua ma grimace d'étonnement. « C'est un préservatif, chérie », expliqua-t-il. Et, se penchant au-dessus de moi, il le ramassa. « Pour ne pas que tu tombes enceinte. Tu vois tous ces bébés en puissance ? Des millions de ces petits démons. »

Plus tard, il me confia qu'il n'aimait pas les utiliser. « Tu n'éprouves pas autant de sensations que lorsque tu n'en as pas. » Que sentait-il alors ? Tant de désir et de va-et-vient avec les préservatifs ; qu'est-ce que ce serait s'il n'en utilisait pas ?

Quel casse-tête de comprendre le corps d'un autre ! Je pouvais, bien sûr, l'observer, Harry m'encourageait à le regarder et même à le toucher. J'en vins donc à m'habituer à le voir se dresser, rougir, donner des coups saccadés, tressaillir au toucher du bout de mes doigts ; et, ensuite, je le voyais se rétrécir, se décolorer et se retirer. Mais la façon dont cela se passait demeurait un genre d'excitation inconcevable pour moi.

Il essaya de m'observer de la même manière, mais je ne lui en donnai pas la chance. Je ne trouve pas ces parties du corps très belles. Les siennes ne l'étaient pas non plus, mais il s'en montrait tellement fier. Il se regardait parfois avec étonnement, comme s'il ne comprenait pas, lui non plus. Que cela doit être bizarre d'être un homme, aussi exposé. Chez les femmes, tout est dissimulé, caché.

Ainsi, je ne comprenais pas son corps, non. Mais je pensais que l'acte en général provenait du cœur, et non du corps, et que ces parties-là n'étaient que des symboles, une manière de représentation plutôt que la réalité elle-même.

« Je t'aime », nous disions-nous avant et après. Pendant, même lui restait muet.

13

ET VOILÀ QUE NOUS ÉTIONS MARIÉS et que je me retrouvais en sécurité de l'autre côté de la vingtaine et du fossé. Un plongeon effectué avec Harry, main dans la main, comme dans un film.

Vingt années entre cette époque et l'émergence d'un autre fossé, d'un autre plongeon dans le danger. Mais, quand même, vingt années de sécurité.

Et s'il ne m'avait pas demandée en mariage ? Mais j'étais certaine qu'il le ferait.

Je savais qu'il devait le faire. Dès le début, sa présence, son existence bloqua l'univers. J'étais incapable de voir le monde, pas plus que le monde ne pouvait m'atteindre. Harry m'entourait, se trouvait dans toutes les directions où je regardais ; je ne voyais que lui.

Un jour, nous sommes allés à une plage publique et, éloignés du rivage, debout dans les vagues oscillantes, nous avons fait l'amour. Si quelqu'un avait regardé, il se serait rendu compte de ce que nous faisions ; sur le coup je n'ai aucunement pensé à cela. Ou si je l'ai fait, c'est en me disant qu'un observateur ne serait que lointain et anonyme, tandis que, tout près, il y avait Harry. Ou nous devenions invisibles, ou notre passion aveuglait les gens. Nous étions tout ce qui existait et notre intimité, dans laquelle nous vivions enlacés, constituait notre seule possession au monde ; le reste ne devenait réel que dans la mesure où nous l'admettions. Ce bienfaisant rempart qui nous entourait m'apparaissait fantastique.

Est-ce que, de la même façon, il ne voyait que moi ? Je suppose que non. Il a sans doute gardé un œil sur la plage, par-dessus mon épaule.

Et s'il ne m'avait pas demandé de l'épouser ? Si j'étais partie à la recherche d'un emploi, que j'avais passé toutes ces années à enseigner l'anglais, et à détester cela j'en suis sûre, à déposer mon salaire à la banque, à louer un petit appartement quelque part, à observer, observer sans arrêt tous les gens ordinaires, en convoitant leur banalité — est-ce l'alternative que je choisirais si je pouvais recréer le dénouement de cette histoire ?

J'ai eu vingt ans. Impossible d'imaginer que j'aurais pu renoncer à eux. Reste à savoir quelle part la vérité occupe dans tout cela.

Il fut long à se préparer pour me faire la demande. Quelquefois, je le voyais me dévisager d'un air méditatif et je croyais connaître l'essence de ses réflexions. J'agissais de mon mieux, je me montrais le plus impeccable possible. Et finalement, je suppose qu'il trouva lui aussi que c'était là l'unique chose à faire, rejoignit ma propre constatation (mais par quel chemin ?), prit une grande respiration et conclut : « Marions-nous. »

Il s'assit à côté de moi sur mon vieux canapé-lit, me tenant les deux mains, se tourna vers moi, me regarda, plus que cela, regarda en moi — essayait-il de voir à travers et au-delà de moi, dans l'avenir, afin de calculer les risques ?

« Mais avant que tu ne répondes, me dit-il, une chose entre nous doit être bien entendue. » J'opinai, spontanément. N'importe quoi.

« Vois-tu, j'ai peur de me sentir pris au piège. Je me connais et je sais que je ne peux pas supporter cette sensation-là. Alors, si nous nous engageons dans les papiers et les promesses, je veux être sûr que la situation ne changera pas. Je sais que tu me laisses libre mais quelquefois, les attitudes se modifient quand les gens se marient et je dois me sentir libre. Je ne veux avoir à répondre de rien à personne. »

« Mais, protestai-je, t'ai-je jamais rien demandé ? »

Non, je prenais bien garde de ne pas le faire. Je répondais : « Ne t'en fais pas, c'est bien » lorsqu'il téléphonait pour mentionner qu'il devait étudier ou qu'il allait prendre un verre avec des copains. Je n'aurais jamais protesté : « Oh ! mais je comptais sur toi ! Je n'ai rien d'autre à faire ! »

« Non, bien sûr, jamais, sinon on ne serait plus ensemble. Écoute, je vais te révéler le fond de ma pensée : si j'avais à rendre des comptes, ça me mettrait en colère, et quand je me mets en colère, j'explose et je fiche le camp. Tu vois ?

« Mais si je ne sens aucune exigence, je suis capable de te donner la lune. Je voudrai te donner la lune. Ce n'est qu'une question de se sentir obligé ou pas. Il faut vraiment que ça vienne de moi pour que je le fasse.

« Comprends-tu un peu ce que je veux dire ? Je sais bien que je n'explique pas ça correctement. Je voulais le faire, j'avais bien préparé mon discours, mais j'ai déraillé. » Il m'adressa alors un désarmant petit sourire en coin, le côté de sa bouche relevé et des ridules autour des yeux, une sorte de petit clin d'œil furtif de gamin.

Eh bien oui, je pouvais, d'une certaine façon, comprendre ce qu'il voulait dire à condition d'adopter son point de vue, à partir de ce que je connaissais de lui.

Moi, j'étais tout le contraire. Je brûlais d'envie de prendre des engagements et de satisfaire à des exigences, qui protégeraient ma vie.

Prémisses d'un couple parfait, aurait-on pu penser. Ça en présentait, en tout cas, toutes les apparences.

J'étais quand même un peu blessée qu'il puisse apparemment si bien appréhender ma présence comme un fardeau. D'un autre côté, il se montrait au moins honnête. « Mais je t'aime » lui dis-je, comme si cela constituait la résolution de tout.

« Je t'aime aussi » répondit-il en souriant. Il se pencha et m'embrassa sur le front.

Cette fois-là, quand nous avons fait l'amour, j'ai ressenti l'avenir parfait, infini de l'acte. Ce qui le transformait en un événement beaucoup plus important.

Je n'ai jamais rompu le pacte. Peu importe le reste, je n'ai jamais rompu la promesse que je lui avais faite. Il semblait même à peine important que je l'aie faite. Il me disait tant de choses : il semblait impossible qu'il existât des secrets.

Il a rompu le pacte. Pas moi.

À cette époque-là, on s'engageait à « aimer, honorer et obéir », bien qu'aujourd'hui ce soit différent, d'après ce que je comprends : on promet ce qu'on veut. Ou rien. Parfois, il semble que personne ne promette plus rien.

Mais pour ma part, la promesse allait de soi ; en fait, j'en étais heureuse.

Mais lui ? Était-il effrayé malgré notre pacte secret d'amour, d'honneur et d'obéissance ? Me considérait-il avec inquiétude, en s'interrogeant sur ce à quoi il était en train de renoncer ?

J'étais inquiète et effrayée. J'avais peur de ne pas me montrer à la hauteur, j'avais peur que ma vigilance ne faiblisse un instant et que, comme un charme rompu, tout disparaisse.

Je sentais que je me devais d'être parfaite (c'était tout simplement comme ça, une vocation, un appel — de qui ? de quoi ?) et que je pourrais ne pas apparaître digne de la situation. J'ajoutai d'autres promesses secrètes, en silence : être indispensable et absolue.

Évidemment, j'ai échoué. Évidemment, des choses m'ont échappé : la petite épingle logée dans le tapis. Je n'ai pas essayé tout à fait assez fort, bien que j'aie vraiment essayé très fort.

Je suis sûre qu'en y mettant plus d'énergie, j'aurais pu être parfaite. Et Harry aurait pu, lui aussi, être parfait. Telle quelle, la situation présentait des défauts et des points faibles ; et ses fautes à lui, bien que plus flagrantes et plus déchirantes, n'étaient que le reflet des miennes.

« Ah, Edna ! tu es parfaite » me disait-il parfois. Mais je ne l'étais pas.

Tant de choses allaient dépendre de ce jour où nous nous sommes mariés ; tout mon passé malheureux, solitaire et tout notre avenir brillant, prometteur. Il aurait fallu que de grands feux d'artifice et des explosions crépitent dans le ciel, que des grondements et des bouleversements déchirent la terre pour que ce jour se montre à la hauteur de ce qu'il signifiait pour moi.

Bien sûr, il ne survint rien de cela. Mais j'étais étourdie de tant d'espérance : mon mariage avec Harry résolvait — tout. J'y travaillerais fort, c'est vrai, mais c'était un travail que je pourrais comprendre et accomplir dans un but précis. J'étais en sécurité à l'intérieur du couple ; les questions et la peur n'avaient plus leur place ; elles traduiraient même une sorte de perversité, de trahison. Voilà ce qu'ont signifié ces vingt années, quoique, à ce moment-là, j'aie cru que c'était pour l'éternité.

Tant d'agitations pour en arriver si loin du but ultime. Stella qui me tirait les cheveux dans tous les sens, ma mère qui rajustait ma robe. Elles s'inquiétèrent des fleurs pour l'église et des invités qui devaient tous être assis convenablement. Elles vérifièrent l'ordre dans lequel les gens devaient se placer pour les félicitations et s'énervèrent du retard du photographe. Mais tout cela était pour moi, elles étaient de mon côté : elles aussi souhaitaient la perfection.

J'aurais voulu m'interrompre. M'asseoir seule un moment dans ma chambre pour laisser le sens de tout cela me pénétrer et m'imprégner au point de me combler.

Mais le temps manquait, ainsi que la tranquillité.

« Si j'arrive à me souvenir de tout, pensais-je, je serai capable de le recommencer plus tard autant de fois que je le voudrai. » Mais au moment où je le pus, et je le fis plusieurs fois, le souvenir en demeurait aussi irréel que la réalité.

Se marier, c'était là un événement. Je ne pouvais même pas regarder Harry durant la cérémonie. Il aurait dû être gigantesque, remplir l'église jusqu'aux poutres dorées pour être à la mesure de ce qu'il signifiait pour moi.

Je surpris ma mère qui disait : « N'est-ce pas que c'est beau de voir Edna si heureuse et si détendue ? » J'étais terriblement énervée, ce qui pouvait ressembler à du bonheur, mais je n'étais certainement pas détendue. C'était ma vie qui commençait ; ne s'en rendait-elle pas compte ?

J'entendis la voix de Harry à côté de moi durant la cérémonie et sentis sa main sous mon coude pendant que nous redescendions l'allée. Au moment des félicitations, son bras reposait le long du mien et, à la réception, je l'entendis rire et parler près de moi, perçus qu'il me poussait pour que je me lève quand les invités faisaient tinter les verres pour demander un baiser. Au milieu de tout cela, nous constituions notre propre cercle magique, mais je fermai les yeux.

Je restai éveillée cette nuit-là pour écouter mon mari respirer à côté de moi. Je l'avais fait avant, écouter la respiration de Harry, mais cette fois, c'était nouveau : Harry mon mari, mon mari Harry.

Il me semble que ce qu'il se disait cette journée-là, c'était : « En échange de ceci, je reçois cela. » Et que ce que je me disais, c'était : « En échange de ceci, je vais toujours avoir cela. »

14

QU'A-T-IL VU ? Qu'a-t-il vu pendant toutes ces années ?

Oh Dieu ! Je voudrais savoir. Je voudrais voir Harry. Je voudrais lui parler et lui demander, je voudrais qu'il me dise ce qui se passait et ce qu'il a vu. Je veux savoir pourquoi.

La situation a dû se présenter tout à fait différemment pour moi. C'est bien ce qui est renversant, la différence qu'il a dû y avoir.

S'il était possible de nous parler aujourd'hui, nous pourrions nous dire la vérité.

Je crois que Harry me manque. Je suppose que, dans un sens, c'est ma façon de le pleurer. Bien que je ne puisse pas vraiment m'en rendre compte.

Mais ce qui me manque vraiment, c'est sa présence. Nous pouvions nous asseoir et bavarder, je m'ennuie de cela. Le son de sa voix, une simple conversation au sujet des émissions de télévision, j'irais jusqu'à choyer ces petits riens. Nous pouvions nous asseoir tous les deux sur le canapé, lui avec un journal ou une revue, moi avec un livre. La tranquillité. Je prenais la tranquillité ordinaire pour acquise. Je voudrais le voir allonger le bras pour se verser un autre verre de vin ou allumer ma cigarette. Je voudrais me trouver dans l'auto avec lui, l'entendre maudire un autre chauffeur ou chantonner au son de la radio. J'aimerais l'entendre discuter avec un des hommes de son bureau. J'aimerais l'entendre dire : « Un autre verre, Don ? Et toi, Lois ? » Comme lorsque nous avions des invités à la maison. Je voudrais le voir avaler d'un trait son jus d'orange, le matin, et lancer : « Bon Dieu, je suis en retard ! » Je voudrais entendre son auto dans l'allée, la porte du garage s'ouvrir et se fermer, son : « Bonsoir, Edna ! Seigneur, quelle journée ! Tu veux un verre ? » Je voudrais sentir sa main me caresser légèrement l'épaule ou bien voir son sourire moqueur, tandis qu'il m'empoignait les seins ou me pinçait les fesses en passant près de moi. Je voudrais, une fois encore, m'éveiller la nuit pour l'écouter respirer. Je voudrais être éveillée par un ronflement. Je voudrais nettoyer la salle de bains le matin et sentir sa lotion après-rasage, plier son pyjama sous son oreiller. Je voudrais retirer les couvertures de sur notre lit vide pour voir l'empreinte de son corps, de nos deux corps, en sachant qu'elles s'y retrouveront encore. Je voudrais vider le cendrier rempli de nos mégots de cigarettes. Où est passé tout cela ? Je voudrais retourner en arrière et tout ravoir.

15

ILS DISENT QUE C'EST PRESQUE la mi-octobre. À quoi sert d'avoir des pages et des pages de belles lettres fines tournoyant pour former des mots et des paragraphes ordonnés si ce n'est joli qu'en surface ? Dessous, le fouillis règne.

Je dois examiner de plus près, être plus attentive, tout voir. Dans chacun des détails et des minuscules petits riens : c'est là que cela doit se trouver.

C'est ainsi que, assise ici dans ce fauteuil fleuri, le cahier bien calé sur les genoux, le dos droit appuyé sur la douceur des coussins, je note que des feuilles tombent.

Celles qui tombent sont plus sombres que les autres et ont des rebords apparemment plus froissés. Au loin, je vois des pins, mais plus près, il y a des érables aux nuances vertes, rouges, jaunes, orangées et parfois brunes qui, toutes, se fondent à travers les branches.

Si j'observe attentivement, et c'est d'ailleurs de cette concentration dont j'ai besoin, je devrais pouvoir noter, de jour en jour, la métamorphose d'une seule feuille :

glisser du vert aux tons plus fades, et ensuite, virevolter et tomber sur la terre. D'abord, des taches jaunes, puis une teinte plus foncée ; ou pour d'autres, un simple passage rapide au brun terne. Voir les nervures s'assombrir. Lorsque les couleurs vives commencent à ternir, la tige s'affaiblit et les feuilles lâchent prise. Aujourd'hui, c'est venteux, et plusieurs d'entre elles tombent, prématurément peut-être, à cause du vent. Au sol, elles ne sont pas longues à sécher et à se craqueler.

Il y en a une, là, qui s'accroche ; d'un rubis presque parfait, facile à repérer. La branche à laquelle elle se cramponne est fouettée par le vent et la plupart des autres feuilles qui l'entourent ont déjà abandonné la lutte et sont tombées. Celle-ci s'agite, mais tient bon.

La feuille écarlate se démène obstinément, silencieusement. Une petite feuille peut-elle vaincre le vent ? Elle se ballotte, s'enroule sous la force du vent, tire sur le fragile point d'attache qui la relie à la branche, au tronc, aux racines.

Une petite feuille ne peut pas vaincre le vent. Une plus forte rafale s'attaque à son point d'attache le plus faible, une dernière secousse l'entraîne, l'entraîne ici et là avant de la déposer doucement en un parfait atterrissage. Maintenant, elle est difficile à repérer, emportée légèrement par la brise chantante qui la fait danser comme si elle était encore vivante. Le prochain tourbillon la fera disparaître parmi toutes les autres.

Un homme sort, portant un râteau. Ridicule par ce temps. Il devrait attendre que le vent s'apaise. J'aimerais frapper sur la fenêtre et l'aviser de l'erreur qu'il commet.

Mais je suppose qu'on lui a intimé l'ordre de le faire. Ici, les horaires, les programmes et les ordres, même s'ils ne semblent pas toujours raisonnables, sont importants. Je comprends que c'est ainsi que cela doit se passer.

De toute façon, il ne paraît pas trop s'en soucier. Il ratisse pour la forme, de façon nonchalante, comme s'il ne voyait pas ce qu'il faisait. Il n'essaie pas d'attraper le plus de feuilles possible pour les entasser sous les arbres ; il laisse traîner simplement son râteau sur le sol et ne revient pas chercher celles qu'il a laissées. Comment peut-il se satisfaire d'un travail semblable ? Il s'en va, râteau sur l'épaule, pendant que, derrière lui, le vent joue avec ce qu'il vient de faire, s'activant à le réduire à néant. Demain, il devra tout recommencer.

S'il me fallait effectuer ce travail, j'attraperais chacune des feuilles, je les rassemblerais en tas et je les mettrais toutes soigneusement dans un récipient pour les empêcher de se disperser. Cela semble si simple, si clair. Il devrait se montrer reconnaissant d'effectuer un travail qui ne requiert de lui que l'exécution parfaite d'une tâche simple et évidente. Il devrait être heureux de s'en acquitter convenablement. Que d'erreurs cet homme doit-il commettre.

Cependant, cet homme n'est pas exceptionnel ; je vois ici beaucoup de choses faites à moitié. Quelquefois, il me semble que les gens ne sont conscients que des cercles : ils exécutent leurs tâches en faisant des cercles et ils oublient toujours les coins.

La femme qui passe l'aspirateur dans cette chambre, par exemple, ne se rend jamais jusque dans les coins et, quand elle lave les fenêtres ou les miroirs, elle ne trace que des cercles sur le verre, négligeant ainsi les bords à angle droit. Il y a toujours de la saleté dans les coins. Pas étonnant qu'on trouve de la poussière et des épingles sur les tapis. Suis-je la seule à le remarquer ? La seule à connaître l'importance des endroits cachés, imprévus ? Ces gens font et refont incessamment les mêmes gestes, mais jamais parfaitement.

Peut-être pensent-ils que ce n'est pas important, vu que c'est toujours à recommencer.

Je pourrais les admonester à ce sujet. Je pourrais leur dire : « Écoutez, j'ai tenu une maison pendant des années et elle était d'une propreté irréprochable. » (Mais, évidemment, elle n'était pas d'une propreté irréprochable : un coin a été négligé.) Mais je pourrais quand même leur dire qu'il importe peu que la vaisselle soit toujours à refaire, les planchers et les fenêtres toujours à relaver. Cela ne compte pas. Tout doit être fait correctement, exactement, comme s'il s'agissait de l'unique fois. Autrement, une saleté, une ombre d'infection y trouveront prise.

Il faut porter attention à ce qu'on fait. Et être fier, aussi, fier de son travail.

Je sais que cela ne semble pas vraiment important. Je sais, des gens pourraient arguer que j'ai perdu mon temps (vingt ans ?), et que mon travail était inférieur, non spécialisé, non rémunéré, excessif.

En ce qui concerne les tâches elles-mêmes, c'est vrai. Mais ceux qui oseraient prétendre que mon travail était insignifiant ne voient pas loin, ne voient pas ce que cela représentait finalement : tous ces petits travaux constituaient mon paiement, l'expression de mon devoir et de mon amour. Ils représentaient la sécurité et la délivrance ; amour et gratitude traduits dans un langage différent, les mots se muant en planchers brillants et en lits bien faits. Il n'y a rien d'inférieur ou de non spécialisé dans tout ça.

Et si Harry ne remarquait pas toujours la totalité de ce que je faisais, il se serait sûrement rendu compte si je ne l'avais pas fait. Parfois, lorsque nous allions dîner chez un de ses collègues, il lâchait des réflexions prouvant qu'il remarquait. « Je n'ai jamais vu de fleurs fraîches dans cette maison » disait-il. Ou : « Bon Dieu, un gâteau congelé pour dessert ! C'est vraiment dégueulasse. » Ou encore : « Seigneur, quelle saleté partout dans cette maison ! Comment Dave peut-il supporter ça ? Les revues et les jouets, elle pourrait les ramasser en dix minutes. Et les verres n'étaient même pas propres. »

Ensuite, il ajoutait parfois : « Oh, je sais qu'elle travaille ! Elle rentre probablement trop fatiguée. Je suis content que tu n'aies pas à travailler. Je suis content que tu sois libre. »

Libre ? Est-ce bien ce qu'il disait ? Drôle de liberté : nettoyer et faire la cuisine. Je ne prétends pas qu'il imaginait cela aisé, mais pensait-il vraiment que c'était ça, « être libre » ? Mais, de toute façon, qu'aurais-je fait de la liberté ?

Je m'étais établi des règles sévères, avais banni des écarts que je ne me permettais pas. Je ne me laissais jamais aller à dire : « Je pense que je vais tout simplement laisser tomber la vaisselle, ce soir » ou : « Il faudra que tu portes ta chemise bleue, tout le reste est à laver. » Je ne permettais pas aux tâches de s'accumuler et j'étais ouverte aux suggestions. Quand il rentrait, il retrouvait tranquillité et choix. Je ne voulais pourtant pas offrir tant de choix. S'il me croyait libre, pensait-il devoir l'être, lui aussi ?

La feuille que j'observais, elle disparaît maintenant parmi un millier d'autres. Grand bien lui a fait, de participer à une bataille !

Une chose à observer, puis une autre. L'étape suivante dans la recherche du détail : toucher et examiner de près. On ne me permet pas de sortir dehors. C'est pourquoi j'ai demandé à une infirmière : « Voulez-vous m'apporter une feuille ? La prochaine fois que vous rentrerez, pourriez-vous en ramasser une pour moi ? » Elle a semblé stupéfaite, car je ne parle que très rarement.

Je suis surprise et touchée qu'elle n'ait pas oublié.

Si je l'avais choisie, la feuille aurait été éclatante, encore teintée d'orange ou de jaune. Celle-ci est presque entièrement brune et commence à se froisser. Je m'aperçois que l'intérêt manifesté par l'infirmière, comme tout ce qui a cours ici, est imparfait. Cela aurait exigé si peu d'efforts, à peine un pas de plus, pour me trouver une belle feuille.

Mais c'est quand même quelque chose. Ma vie ne m'appartient plus et je ne peux pas choisir.

Ah, mais la feuille se défait si rapidement ! Je n'ai qu'à effleurer les nervures pour que de petites parcelles s'en détachent. Je n'ai qu'à toucher les parties séchées pour qu'elles se désagrègent. Petits morceaux se pulvérisant en poussière. La femme de ménage passe l'aspirateur, mais ne ramasse pas tout, et les morceaux s'ancrent plus profondément dans le plancher, s'y incrustent.

S'il m'est possible d'obtenir une feuille, une fleur peut-être ? (Est-ce nécessaire de vouloir toujours davantage, de se rendre toujours plus loin ?) Je le demande à l'infirmière, ce qui l'ennuie un peu ; je décèle un froncement de sourcils et je peux l'entendre penser : « Et quoi encore ? » Une fois de plus, un intérêt limité, imparfait.

Je voudrais voir de près de la couleur et de la grâce. Elle m'apporte deux roses tardives aux épines rasées d'un coup de ciseau (pour éviter tout accident, ou tout geste délibéré pour me faire mal ?). Elles sont écloses, pâles, roses et flétries sur les bords. « Je suis désolée, elles ne sont plus à leur meilleur, me dit-elle, mais j'ai pensé que ce serait aussi bien de vous les donner. Elles proviennent de la bordure de devant. » Il y a des fleurs, là ? Je dois être passée près d'elles en entrant, mais je ne les ai pas vues. Il y a sûrement longtemps de cela.

Les feuilles sur les tiges des roses sont d'un vert vif et cru, les pétales sont doux, lisses, veloutés. Les tiges sont dures et blessées, marquées là où les épines ont été coupées. Les fleurs sont en train de mourir.

Un à un, les pétales se détachent et l'eau du verre dans lequel l'infirmière a trempé les roses prend une odeur musquée. Chaque pétale est de velours. Chaque pétale tombe sur le plancher.

À la fin, il ne reste plus que des chicots bruns, déchiquetés sur des tiges flasques. La femme de ménage me dit : « Regardez, elles sont mortes maintenant » et elle les jette dans la poubelle, verse l'eau sale dans le lavabo. J'entends l'eau du robinet qui coule, emportant tout avec elle. « Quel dégât ça fait, ces miettes ! » se plaint-elle, en se penchant pour ramasser les pétales et les feuilles mortes tombés sur le plancher.

Ai-je jamais rechigné devant mon travail ? Parfois, c'est vrai, je n'avais pas envie de le faire. Mais je l'ai toujours fait. Le remettre à plus tard aurait pu devenir un processus de dégénérescence ; comme le fait de prendre un verre, seule, dans l'après-midi peut tourner en quelque chose d'énorme : l'alcoolisme ou la fainéantise. Il suffit d'un écart.

« Il n'y a rien qui te mette en colère ? » me demandait parfois Harry. Intrigué parce que lui, il était d'un tempérament emporté. Mais prompt à se calmer.

« Pourquoi se mettre en colère ? lui répliquais-je. Qu'y a-t-il de contrariant ? »

Sa colère surgissait, flambait et disparaissait. La mienne, si je l'avais sentie, aurait été, je pense, bien réelle et bien profonde. Et peut-être comme le verre dans l'après-midi ou le travail remis à plus tard. J'ai choisi, plutôt, les planchers et les fenêtres.

Je pourrais encore dire à Harry aujourd'hui : « Qu'y a-t-il de contrariant ? À quoi sert la colère ? »

Je ne peux même pas avoir recours à la colère pour me soulager de toutes ces choses, les feuilles et les fleurs qui disparaissent, tout ce que je ne peux changer ou arrêter. Je le voudrais, pourtant, mais je ne m'abandonne pas à la colère devant l'impossible. Je ne m'abandonne qu'à la tristesse.

16

DES SEMAINES ENCORE APRÈS NOTRE MA-
RIAGE, je m'éveillais le matin et me tournais pour
regarder dormir Harry. Tout émerveillée en y repensant,
je me disais : « Je suis mariée. » La façon dont j'avais
abouti ici, en sécurité, dans ce lit si doux, tenait du
miracle et du mystère.

Ce n'était pas seulement un miracle, mais une fin en
soi. J'avais rêvé d'une situation normale, ordinaire et
voici que ma vie était normale, ordinaire. Plus d'horribles
moments, seule, à épier les autres et leur secret. J'avais
trouvé l'homme, ou avais été trouvée, comme il se
devait ; et nous nous étions mariés, comme il se devait ;
maintenant, je pouvais mener cette vie de la façon dont
elle était censée être menée. C'était comme d'avoir
à coudre le patron d'une robe : il était simplement question
de prendre quelque chose qui était dessiné d'avance, de
le découper et de le coudre correctement, en suivant les
lignes.

Vivre ici ressemble à quelque chose de semblable, la
joie en moins. Il s'agit aussi, en grande partie, de tâches

qui doivent être faites. Il y a un moment pour ceci, un autre pour cela ; on vient me dire quel moment c'est, et je fais ce qu'il faut, sans avoir besoin de décider. Vivre ici présente des avantages.

Mais il y manque, bien sûr, le but. Personne ne rentre à la maison pour donner du sens aux gestes.

Bizarre, cette façon de ne pas pleurer la perte de la joie et du but. J'ai pleuré pour les choses les plus étranges, les plus éloignées de moi et pourtant, pour Harry, je ne suis pas parvenue encore à verser une vraie larme.

Enfant au cœur sensible, je fondais comme une Madeleine devant des films : pour un cheval maltraité ou quand un garçon retrouvait son chien perdu. Plus vieille, j'étais prise d'une folle envie de pleurer pour une tendre histoire lue dans une revue ; et, à la télévision, ils maîtrisent l'art de vous faire apparaître de petits plis au coin des yeux, même à la fin d'une émission comique. Je me suis retrouvée, des soirs, seule devant mon appareil, avec une larme qui, jaillie de mon œil, glissait le long de ma joue.

C'est aujourd'hui que je devrais pleurer. Et maintenant, les conduits sont séchés, gelés, bloqués.

« Je te vois mère de famille, m'a-t-il dit une fois. Tu ferais une bonne mère. » Voilà une autre chose pour laquelle je n'ai jamais pleuré.

Il faut dire que d'autres parties du corps sont aussi séchées, gelées, bloquées.

Nous étions mariés depuis deux ans, tout allait bien pour Harry et nous étions installés dans notre maison. Je me sentais adaptée à cette vie dans laquelle des choses s'accomplissaient ; j'aimais le point de vue extérieur, vu de l'intérieur.

« Je pense, m'annonça-t-il un soir, qu'il serait temps de se débarrasser des préservatifs. » M'interrogea du regard. « Qu'en penses-tu ? »

Eh bien oui, il était temps de passer à l'étape suivante. Elle faisait partie du reste, bien sûr.

« Un garçon, je pense, dit-il en souriant. J'aimerais commander un garçon pour commencer, si ça ne te fait rien. »

Un bébé, c'est exactement ce que j'aurais voulu. Un bébé, tout simplement. Nous marcherions au soleil, monterions et descendrions la rue, le bébé dans la voiture d'enfant, la poussette, bien emmitouflé. Les gens diraient : « Qu'il est mignon ! » ou mignonne, et je sourirais.

Avoir un bébé en plus de Harry, ce serait impeccable.

Ah ! les couches, évidemment, cette drôle d'odeur dans la maison et les réveils, la nuit. Du travail plus ardu, plus exigeant. Mais tenir un enfant dans mes bras. Être indispensable à la vie de quelqu'un. Arriver, en fait, à réaliser quelque chose à partir de moi.

Un bébé que je pourrais tenir dans mes bras pendant des heures, aussi longtemps que je le voudrais ; nous serions si près l'un de l'autre. Avant, je ne m'étais pas vraiment imaginé cela de façon claire ou absolue, mais maintenant que c'était possible, je brûlais du désir de tenir un enfant dans mes bras. Mes bras, qui avaient semblé remplis de Harry, se sentaient tout à coup trop légers et trop vides, comme s'il leur manquait un poids après avoir subi une amputation.

Est-ce normal de se sentir soudain envahie par des désirs impétueux ?

« Premièrement, et il sourit encore, on va aller acheter une chaise berçante en fin de semaine. »

Puis : « Non. La première chose à faire, c'est de se débarrasser des préservatifs. » Il me prit par la main et nous avons monté l'escalier en riant. Il tira le petit paquet du tiroir de la table de chevet, regarda à l'intérieur. « Il en reste deux. Dommage de les perdre. » Il en retira un, le déroula et me le tendit. « Tiens, souffle-le. Comme un ballon. » Il garda l'autre pour lui.

Ils ressemblaient à des ballons ; à part la texture différente, plus lourde, plus glissante. Presque obscènes ; comme le soir quand, au retour d'une réception où Harry avait trop bu, il avait voulu que je mette ma bouche sur lui. « Embrasse-le seulement » me priait-il, mais je ne pouvais pas. J'en étais tout simplement incapable. Cette fois-ci ressemblait à l'autre fois, mais, au moins, ça s'avérait possible. Harry, lui, trouvait cela amusant, gonflait joyeusement son préservatif et lui faisait un nœud, l'envoyait en l'air d'un coup sec et s'emparait du mien, le nouait, si bien qu'il y avait deux ballons huileux boursouflés qui voltigeaient dans notre chambre tels deux lutins, ronds et grotesques. Malgré tout, c'était drôle. Nous les faisions rebondir de un à l'autre. En riant, nous les avons poussée en bas de l'escalier jusque dans la cuisine. En riant toujours, Harry se rendit à un tiroir, prit une épingle de nourrice et saisit ensuite les deux ballons-préservatifs au vol, m'en tendit un, le visage maintenant mi-rieur, mi-sérieux.

« Vive la liberté du sperme » proclama-t-il en faisant un trou d'épingle dans le préservatif que je tenais. « Longue vie à tous nos bébés » et il troua le sien.

« Nous devrions leur donner, ajouta-t-il, un enterrement convenable » et il laissa tomber les objets flasques, dégonflés, dans la poubelle.

Et après, bien sûr, le sperme se trouvait libre de nager dans mon corps à la recherche de particules qui lui manquaient, ma contribution à tout cela. Au lit, il y avait un effort supplémentaire, une volonté d'unir les parties. Nos esprits n'étaient pas complètement centrés l'un sur l'autre.

Comme si notre enfant, déjà vivant, était là à attendre qu'on le conçoive, épiant le moment de sortir de derrière le rideau et de s'annoncer.

Mais c'était toujours du sang qui en résultait.

Notre déception se renouvelait, à chaque mois. « Eh bien ? » demandait Harry. Nous marquions les jours sur le calendrier de la cuisine, à l'aide d'hiéroglyphes pour que personne ne comprenne, au cas où quelqu'un pénétrerait dans la cuisine et le remarquerait. « Je suis désolée » devais-je répéter à chaque fois.

Harry, l'impatient, n'attendit que six mois. « Il aurait dû se passer quelque chose, à présent, dit-il. Je vais voir le médecin. »

Il était si courageux, pensai-je, prêt à affronter une défaillance de son corps.

Ou, peut-être, ne s'imaginait-il pas vraiment que la faute pouvait originer de lui.

Je n'étais pas courageuse quand est venu mon tour. « Le médecin dit que mon sperme est normal. Tu n'es pas obligée d'y aller, Edna, c'est comme tu veux. Mail il y a peut-être quelque chose à faire. »

124

Non, il n'y avait rien à faire. « Je suis désolé, Mme Cormick » dit le médecin. « Je suis désolée, Harry » dis-je.

Injuste : avoir le sang, mais pas les bébés.

« Ça ne fait rien, Edna » me dit Harry, bien qu'il n'ait pu s'empêcher de paraître triste lorsque je le lui appris. « Ça va. Ce n'est pas de ta faute, bon Dieu. On peut toujours en adopter, si on en veut vraiment. Attendons et on verra.

Ce n'est pas du tout tragique. Il nous reste encore nous deux. »

Il n'y a pas de petites raies blanches, de vergetures sur mon corps ferme. Je le regarde et il semble tout d'une pièce ; il ne s'est jamais séparé, comme une cellule ou une amibe, pour former d'autres êtres. Et je me demande ce qui fait défaut sous cette douce chair, où est le morceau qui est comprimé, tordu, détaché ?

« Au moins, nous savons à quoi nous en tenir » dit-il.

Au moins, il n'y avait de nouveau plus que nous deux au lit ; personne n'attendait pour apparaître. Nous avions perdu quelque chose, l'effort supplémentaire, mais, en même temps, nous avions gagné autre chose : le fait de savoir qu'il n'y avait que nous deux. Il était encore plus important qu'avant d'y attacher de l'importance.

Si j'avais eu un bébé et qu'il n'avait pas survécu, j'aurais été capable de pleurer. C'est autre chose, de ne pas avoir ce que l'on n'a jamais eu. Je me suis sentie seulement — un peu froide — pendant quelque temps. Un peu décrochée. Quand je rencontrais des femmes dans la rue qui poussaient leur bébé dans des voitures d'enfants et des poussettes, je les regardais et je disais : « Que c'est mignon », mais je ne souhaitais pas réellement les toucher ou les prendre. Avec les miens, les choses auraient été différentes. Mais les miens étaient gardés sous clef.

Je les vois jouer ensemble et se bousculer, là, quelque part à l'intérieur de moi, ou s'aventurer vers un obstacle et regarder au-delà, se demandant ce que leur réserve l'autre côté. Un soupçon de désir chez eux. Mais comme Harry, maintenant, ils ne sont pas complets. Ils sont des parties manquantes d'eux-mêmes.

J'ai surtout pensé à Harry et à sa déception. Sa déception qui n'était pas seulement de ne pas avoir de bébé, mais qui venait aussi de moi. Malgré tous mes efforts, tout mon travail et mes séances d'observation, toutes les heures que j'avais passées à écouter — je ne pouvais pas être parfaite.

On aborda rarement le sujet et on ne reparla jamais d'adoption. Je pense que Harry désirait sa propre progéniture, pas celle des autres.

Une fois, il me déclara : « Après tout, tout a tourné pour le mieux. Ç'aurait été complètement différent avec des enfants. (Il imaginait des enfants ; moi, un.) On n'aurait jamais pu se permettre ce qu'on a. » Je ne pense pas qu'il parlait de la télévision couleurs, de la coûteuse chaîne stéréo ou de la voiture neuve. Je crois qu'il signifiait par là qu'il n'aurait pas capté mon attention entière. Il était habitué à la situation et, la plupart du temps, il l'appréciait. Je ne pense pas qu'il aurait aimé avoir à partager mon attention trop souvent.

Il aurait pu ne pas aimer que je prenne un bébé dans mes bras pour le bercer pendant longtemps.

Cela n'a guère d'importance aujourd'hui.

Et, bien sûr, c'est facile de penser que les choses tournent vraiment pour le mieux. Il est impossible d'imaginer la façon dont peuvent tourner celles qui ne sont jamais arrivées.

Non, ce n'est pas totalement vrai. Dans certains cas, que certaines choses soient arrivées pour le mieux dépasse les limites de la compréhension.

Je compris que mon incapacité à ressentir les événements, le fait que je n'aie encore aucune idée du secret, — que j'aie même pendant quelque temps oublié qu'il existait — signifiaient des défaillances internes supplémentaires. Qui saurait dire quelles parties de moi-même flottaient à l'intérieur de moi, ne pouvant s'accrocher?

Ce sont là de curieuses lacunes. Maintenant, je n'ai rien à perdre. Maintenant, je peux oser n'importe quoi, si je le veux, et simplement observer les résultats. Je n'y suis plus sensible.

Au déjeuner, une femme est assise à table en face de moi, telle une réflexion dans un miroir. Sa peau aussi est pâle et je veux savoir : est-ce la même sensation, la même impression de texture pâteuse que donne la mienne? Nous avons mangé chacune dans notre solitude.

Je peux tout oser maintenant. Ma main se dirige vers son visage parce qu'il éveille ma curiosité. Je lui passe la main sur la joue. Elle est chaude et douce. La femme sursaute brusquement, se rejette en arrière. Elle est plus que saisie : effrayée et furieuse à la fois. Quand elle se recule, ce n'est pas seulement son visage qu'elle écarte, c'est tout son corps ; elle se lève et sa chaise bascule sur le plancher derrière elle. Elle se penche en avant, lance son bras par-dessus la table et sa paume s'écrase sur mon visage. Les gens accourent vers nous.

Je n'ai pas mal. La joue me pique un peu, mais on ne dirait pas que cette légère douleur me concerne vraiment. J'ai senti sa peau et elle est plus chaude que la mienne ; différente, autre que ce qu'elle semble être.

Je me suis avancée et je l'ai touchée. Que pourrais-je bien faire d'autre si rien n'a plus d'importance ?

Je pourrais devenir une femme violente.

Si je faisais ce dont j'ai réellement envie, que ferais-je ?

Ce sont tous des inconnus, ici. Où sont ceux que je connais, Stella et mes parents ? Les gens qui pourraient me rappeler que je ne suis pas violente. Parmi des étrangers, c'est trop facile d'être n'importe qui. Je pourrais me façonner tout autre.

Non, il me semble que je l'ai déjà fait. Au milieu d'étrangers, je pourrais peut-être accéder au contraire : à ce que je veux vraiment être.

Mais est-ce être violente, ou autre chose ?

Je suis ici un bébé de presque quarante-quatre ans qui peut se transformer en n'importe quoi. Ce n'est pas rassurant, une sorte de vide.

Si j'avais des enfants, seraient-ils autorisés à me rendre visite ? Serais-je quelqu'un pour eux ?

J'aimerais être quelqu'un aux yeux d'un autre. Seule, c'est difficile d'être quelqu'un. Ou facile d'être excessif, capable de tout.

Si j'ai fait ce que j'ai fait, je suis capable de tout.

Si j'avais des enfants, que penseraient-ils de moi maintenant ? Ils sont complètement muets en moi, parfaitement étouffés, à tel point que je n'arriverais même pas à les entendre s'ils appelaient.

Que pourraient-ils me dire ? Qu'ils me pardonnent ? Qu'ils m'aiment quand même ?

Maintenant, c'est maintenant que j'ai envie de pleurer pour les bébés que je n'ai pas eus. J'aimerais sentir de petits bras autour de moi et entendre murmurer de petites voix. Je sens maintenant monter les larmes qui leur étaient réservées ; mais je suis toujours incapable de pleurer pour Harry.

17

SI JE POUVAIS REVIVRE TOUTES MES JOURNÉES, saurais-je débusquer le coin que j'ai négligé ? Il doit se trouver quelque part dans cette maison. Sous un lit ou dans le fond d'un placard ?

Mes journées se déroulaient comme un rituel, une messe : gestes et mouvements précis, ordonnés, dans un dessein de vénération, ou de réconfort. Ou des deux.

Il ne m'a jamais demandé de le faire. Nous n'en étions jamais convenus en paroles. Mais il doit avoir supposé que j'étais le genre de personne à accomplir tout cela, prendre soin de lui aussi parfaitement que possible, l'assurer de tout le bien-être dont j'étais capable. S'il ne l'avait pas compris, je ne pense pas qu'il m'aurait épousée. Je crois qu'il voulait une effusion de larmes et de dévouement. Bien qu'il ne l'ait jamais mentionné.

Un homme ne souhaite pas être éveillé le matin par la sonnerie stridente d'un réveil. J'ai lu que cela peut modifier trop brusquement les ondes du cerveau et, de toute façon, c'est un désagréable début de journée. Non plus qu'il ne désire apercevoir, comme première vision matinale, une femme fatiguée, à la mine hagarde et hébétée. Il y a sans doute bien des gens qui ne s'embarrassent pas de ces considérations. Ils songent tout d'abord à eux. Mais pas la dynamique Edna, constamment sur le qui-vive, qui observe toujours en fonction de deux.

Pendant des années et des années, mon corps a été entraîné à s'éveiller avant que le réveil ne sonne afin de presser le bouton et empêcher que ne se déclenche la sonnerie qui, autrement, le tirerait brusquement du sommeil. Je me glissais doucement du lit pour ne pas le déranger. Je me lavais le visage et les mains, me peignais, me maquillais ; tout cela dans la salle de bains.

Quand j'allais le réveiller en le touchant légèrement sur l'épaule et en me penchant pour l'embrasser — une toute petite pression des lèvres sur le front suffisait — ses yeux s'ouvraient et son premier regard de la journée se posait sur moi, souriante, avenante et disposée à débuter la journée.

(Je me demande de quelle façon elle le réveillait, après ces rares nuits ? Elles ont dû être rares ; habituellement, il rentrait à la maison, même s'il était passé minuit. Était-elle brusque et étourdie ? Se levaient-ils en même temps, alors qu'elle portait encore sur son visage l'empreinte des draps, que ses cheveux se trouvaient répandus, ébouriffés ? Utilisaient-ils la salle de bains en même temps, en se parlant malgré les bruits d'eau ? Je ne peux pas souffrir de partager une salle de bains. Même mariés, particulièrement mariés, on ne devrait voir personne s'adonner à de si embarrassantes fonctions intimes.)

(Lui cuisinait-elle un convenable petit déjeuner ou servait-elle quelque chose à la hâte ? Ils devaient toujours être pressés par leur travail, car ils travaillaient tous les deux.)

(Son étourderie l'aurait-il attiré? Aurait-il préféré qu'on ne s'occupe pas de lui le matin? Avait-il été irrité de retrouver des miettes de pain dans le lit, de boire un café passé trop vite? Je doute qu'elle ait été capable de se montrer soigneuse, pressée comme elle l'était.)

La complète intimité des matins, seule avec la fraîcheur et le début d'un jour nouveau, la perspective de vêtements propres et de peau fraîche, ainsi que les parfums du petit déjeuner, voilà les pensées qui me faisaient vivement sortir du lit.

(À quoi ressemblait son appartement? Était-il élégant? Moche? Fait de bric et de broc? Savait-il dans quel tiroir étaient rangées les cuillères et les serviettes?)

Pendant que je préparais le café, dont l'odeur se répandait dans la cuisine, sinuait jusqu'en haut, — il disait adorer cette odeur — pendant que je m'affairais au petit déjeuner et rentrais le journal, lui, en haut, se douchait, se rasait; j'entendais l'eau couler, le ronronnement du rasoir, parfois même, il chantait. Fort, pour que je puisse l'entendre — même de loin il me faisait rire — des chansons stupides : « Rame, rame, rame donc » sous la douche. Des tiroirs qui claquaient, des pas précipités dans la chambre, j'arrivais à suivre sa progression d'en bas, à imaginer son mince corps dénudé se draper dans des couches de vêtements, s'asseoir sur le lit pour enfiler ses chaussettes.

Quand j'entendais des bruits secs, un claquement de pas, ce qui voulait dire qu'il avait mis ses chaussures, je glissais dans son assiette les œufs et le bacon préalablement égoutté et je beurrais les rôties. Le jus d'orange était déjà sur la table. Je me versais du café au moment où il s'asseyait. Il dépliait sa serviette, prenait son petit déjeuner et parcourait le journal. Il me lisait quelques faits, ceux qui lui semblaient amusants ou tragiques, ou tout simplement surprenants. « Comment peut-il y avoir des gens comme ça ? » disions-nous à propos d'une histoire de parent accusé de violence envers un enfant. Ou : « Mon Dieu, les camionneurs sont en grève, il va y avoir des embouteillages incroyables ! » Parfois, il lisait pour lui-même, mais s'il se mettait à rire ou laissait échapper un grognement, je lui disais : « Quoi ? Qu'est-ce que c'est ? » et il me le lisait à voix haute.

C'était un beau début de journée. Je m'en souviens et c'était comme ça, simplement — beau.

Je voyais la pendule, cette marguerite blanche, au cœur jaune, aux aiguilles jaunes, marquer les minutes qui rapprochaient le moment de son départ. Il y avait tant à faire. Il me souriait, m'embrassait et disait : « Au revoir, à plus tard ». Je répondais : « Bonne journée » en me tenant à la porte pour lui faire signe de la main. Légèrement superstitieuse, je croyais que si je ne restais pas là à agiter la main en le regardant partir, ce serait un jour de malchance pour nous deux.

Méthodiquement, ensuite, ma propre journée commençait. Débarrasser la vaisselle du petit déjeuner, la laver et l'essuyer, nettoyer la table, les napperons, le comptoir, l'évier, ranger les confitures et le pain. Balayer le plancher, en déplaçant les chaises et la table ; mais cela, ce n'était que de la saleté en surface, des choses minuscules, bref. Pour un nettoyage en profondeur, le sol était épongé chaque jour, une fois par mois la vieille cire était enlevée, le sol ciré de nouveau afin qu'il reste toujours propre et luisant.

Et tout cela n'était que l'apparent. Il fallait également fouiller pour trouver les choses cachées : s'assurer qu'il n'y avait pas de miettes dissimulées en dessous ou à l'intérieur du grille-pain, qu'aucune trace de doigt n'altérait sa surface argentée. De petits morceaux de ceci et de cela peuvent tomber entre le comptoir et la cuisinière : il ne faut pas oublier la moindre crevasse.

Se pourrait-il que l'endroit caché se soit trouvé derrière la cuisinière ? Ou quelque part derrière le réfrigérateur ? Tant de coins et de recoins peuvent le dissimuler, si je pouvais seulement le toucher du doigt.

Cela ne prend que peu de temps à un grain de poussière pour se frayer un chemin jusqu'au cœur du tapis. Je passais donc l'aspirateur dans une section différente de la maison, à chaque jour, de sorte que tout était fait au moins deux fois par semaine. Je sais que la plupart des gens ne se donnent pas cette peine, mais leurs tapis ne se désagrègent-ils pas ?

J'époussetais les lampes de table et ensuite, en les soulevant, je polissais le bois en dessous ; j'utilisais un linge humide pour frotter la surface de verre de la table à café, au cas où il y aurait eu des empreintes de doigts de Harry ou des marques de talons si, la veille, il y avait posé les pieds. Un autre linge humide pour les appuis blancs des fenêtres et le bois pâle entre les carreaux. Et, une fois par semaine, les carreaux.

C'est surprenent la quantité de choses qui peuvent se salir vite, même en déployant tous les efforts pour les garder propres. Ce qu'elles doivent s'encrasser quand personne n'y porte attention !

Pour bien astiquer la table de la salle à manger, je m'écrasais à quatre pattes sur le sol afin de suivre le motif compliqué du bois de la base et des pieds, en dessous. Et le pourtour complet du dressoir. Une fois par mois, toute la belle vaisselle était sortie, pour être lavée et essuyée puis rangée de nouveau sur les tablettes impeccablement propres. Et de nouveau, même en un si court laps de temps, la poussière s'accumulait.

Cela n'avait pas d'importance que personne d'autre ne sache ou ne remarque qu'un minuscule et mystérieux brin de fil gris ou une poussière avait pu se nicher dans un coin, sur une tablette, ou qu'une peluche — provenant de la manche d'un des chandails de Harry ? qui sait ? — avait abouti sous un canapé. Moi, je le saurais. Je savais que cela m'agacerait. Mieux valait donc m'en occuper plutôt que de le garder en tête.

Mais qu'avais-je donc en tête ? Pendant toutes ces heures, où mes mains accomplissaient leur travail, à quoi pensais-je ? Je croyais, certes, avoir beaucoup de choses en tête ; mais la qualité, peut-être, manquait. Je songeais à ce que je ferais après, ou à ce que je venais de faire. Ce qui allait faire défaut dans le garde-manger ou ce que j'allais cuisiner plus tard. À quel point je serais bien dans mon bain et combien j'avais hâte de fumer une cigarette, de prendre un café, de lire quelque fait divers dans le journal du matin. Un enfant disparu : était-il en sécurité ? Qu'est-ce que les parents devaient ressentir, que pouvaient-ils bien faire en ce moment, alors que je vaquais, satisfaite de moi, à mes petites besognes quotidiennes ? Échangerais-je une absence de sentiment pour un sentiment de douleur ? Ou bien quel pays bombardait quel autre et pourquoi, quels gens souffraient et mouraient alors que je me trouvais loin de tout cela et en sécurité ? En totale sécurité dans l'abri qu'était ma maison. Spéculations vagabondes qui ne sont jamais parvenues à une conclusion. De curieuses rêveries, et non pas des pensées. Jamais assise, à contempler, les pensées étant les seuls éléments à serpenter dans mon cerveau, tandis que les mains accomplissaient les travaux importants.

Je pensais aussi à l'heure qu'il était, combien de temps il me restait pour faire ceci ou cela, avant le retour de Harry.

Avant Harry, j'essayais de ne penser à rien, avant qu'il ne vienne me prendre, me tendre une vie remplie de tous ces travaux quotidiens. Si je m'interrompais pour penser à ce que cela aurait pu être si Harry n'était pas arrivé en courant derrière moi, je frissonnais. J'étais reconnaissante d'avoir ce travail à faire.

Rien de cela ne peut s'appeler penser. J'ai tout gardé pour la fin.

C'était toujours long de passer l'aspirateur dans l'escalier. Il fallait constamment soulever et déplacer la lourde machine encombrante. Mais, finalement en haut, un tout nouveau monde, une différente série d'obstacles à franchir.

Encore du nettoyage, bien sûr, encore du polissage. D'autres miroirs encore et des plus grands : c'est un plaisir de regarder dans un miroir et d'y voir une image non déformée, une image pure de la chambre, comme la parfaite aquarelle d'un étang.

Le lit était froissé parce que Harry avait repoussé les couvertures. Je les enlevais ainsi que les draps, chaque jour, en regardant disparaître les empreintes de nos corps. Drap après drap, taie d'oreiller après taie d'oreiller, je changeais et refaisais le lit et nous nous retrouvions effacés, jusqu'à la nuit suivante. Durant les mois d'hiver, la belle courtepointe de famille recouvrait le tout.

Mais la pièce qui exigeait le plus d'application était la salle de bains. La cuvette, par exemple, doit être lavée chaque jour, nettoyée avec un désinfectant afin qu'aucune bactérie ne survive et ne bondisse dans nos corps. Qui sait ce que ces petites choses, même invisibles, se préparent à faire, quels dégâts elles peuvent commettre ?

Il faut aussi essuyer tout l'extérieur de la cuvette et, ensuite, le lavabo et la baignoire ; quelquefois, un poil provenant d'une partie ou d'une autre du corps de Harry se trouvait dans le fond, comme un rappel.

Des serviettes et des débarbouillettes propres, la provision de savon et de papier hygiénique vérifiée quotidiennement.

Ensuite, une expédition à travers la maison pour ramasser le linge à laver : la chemise et les sous-vêtements portés par Harry la veille, les serviettes déjà utilisées, les débarbouillettes, les draps et mes vêtements, une robe ou une blouse et un pantalon, et des sous-vêtements ; et, en bas, les torchons utilisés pour la vaisselle du dîner, du déjeuner et du petit déjeuner. Tout était porté au sous-sol pour y être trié et ensuite, pendant que la machine à laver fonctionnait, je repassais ce qui avait été lavé la veille. Un cercle ininterrompu de propre-sale, sale-propre. Ce n'était jamais terminé, mais revenait chaque jour un délicieux moment : lorsque je savais que tout dans la maison était propre.

Une autre expédition dans la maison pour les déchets. La corbeille d'osier de la salle de bains vidée chaque jour et doublée d'un sac de papier neuf. Même chose dans la chambre à coucher. Et ensuite, les innombrables déchets de la cuisine, pelures, boîtes de conserve et résidus de café : tout était porté jusqu'aux gros sacs de plastique, dans le garage. Chaque semaine, Harry portait ces sacs au bord de la rue et, aux premières heures du matin suivant, ils disparaissaient. Arrivait alors un autre de ces moments où rien n'était sale dans la maison.

Tout cela signifiait plusieurs heures de travail, sans tricher jamais sur les tâches. Et il y avait dans tout cela un certain rythme, quelque chose de noble, comme un menuet, une méditation. Quand tout était terminé, je me permettais une cigarette, un café et une salade. Mes journées étaient parsemées de petites récompenses ; venait ensuite Harry, la grande récompense.

Qu'accomplissait-il tous les jours à son bureau qui vaille quinze, vingt, trente mille dollars par année ? Qu'est-ce qui conférait à son travail une telle valeur ?

On ne pouvait pas estimer le mien de cette façon. Ce n'était pas une question de dollars touchés et dépensés, mais de choses qui pouvaient passer si vite qu'on risquait de les rater dans un instant d'inattention : un sourire, une caresse, une tasse de café et quelques minutes pour essayer un jeu-questionnaire dans un magazine. Une maison et un nom : Mme Harry Cormick.

Ce n'était pas de la joie que je puisais dans mes travaux domestiques, mais, de toute façon, il n'en existe pas dans la plupart des emplois. Même Harry, amoureux de son travail, ressentait de l'excitation à le faire, non de la joie. Ce que je ressentais était — de la satisfaction, peut-être ; le devoir accompli et une dette payée ; de la vertu.

Ces magazines aux jeux-questionnaires et aux histoires, ils subissaient de petites modifications au fil des ans. Je commençai à y déceler de légères fissures. Avant, ils parlaient de la façon de conserver l'intérêt d'un mari et donnaient des conseils pour maîtriser les difficultés de la maison. Des façons de bien faire les choses. Plus récemment, ils commencèrent à parler des moyens de combiner emploi et tâches domestiques. Ils suggèrent maintenant des recettes et des trucs faciles pour exécuter rapidement les besognes du ménage, au lieu de s'en acquitter consciencieusement. Les choses, pensais-je alors, se font brusquement éliminer. Et où cela finira-t-il ? Je prévoyais le chaos, l'écroulement.

Il semble étrange, injuste que, malgré ma perspicacité, je sois devenue la cible du chaos et de la catastrophe. J'étais tellement prudente. J'aurais dû être la dernière visée, pas la première.

Je découpais des recettes et les collais sur des fiches. Je les examinais, concevais un souper où s'équilibraient consistances, couleurs et éléments préférés, certains ingrédients et ce que j'avais sous la main.

Tout était planifié et cela me réconfortait de si bien connaître chacune des étapes. Au milieu de l'après-midi, je hachais et mettais quelques légumes à cuire à feu doux, ou faisais en sorte qu'ils soient prêts à être utilisés. Les ingrédients étaient alignés sur le comptoir. Je savais exactement où j'allais. Deux fois par semaine, je cuisinais des pâtisseries : des biscuits, de petits gâteaux, des muffins, de petites choses à grignoter dans la soirée. Pas question non plus d'utiliser des préparations toutes faites où on n'a qu'à ajouter un peu d'eau au mélange sec. Ce n'est pas là de l'art, rien n'indique qu'on y met du cœur et du reste, je suis persuadée que le goût s'en ressent.

Il y avait un petit magasin à trois rues de la maison. Si nous étions presque à court de pain ou de lait, j'allais à pied en chercher. Les autres maisons ressemblaient plus ou moins à la nôtre. C'était un bon quartier, tranquille et propre. Les gens ressemblaient à Harry et à moi : classe moyenne, des professionnels et leur épouse

— quelques-unes des épouses occupaient un emploi. Rien de tapageur ou de violent n'est jamais arrivé et nous entretenions tous des relations cordiales. L'été, les gens bavardaient au-dessus des clôtures et partageaient des semences. Quelquefois, nous organisions un barbecue à plusieurs. L'hiver, en pelletant la neige, une espèce de camaraderie s'installait au cours de ces tâches ardues exécutées par vent froid ; on rentrait chez soi survolté et plein d'entrain. Si une tempête survenait dans la journée, je dégageais l'allée avant le retour de Harry. Parfois, un voisin revenu tôt de son travail venait avec sa souffleuse le faire pour moi. Durant l'été, une femme qui me voyait me diriger vers le magasin ou cueillir des tomates et de la laitue pour le souper, m'invitait parfois à prendre un café. Nous nous asseyions à une table de jardin derrière la maison et bavardions. Les conversations ne devenaient jamais intimes. Je pense que c'était, en partie, parce que Harry et moi n'avions pas d'enfant. Les autres en avaient. C'était là un important sujet de conversation, qui accentuait la gravité de ne pas en avoir. Cela créait un vide. Je ne parlais pas de Harry non plus, je refusais d'être attirée dans des confessions partagées, des aveux de vie imparfaite. Où était la loyauté de ces femmes ? Et parfois, les gens étaient transférés ici et là, on aurait dit qu'il y avait toujours quelqu'un en train de déménager. D'un jour à l'autre, les gens, comme les déchets, disparaissaient.

À la fin de l'après-midi, alors que toute la maison était astiquée et que la cuisine embaumait, je montais me préparer. Tous les deux jours, je me lavais les cheveux. Tous les jours, je prenais un bain. C'était un moment agréable. J'apportais avec moi un magazine et des cigarettes, et je maintenais la chaleur de l'eau en tournant de temps en temps le robinet d'eau chaude avec mon pied gauche. Je sentais mes muscles, endurcis par le labeur, se relaxer et mes pores s'ouvrir, se nettoyer ; un moment de possible détente. Mais je gardais une petite pendule là aussi, sur la cuvette au cas où je me serais abandonnée à la rêverie trop longtemps.

Je m'essuyais, nettoyais la baignoire de nouveau, me coiffais et m'habillais. Il était alors tout simplement question de guetter le grincement des pneus dans l'entrée, le bruit sourd de la porte du garage qui s'ouvre, le claquement de la portière, la fermeture du garage, et j'étais à la porte, je l'ouvrais, après un dernier coup d'œil à ma coiffure et à mon maquillage dans le miroir du vestibule, et il était là.

Comme le matin, lorsque je lui faisais signe de la main, il me semblait important de l'accueillir à la porte le soir. Ces deux actions encadraient ma journée.

Ce n'est vraiment que dans les quelques dernières années que la routine s'est grandement modifiée. Ah, il s'est bien sûr produit quelques changements de temps à autre. J'avais commencé, dans mes efforts pour me maintenir en forme, à faire des exercices avant de prendre mon bain à la fin de l'après-midi. Se tenir en forme semble une entreprise de plus en plus difficile avec l'âge, même si l'on abat beaucoup de dures besognes.

C'est seulement au cours des deux dernières années que les coups de téléphone se sont faits plus fréquents. Harry m'annonçant qu'il serait en retard. Que le travail lui mangeait son temps. Qu'il devait sortir avec des clients de l'extérieur et qu'il passerait la nuit en ville. Sa compagnie réservait une suite à l'hôtel pour que le personnel administratif l'utilise lors de telles occasions. Il était promu à des responsabilités de plus en plus considérables et il devenait un homme important. Il disait que le travail était désormais plus délicat, grugeait du temps supplémentaire et exigeait des sacrifices de nous deux. « Je n'aime pas perdre ainsi mes soirées, à travailler ou à amener un imbécile prendre un verre, m'expliquait-il. C'est ce maudit travail, tu vois. »

Mais il était tellement fier et content de lui lorsqu'il revenait à la maison. Je ne voulais certainement pas troubler ce bonheur, je ne me plaignais jamais.

Je pensais être sage.

Maintenant, je me souviens précisément de lui lorsqu'il rentrait heureux d'une soirée passée à travailler, je me rappelle sa fierté, et maintenant, je sais de quoi il était fier. Comment pouvait-il alors me regarder, me sourire et me dire : « Bonsoir, Edna ». Comment pouvait-il me donner un baiser rapide et ajouter : « Désolé de rentrer si tard. J'ai été très occupé. » ?

C'était consolant d'avoir des journées si bien réglées. Une fois ma vie trouvée, je n'aurais pas apprécié les changements ni les surprises. Et si les journées semblaient quelquefois mornes, ou si parfois j'aurais aimé éviter le travail, le remettre à plus tard, j'étais fière de surmonter ma langueur, de m'armer de courage et de force pour plonger. Plus j'étais active lors d'une journée semblable, meilleure et plus vertueuse je me sentais. Plus rapprochée de Harry, aussi, parce que ce que je faisais était pour lui, pour nous.

À la fin d'une journée, je ressentais une bonne sensation de chaleur, née de la satisfaction.

Il semble que j'aie ressenti beaucoup de fierté, après tout.

C'est étrange de considérer aujourd'hui ces vingt années. Un gros tronçon de vie passée, comme un colis.

Et pas, comme j'aurais pu m'y attendre, enrubanné et emballé dans un joli papier ; de loin, il paraît dénué de toute signification, enveloppé de papier gris, attaché avec de la ficelle. Et même si je me rappelle qu'il ne me semblait pas lourd à ce moment-là, vu d'ici, il pèse une tonne. Il était fait de petites choses tellement légères, pourtant — c'est à n'y rien comprendre.

Cela semble primitif, superstitieux et tellement naïf, aussi. Chaque tâche devient une sorte de mortification rituelle, un apaisement de dieux inconnus, menaçants, un sacrifice, tels des égorgements de chèvres sur les autels destinés à duper les dieux. On leur offre des cadeaux et on les divertit. Ou alors comme de réciter des prières en suivant les grains du chapelet, ou bien de tracer certains gestes de façon particulière : une forme de vénération et de crainte. Ou comme de présenter la croix au vampire ?

Et, d'une façon ou d'une autre, j'ai sauté une étape, un sacrifice, un grain. J'ai négligé quelque chose.

J'aimerais ne pas savoir. Je reprendrais tout ce poids si on pouvait me donner de ne pas savoir. Je reviendrais en arrière et découvrirais ce que j'ai négligé, j'y mettrais bon ordre et rien de tout cela ne se reproduirait. Je serais satisfaite. Et je travaillerais beaucoup, beaucoup plus fort pour que tout devienne parfait.

18

JE CONSTATE QU'IL RESTE DES SECRETS que je
tente encore de cacher, même si, à part moi, il n'y a plus
personne à qui les dissimuler ; à quoi cela me sert-il ?

Si Harry avait des secrets, j'en avais un aussi. Une
obsession, le seul manquement à mon devoir. Une douceur
clandestine dans l'après-midi.

Je me sens encore coupable et embarrassée lorsque
j'y pense. Parce que je m'accordais ainsi une faveur ?
Parce que c'était peut-être là, la faille.

À un certain moment (quand, exactement ?), j'ai
repris, avec un mélange de répugnance, de malaise et de
plaisir, cette vieille habitude, cette consolation venue de
l'enfance, de m'étendre en silence, les yeux fermés,
séparée d'où je me trouvais par l'obscurité totale, pour
écouter de la musique en me l'appropriant. Je chantais
de nouveau sur scène et je dansais sur les mêmes vieux
planchers cirés en compagnie, cette fois, d'un Harry
élégant, qui possédait maintenant un visage, tandis que
les autres m'observaient avec admiration.

Je me coulais sur le canapé l'après-midi, plaçais un disque sur la table tournante et augmentais le son. Une adulte qui agissait ainsi, la même femme que celle du vieil appartement à côté de l'université, celle du temps avant que Harry n'arrive avec ses mots et son corps, fins et fermes, pour combler les soirées.

Mais mon corps et ma voix devenaient tellement libres et forts lorsqu'ils empruntaient le corps et la voix de quelqu'un d'autre. Il m'arrivait de me demander : « Pourquoi est-ce que je fais ça ? » et de jurer : « Je ne le ferai plus. Quelque chose me dit que c'est mal. », comme une sorte de masturbation, mais j'y étais de nouveau entraînée à cause de la sensation troublante que j'en tirais : le sang qui exultait, les muscles qui remuaient sous la peau pendant que le spectacle défilait devant mes yeux.

Ah, j'étais importante ! Je chantais pour ma famille et dansais devant les amis de Harry. Parfois en concert, parfois sur la petite scène d'un club. Peu importe le lieu, on me regardait et on m'admirait. J'étais quelqu'un. J'étais n'importe qui : de Streisand à Baez, je pouvais prétendre à n'importe quelle voix pour mon petit corps bien tourné. Les comédies musicales convenaient le mieux, de « South Pacific » et « Oklahoma » des premiers temps à « Hair » et « Jacques Brel », car je savais aussi bien les danser que les chanter. Et quand les comédies musicales passaient de mode ou devenaient difficiles à trouver, je me tournais vers mes anciennes chansons favorites. Parfois, comme pendant les scènes de danse, Harry devenait une voix qui m'accompagnait, car après tout, les yeux fermés, j'étais capable de tout, même de faire quelqu'un d'autre de lui.

Il disait, en fouillant dans les disques : « Seigneur, ce qu'on a de disques de femmes ici ! » Et c'était vrai. Je comblais de temps en temps mon insatiable appétit par de nouveaux microsillons et, s'il n'y avait pas de comédies musicales intéressantes, je choisissais quelque chose avec une voix de femme que je pouvais faire mienne.

Le plus souvent, je le plaçais dans l'assistance, où il restait à me regarder, fier et étonné, comme les autres.

Quelquefois, je me surprenais à sourire. Le truc consistait toujours à garder les yeux fermés. S'ils cillaient et s'ouvraient au beau milieu d'une chanson, avant la fin, une douleur intense, comme un éclair, me transperçait. Quel choc d'apercevoir ma salle de séjour propre et froide, alors que je transpirais et dansais à l'intérieur de moi.

Ça ne durait jamais longtemps. Lorsque le disque était terminé, je reprenais mes habitudes. Pourtant, après coup, je me sentais bizarre : satisfaite et insatisfaite tout à la fois, un peu secouée, désorientée et mal à l'aise. Mais à ce moment-là de la journée, cela n'avait plus beaucoup d'importance puisqu'il ne me restait que les choses faciles à accomplir : faire mes exercices, prendre un bain et changer de vêtements, pour accueillir Harry. La musique était réservée au moment d'après le travail. Et peut-être n'était-ce pas une si terrible faiblesse, rien de mauvais comme de boire, ou encore de manger un sac entier de biscuits. Rien d'évident. Simplement un ancien rêve familier me replongeant, pendant un court instant, dans ma deuxième vie ancienne et familière. C'était suffisant ; j'ai toujours su que je ne voudrais pas qu'elle fût réelle, avec tous ces gens me dévisageant, et que la vie que je menais était exactement la vie désirée.

Pourtant, cet écart a pu être la faille : car, pendant cette demi-heure quotidienne, j'étais une autre et je nourrissais d'étranges désirs. Peut-être était-ce beaucoup trop fréquent et trop appuyé. Peut-être, surtout, était-ce quelque chose de mal, parce que fait clandestinement.

Je me demande si Harry avait, lui aussi, une vie cachée au fond de ses pensées. Que voyait-il quand il fermait les yeux et écoutait ?

Et je me demande si elle aussi a rêvé d'être quelqu'un d'autre, rien qu'un instant. Peut-être même a-t-elle rêvé d'être moi.

19

LES MAGAZINES DISAIENT : « Évaluez votre mariage — êtes-vous vraiment proches l'un de l'autre ? » Ou : « Les femmes de son bureau — ce que vous avez de plus qu'elles. »

Ils avaient des jeux-questionnaires irrésistibles : « Lorsque votre mari rentre du travail, est-ce que vous a) l'accueillez à la porte avec le sourire ; b) lui criez bonjour tout en laissant l'aspirateur en marche ; c) l'accueillez à la porte en lui racontant la journée épouvantable que vous avez eue ? »

J'obtenais de bons résultats à tous les jeux-questionnaires. « Comment être plus séduisante pour votre homme, lisais-je. Comment être certaine qu'il va toujours rentrer. »

« Les hommes ont peur de vieillir, disaient-ils. Ils craignent de perdre du pouvoir, ils se demandent s'ils ont perdu leur temps en futilités, ils traversent des phases. Soyez patiente » ajoutaient-ils.

Mais j'étais effrayée, moi aussi. Je ne voulais pas non plus devenir vieille. Par quelles phases étais-je en train de passer ? En quoi son vieillissement pouvait-il être différent ou pire que le mien ?

Ils ne le disaient pas.

Un peu avant d'avoir trente ans, je regardai un jour dans le miroir de la salle de bains et je vis soudain, comme s'ils étaient apparus pendant la nuit ou qu'on eût projeté sur eux un éclairage spécial, quelques fils gris, bien évidents dans mes cheveux. Mes beaux cheveux lustrés, déjà en train de mourir.

Je me penchai au-dessus du lavabo éclatant de propreté, j'écarquillai les yeux : je choisis un cheveu gris parmi les bruns et l'arrachai. Il vint sans douleur : cheveu mort, indice de mort que d'être capable de l'arracher sans rien sentir. Il avait l'éclat du pur argent. Mais je n'étais pourtant pas si vieille ! Le temps ne pouvait pas s'être enfui de la sorte ! Mes journées étaient toutes semblables, que s'était-il passé, quel événement avait fait grisonner ces quelques cheveux ! Rien que je puisse voir. J'aurais dû être jeune et parfaitement conservée.

Ce cheveu gris, ondulé, s'accrochait à mes doigts telle une prédiction. Il me semblait que ce serait mal de le jeter à la poubelle comme une chose sans importance. Dangereux même, de négliger son existence. Dix années passées avec Harry, envolées. Qu'est-ce que cela voulait dire ? Qu'il y avait si peu de choses à se rappeler ?

Je regardai mon visage et il me parut, en quelque sorte, avoir fondu ; des traits indistincts, une espèce de pouding.

Il me faudrait y remédier ; débuter les exercices, les tapotements sous le menton et tout le reste.

Lorsque j'ai eu trente ans, Harry, de deux ans mon aîné, me dit : « Ne t'en fais pas, ce n'est rien du tout. » Ça n'avait rien été pour lui. Il continuait d'acquérir du pouvoir ; il n'était pas encore arrivé au stade où on a peur de le perdre.

Pour moi, cet anniversaire a surgi au moment où les gens de dix ans plus jeunes disaient des choses comme : « Ne faites confiance à personne de plus de trente ans. » Une ligne de démarcation était établie, une ligne de démarcation entre moi et les jeunes. Entre moi et ces êtres étranges qui arrivaient derrière, avec leurs yeux froids de révolutionnaires.

« Bien sûr, me dit Harry, ces jeunes ont beaucoup à apprendre. Ils verront. »

Leurs exigences n'étaient-elles pas les siennes, à vingt ans ?

(Cette femme, cette fille, avait seulement, quoi, à peu près treize ans, lorsque j'en ai eu trente. Un bébé, une enfant. Un monde entièrement différent du sien, je suppose.)

Personne n'est venu à la maison avec des projecteurs et des caméras de télévision constater comment je vivais. Aucun journaliste n'est venu avec son bloc-notes et son stylo me demander quels étaient mes principes, quelles étaient mes solutions.

Non, ils parlaient tous à ces plus jeunes qui se montraient si sûrs d'eux-mêmes. Même à leur âge, je n'étais pas sûre de moi ; je les regardais à la télévision et je lisais avec étonnement leurs revendications dans les magazines. Elles défilaient, ces filles, ces jeunes femmes, participaient à des manifestations, certaines d'entre elles étaient même recherchées par la police. Elles étaient effrayantes. Quelques-unes d'entre elles étaient aussi très belles.

Par leurs paroles, leurs actes, elles affirmaient que je n'existais pas. Elles menaçaient ma vie avec leurs exigences.

Mes magazines se modifiaient et il en apparaissait toujours de nouveaux, entièrement étrangers. Ma mère, elle, les a peut-être aimés.

Assez troublant de franchir le cap des trente ans sans que les règles changent, du même coup.

C'était bizarre de ne plus être jeune. Pas vieille, bien sûr, mais pas jeune non plus. Parfois, je me réveillais le matin, persuadée du gigantesque de l'avenir, pour me rendre compte aussitôt qu'il n'avait plus rien de gigantesque. Mon corps semblait encore jeune, avec ou sans cheveux gris. Il restait mince et ferme. Mais voilà que j'avais trente ans, quelle contradiction ! J'avais dû prendre pour un fait établi que le corps, l'esprit, le temps et tout le reste suivraient la même progression, de façon synchronisée. Ce fut un choc de découvrir qu'un élément bondissait en avant des autres.

« Et voilà, c'est ainsi », me résignais-je.

Mais d'où venait cette pensée pessimiste ? J'avais eu ce que je désirais vraiment. Ce n'était pas comme si j'avais rêvé de quelque chose de différent ou comme si j'avais eu l'ambition de devenir quelqu'un d'autre. Je n'avais jamais considéré d'autres possibilités sérieusement. Mais c'était quand même inquiétant, troublant, de constater que, désormais, il ne pourrait plus y en avoir d'autres.

Pourquoi pensais-je que trente ans était si vieux ? Aujourd'hui, trente ans me semble bien jeune.

Je me surprends encore à me réveiller certains matins en me demandant ce que je deviendrai. Maintenant, il s'agit, bien sûr, d'une question appropriée : que vais-je devenir ?

Je ne peux pas regretter, bien qu'il semble que, de nos jours, c'est ce que l'on attende de nous. Je ne peux pas regretter d'avoir passé vingt ans à m'occuper de mon mari et de ma maison. Trouverais-je les mots pour expliquer que c'était là simplement le moyen que j'avais trouvé pour m'occuper de moi ?

Mon cas ne fut pas aussi spectaculaire que ceux des gens qui, à la télévision, défilent dans les rues en faveur des droits de la personne et contre la guerre, pour l'égalité des droits et contre le massacre des bébés phoques. Mon cas ne valait pas un défilé dans les rues.

Mais si un marcheur prônant les droits de la personne se trouve assailli par un Noir, si un défenseur des animaux se fait mordre par un chien ou si un manifestant pour l'égalité des droits est attaqué par une femme, que faut-il en conclure ? Que tous ces efforts, ces justes revendications ont été inutiles ? Chez la victime, naît-il un sentiment de trahison, de rancœur, l'impression d'avoir perdu en vain son énergie, de n'avoir pas été appuyée dans sa cause ?

À qui la faute ? À un égoïsme total de l'assaillant, à une sorte d'aveuglement ? Ou bien à une faille chez le donneur qui ne donne pas tout à fait assez ? Qui ne va pas jusqu'à tout donner ? Mais à qui donc imputer ces échecs ?

« Écoute, disais-je à Harry, si tu veux travailler cette fin de semaine, ne te gêne pas. Je vais me trouver quelque chose à faire. » Il étalait alors ses papiers sur la table de verre dans la salle de séjour. Je lui apportais du thé et des sandwichs et lui ouvrais sa bière. Il devait se concentrer, j'allais donc lire tranquillement dans la cuisine ou bien je faisais un gâteau. Je voulais le laisser vivre à sa guise selon ses désirs.

Mais je n'ai jamais voulu qu'il prenne pour acquis que je n'étais pas là. Ce n'était pas mon intention de disparaître.

Mes magazines, ceux que j'aimais et avec lesquels j'avais été élevée, montraient si clairement les choses. Si on faisait ceci, il en résulterait cela. N'ai-je pas suivi à la lettre les instructions ? Je n'ai jamais été capable d'assembler des pièces. Harry achetait des meubles en éléments à monter soi-même : une table de travail ou un ensemble d'étagères et il pouvait, sans aucune difficulté, emboîter la pièce A dans l'encoche B, en saisissant la logique de la chose. Moi, je serais restée là avec un tas de morceaux éparpillés.

Je me disais — que me disais-je donc ? Que j'avais une maison et Harry, que je me trouvais donc en sécurité. Sans eux, j'aurais été terrifiée.

Je suis terrifiée.

Je ne lui ai jamais menti. J'ai orienté sincèrement mes efforts afin de le rendre important. Le dévouement que je lui ai montré était aussi sincère.

À quel moment le mensonge s'est-il installé ? Son mensonge. Sûrement pas au début. Peut-être seulement à la toute fin, ce qui signifierait que, pendant la plupart de ces années-là, il n'y avait pas de mensonge, ces années-là restent authentiques. Peut-être s'est-il simplement lassé. Ou ennuyé. Je sais combien il pouvait s'ennuyer facilement.

Ah, je voudrais le voir. J'ai tellement de questions demeurées sans réponse et il est le seul à savoir. Pourquoi ? lui dirais-je. Qu'ai-je fait de mal ? Que cherchais-tu ? Qu'aurais-je pu faire de plus ? Quand cela a-t-il commencé ?

Pour déjeuner, il y a un gratin de pommes de terre, des pois congelés, une tranche de jambon, une crème anglaise. Du café aussi, ou du thé. Les pommes de terre sont légèrement détrempées, les pois ratatinés, le jambon un peu trop cuit, la crème anglaise fade, le café amer. Ce n'est pas exactement infect, ce n'est simplement pas bon.

Je ne regrette pas la saveur. Ce que je regrette, c'est un repas complet sur ma table. Ce que je voudrais voir, c'est un plat entier de pommes de terre duquel je me servirais une portion ; un jambon, une dinde ou un rôti entiers sur la table, prêts à être découpés.

Ce qu'on nous sert souvent dans des assiettes individuelles, comme si cela arrivait de nulle part, n'avait pas d'origine. C'est là une façon un peu inhumaine de présenter la nourriture. La nourriture devrait faire partie d'un tout, d'une cérémonie soigneusement préparée.

Je me demande ce qui est arrivé à toutes mes recettes. Toutes ces coupures de magazines, collées ou copiées si soigneusement sur des fiches de classeur. Et le livre de recettes que je lisais, feuilletant les pages et les images, à partir duquel je sélectionnais, me représentais les innombrables possibilités de combinaisons dans nos assiettes.

Je me demande ce qui est arrivé à toutes mes choses. La maison ? Peut-on simplement la vendre sans que je la revoie ? Car je ne veux pas y retourner. Je ne veux plus jamais mettre les pieds à l'intérieur de cette cuisine jaune, avec cette pendule en forme de marguerite blanche et jaune. Je ne veux pas voir cette salle de séjour et son mur de papier peint blanc moucheté d'or, et je ne veux pas me rendre à l'étage supérieur. Les oreillers, à eux seuls, me briseraient le cœur.

Est-ce que quelqu'un l'entretient ? Sinon, les tuyaux risquent-ils de geler cet hiver ou la chaudière de tomber en panne ? La poussière doit déjà s'être accumulée sur les rebords des fenêtres, et il y aura des moutons et de la saleté dans les tapis.

Il semble qu'après une vingtaine d'années investies en effort, travail et attention, ce n'est pas bien de s'en désintéresser, de s'en moquer. Mais je m'en moque. Qu'elle s'écroule.

Au sujet de cette maison, je n'imagine qu'une chose, en ce moment, susceptible de me faire plaisir. Si je me retrouvais hors d'ici, peut-être lancerais-je un bulldozer sur elle pour la réduire en miettes. Je crois que c'est ce qui me procurerait une sorte de joie.

Il est évident que, malgré cette écriture ordonnée qui suit si bien les lignes, la rage est encore là, dans l'encre et dans la rigidité des tendons de mes mains.

20

« PARLE-MOI, EDNA, me disait-il. Qu'as-tu fait aujourd'hui ? »

Eh bien, j'étais satisfaite et contente de moi. Mais de là à lui dire ce que j'avais fait — je pouvais, me semblait-il, accomplir ces choses un nombre infini de fois, mais je pouvais difficilement les décrire un nombre infini de fois.

L'astuce avec les tâches domestiques, c'est de les rendre invisibles de telle sorte que l'autre ne s'aperçoive pas qu'elles sont faites, bien qu'il s'en apercevrait si elles ne l'étaient pas.

Nous parlions de projets de vacances, de plats que nous aimions, d'un nouveau restaurant à essayer ou d'un film à voir, d'articles de journaux et d'émissions de télévision. Il disait : « C'est d'accord si on reçoit les Baxter samedi ? Pourrais-tu confectionner, tu sais, tes petites quiches ? »

« Et ta journée ? demandais-je. Comment ça s'est passé ? »

156

Il travaillait dans le service des ventes d'une maison de produits pharmaceutiques. Il avait même été promu chef de son service. En était-il satisfait? Se pourrait-il qu'il ait estimé avoir gaspillé ses dons sur une si petite scène?

Une scène, oui. Je me l'imagine, tel un acteur, en train de marcher à grands pas en déclamant, ou encore, le dos arrondi, chuchotant pour les dernières rangées. Je le vois rire, la tête ramenée vers l'arrière, ou pleurer, le visage dans les mains.

Ce n'est pas le critiquer que de reconnaître qu'il était conscient de l'effet produit par le ton différent de sa voix ou par ses mouvements brusques. C'était un talent qu'il possédait, un don, un prolongement de l'intensité avec laquelle il assumait sa vie, avec laquelle il se voyait, lui, et son désir de cumuler des responsabilités. Si quelqu'un avait dit de lui : « Quel menteur ! » au lieu de : « Quel acteur ! », je n'aurais pas compris.

Je suis sûre que, pour lui, jouer la comédie et mentir étaient deux choses bien différentes. L'un servait à s'amuser, l'autre à se protéger.

Mais l'art du mensonge a dû être perfectionné par celui de la comédie.

Et s'il était réellement devenu un acteur? Cela aurait-il satisfait son désir de jouer des rôles jusqu'au bout? Aurait-il perçu la différence entre le jeu et la vie?

Je le vois furieux, blasé, amusé, ennuyé. Dans notre salle de séjour avec nos invités, il était capable de tout cela. J'observais les gens qui regardaient Harry, j'écoutais les changements qui s'opéraient dans leurs paroles et leurs voix. Il modifiait les sujets de conversation à l'aide d'un simple soupir et d'un changement de position.

Je pensais à la fois pouvoir apprécier les spectacles qu'il donnait et discerner, sous tout cela, Harry le mari.

Je pensais qu'il me parlait d'une façon différente. En tout cas, je n'ai jamais décelé de tendresse avec d'autres que moi. Il savait être doux et gentil avec les autres, sans être tendre. À moi, il me disait : « Edna, tu es parfaite », même s'il ne s'agissait que d'un repas particulier pour des invités ou d'un moment paisible dans notre chambre.

Nous occupions nos soirées à très peu de choses, à lire ou à regarder la télévision. Il s'allongeait sur le canapé. Il n'avait pas besoin de parler, s'il n'en avait pas envie. Qu'il puisse si bien se détendre en ma compagnie était un signe de confiance. Il avait confiance en moi, donc, il n'y avait pas de théâtre.

Avec tous les autres, il devait se tenir aux aguets.

Mais moi aussi, je pouvais être actrice. Une actrice silencieuse, à l'écoute.

En vingt ans, combien d'heures ai-je passées à écouter ? À hocher la tête, à poser des questions (mais cela faisait partie de l'écoute). Il parlait de son travail avec tellement d'enthousiasme, et il me confiait ses machinations. Qu'il puisse me parler librement d'actions dont les motivations étaient égoïstes, quelquefois cruelles, c'était une autre marque de confiance. J'écoutais, éprouvant un peu de pitié pour l'homme qui était dérouté ou blessé par une feinte à la Harry. Les conséquences ne lui paraissaient pas réelles. Son plaisir résidait dans le jeu, semblait-il, sans signification plus profonde.

Ce qu'il me racontait ne me semblait pas réel non plus. Pas plus que les histoires lues dans les magazines ou entendues à la radio. Pas mêmes aussi réelles qu'une émission de télévision.

« Tu sais ce qu'il faut, en affaires, Edna ? me demandait-il. Il faut une bonne image. Bien sûr, tu ne peux pas non plus te permettre trop d'erreurs, mais l'image que tu projettes reste la chose la plus importante. Tu peux t'en tirer malgré les erreurs pendant plus longtemps si les gens voient en toi un gagnant. Mais si tu n'as pas confiance et que tu les laisses croire que tu n'es pas absolument sûr de ce que tu fais, peu importe le nombre de choses que tu réussiras, ils croiront que tu es un perdant. C'est diablement mieux de risquer de commettre une erreur par-ci par-là en prenant des décisions rapides et déterminées que d'hésiter. Là-dedans, je m'y connais, tu sais. Je m'y connais vraiment. »

« Je le sais. »

« Tu dois t'arranger pour te faire remarquer. Tu dois donner l'impression d'avoir du caractère. Pas le genre hurluberlu, bien sûr, ni excentrique, ce n'est pas ce que je veux dire. Mais tu dois sortir de la masse. »

Tout ce qu'il disait se situait ailleurs. Dans notre société à deux, nous n'avions pas de telles préoccupations.

Mais je nourrissais quelques pensées traîtresses. (Étaient-ce là les points négligés ? Un signe d'imperfection, c'est certain.) Parfois, quand il devenait très tendu à propos d'une opération particulière, qu'il en parlait et reparlait tout haut à la maison pour s'en réjouir ou l'analyser, je me sentais ennuyée. Et surprise de l'être, car c'était là un sentiment invraisemblable pour moi, qui pouvais passer des journées et des années à accomplir les mêmes besognes routinières. Je me disais alors : « Ce qu'il peut faire jeune ! » Je voulais dire, je pense, qu'il avait tellement besoin de compliments.

(Lui faisait-elle des compliments ? Elle était infiniment plus proche de lui professionnellement. Lui disait-elle : « Formidable, M. Cormick, vous avez très bien conduit cette affaire » ? À quel moment le M. Cormick s'est-il changé en Harry ? Parlaient-ils d'affaires en dînant aux chandelles ? La position privilégiée qu'elle occupait devait lui permettre d'aimer des opinions fermes. Lorsqu'elle le complimentait, sans doute était-ce plus significatif parce qu'elle savait vraiment de quoi il s'agissait.)

Je comprenais aussi avec un peu d'étonnement que je le protégeais et lui fournissais un équilibre. « Il a besoin de moi également, ici. » pensais-je.

Je le nourrissais de cette façon, et de bien d'autres. Il me nourrissait avec ses bras autour de moi lorsque je m'éveillais, la tête encore dans le creux de son épaule.

Et il me nourrissait aussi de son énergie, de cette chaleur qu'il déversait en moi. Je ne pense pas que, à moi seule, je pouvais en dégager beaucoup.

Quelquefois, oui, j'aurais aimé lui dire : « Parlons un peu d'autre chose. » Mais de quoi ? « Parle-moi, Edna », disait-il, mais de quoi ?

J'aurais aimé avouer : « Harry, je ne comprends pas. Je sais que tu t'y connais, là-dedans, mais je ne suis pas là, je ne vois rien de tout ça. Ça me fatigue d'entendre parler de ton travail. »

Ces mots auraient brisé quelque chose. Tout, j'imagine.

N'appréciait-il que mes oreilles ? Plus que cela, sûrement.

Son magnifique sourire, ses dents, ses lèvres minces, le genre de lèvres qu'on regarde, et dont on se rappelle le goût, les commissures de sa bouche lorsqu'il riait, les petites rides au coin de ses yeux.

Nous riions aussi. Nous nous amusions. N'importe quel magazine aurait affirmé que c'était un mariage réussi.

Lorsque je pris quatre ou cinq livres, je lui dis que j'allais commencer à faire des exercices et à manger un peu moins. Il me regarda, avec la mine faussement grave d'un médecin. « Debout, m'ordonna-t-il, tournez-vous. » Ensuite : « Venez ici que je vous examine » et il me tâta les côtes, le ventre, les cuisses et les bras, puis ajouta : « Grosse, dites-vous ? Où ça ? Ici ? Est-ce ici que vous êtes grosse ? Ou là ? » et, au milieu de nos rires, il m'attira à lui, sur le canapé.

Parfois, il se fâchait. Mais la colère de Harry n'était jamais sérieuse. Il n'aimait pas l'étouffer en dedans, sans rien dire. Il explosait, et ensuite il oubliait.

Une chaude journée d'été, il me dit : « Merde, il n'y a plus de limonade ? T'aurais dû savoir qu'on en aurait besoin par cette température ! Mais qu'est-ce que tu fiches toute la journée ? »

Des choses comme ça. Mais pas fréquentes. Quand il était fatigué. Parfois, ce n'était que les contrariétés du bureau qui s'étaient infiltrées dans la maison. Je me montrais compréhensive.

« Bon Dieu, ce damné Baxter ! Il ne peut pas pisser sans coincer sa fermeture éclair ! Quel con ! Pourquoi est-ce que je suis entouré de cons ? »

Parce qu'il aimait que ce soit ainsi, je crois. Parce qu'il voulait être le meilleur. Parce que je lui caressais les cheveux, le cou, que je l'écoutais et que je lui préparais à boire.

Mais je ne mentais pas, pas vraiment. Je jouais la comédie, à l'occasion peut-être, mais je ne mentais pas.

Seigneur, lui avoir dit la vérité, rien qu'une fois !

La colère m'effrayait. Pas celle de Harry, qui me faisait mal, mais ne m'effrayait pas.

Et j'avais raison. J'avais raison d'appréhender ma propre colère, de sentir qu'elle pourrait me conduire n'importe où.

Combien de fois mon père a-t-il ravalé sa fureur en ouvrant la porte de la véranda pour aller fumer sa pipe dans le froid et le vent ? Ou, de la même façon, combien de fois ma rigide et, maintenant que j'y pense, mon ambitieuse mère s'est-elle mordu la langue afin de maîtriser les plaintes et les récriminations toutes prêtes à émerger, à l'inciter à être plus grand ? Car la pression qu'elle exerçait sur lui se faisait plutôt en petites touches subtiles.

Peut-être que dans cette maison, la rage refoulée filtrait d'eux comme du gaz qui fuit et qu'elle était respirée par le bois, le papier peint et le linoléum. Peut-être l'ai-je respirée, cette rage, et la peur qui l'accompagnait. Peut-être étions-nous tous empoisonnés par l'air.

Dans la maison de mes parents, si quelqu'un avait osé parler franchement, que la colère avait librement surgi des boiseries et du linoléum, les murs se seraient sûrement écroulés, le plafond, effondré, les vitres, fracassées.

Et si moi j'avais osé dire la vérité à Harry !

En quoi consistait cette vérité, pour être si terrifiante ?

Que, parfois, en l'observant du fond de la salle de séjour, le soir, ou endormi dans notre lit la nuit, je ne pouvais m'empêcher de me demander: « Qui est cet homme ? »

Lui arrivait-il de me jeter un regard, de temps à autre, et de me prendre pour une étrangère ? Trouvait-il que j'étais un fardeau ennuyeux ?

Mais d'où est venue la terrible fureur de la fin ?

Je voudrais consigner à jamais la couleur des carottes dans l'assiette, la douceur des pommes de terre, la qualité de la viande. Et, pour le second service, retenir la lourdeur des croûtes de tarte, la sécheresse des gâteaux, les pépins des fruits. Je voudrais captiver par les mots la voix du docteur, la fraîcheur de l'eau qui se réchauffe dans la gorge, l'étroitesse des dents du peigne qui démêle les cheveux, qui tire le cuir chevelu.

J'ai vécu avec un homme pendant une vingtaine d'années. Ici, le seul homme qu'il m'est donné de voir, c'est le docteur, deux fois par semaine.

Il semble tout à fait différent de Harry bien que, parfois, j'aurais envie de me blottir contre lui, de lui faire confiance de la même façon. Mais je n'ai plus foi en mon jugement.

Je n'ai pas de raison valable de croire qu'il ne me mentirait pas.

Il est jeune encore — une dizaine d'années de moins que Harry. Il a de fins cheveux blonds, assez longs, qui traînent souvent sur son col de chemise ; j'aimerais bien les en dégager. Il a un tic quand il parle et qu'il pose toutes ses questions ; il fait un petit mouvement de la tête pour renvoyer ses cheveux en arrière.

Sur ses mains, ses jointures sont recouvertes de poils fins, tout comme celles de Harry. A-t-il des poils semblables, d'apparence aussi soyeuse, sur la poitrine, sur les jambes ou peut-être même dans le dos ? Il est si impeccablement vêtu. Il porte des complets avec chemise et cravate, mais, bien que ses cravates soient parfois desserrées, la chemise reste toujours parfaitement boutonnée, ce qui ne permet aucun coup d'œil sur sa chair. Et ses chaussettes sont remontées si haut que, même lorsqu'il s'assoit et emprunte sa position d'écoute, incliné en avant, la cheville droite reposant sur le genou gauche, la raideur des pantalons épousant l'angle des jambes, on n'aperçoit ni mollet ni cheville. À part son visage et ses mains, il garde soigneusement sa peau pour lui.

Ses cheveux et ses poils semblent tellement fins et doux qu'il est impossible de l'imaginer avec une véritable barbe. Il ne peut y avoir sur ce visage que des poils doux comme de la soie.

Rien de rude ou d'abrupt chez lui ; même sa voix est douce.

Et la colère alors ? Élève-t-il la voix à la maison ? Je ne peux l'imaginer ; mais, en fait, comment savoir ?

Il a les mains déliées et de longs doigts, mais bien qu'elles me rappellent celles de Harry, je ne pourrais pas les confondre avec les siennes. Des veines bleues saillent sous la peau et ses ongles sont propres et bien taillés. Il est si propre qu'il ne sent même pas l'après-rasage ni le savon.

Ses yeux sont immensément bleus et profonds. Ils m'invitent à y plonger. Ils semblent attendre. C'est presque rassurant de les regarder, parce que rien n'est visible derrière.

Je suis contente quand il s'arrête à ma chambre ou quand une infirmière me dit : « Venez maintenant, Mme Cormick, c'est l'heure d'aller voir le médecin. » Je me lève d'un bond, avec empressement, puis je lambine pour cacher ma hâte de le voir.

Parfois, il porte des vêtements neufs et j'aime cela, cette fierté de son apparence. Ses chemises sont toujours fraîchement repassées : soit que sa femme s'occupe soigneusement de lui, soit qu'il les porte à une blanchisserie. Beaucoup de gens vont dans les blanchisseries, de nos jours. Tellement de choses sont plus faciles, ou plus ignorées, de nos jours.

Il a les bras longs et le corps mince. Comme Harry, ses poignets laissent voir les os. Comme Harry, il se tient droit. (Bien que les dernières années, Harry ait commencé à se voûter légèrement, ses épaules comme devenues plus lourdes. Ce docteur va sans doute en arriver là, aussi.)

Parfois, je le vois passer dans le couloir près de ma porte et s'il remarque mon regard, il m'adresse un sourire. Mais il ne s'arrête pas, à moins que sa visite ne soit prévue. Il ne marche pas rapidement, mais il semble toujours se rendre quelque part. J'aimerais savoir où il va.

Ce que j'aimerais, quelquefois, c'est l'entourer de mes bras et poser ma tête sur les os solides de sa poitrine. J'aimerais que la douceur de ses poils m'effleure.

Au lieu de cela, je m'assois sur une chaise de l'autre côté de son bureau et je note ces puérils désirs.

Il neige. La première neige de cette année. Les flocons fondent et disparaissent aussitôt qu'ils atterrissent sur la fenêtre ou sur le sol. Que se passe-t-il ? Se changent-ils en quelque chose d'autre ou ne font-ils que disparaître ? Je devrais pouvoir saisir précisément la transformation d'une chose en une autre. La neige semble solide lorsqu'elle descend et, soudain, voilà qu'elle est partie et que ne persiste plus que la grisaille du jour. Si elle tombait sur moi, je la frôlerais si doucement qu'elle n'aurait pas de raison de disparaître. Je serais du moins suffisamment proche pour comprendre.

21

STELLA, MAINTENANT, VOILÀ QUE DES IMAGES DE MA SŒUR défilent devant mes yeux pendant que je suis assise ici. Étrange, car, une fois partie de la maison, je n'ai pratiquement plus pensé à elle. Dès que je n'eus plus à affronter son insouciance, comme la présence de quelqu'un qui mangerait un bol de fraises et refuserait de le partager, j'ai tout oublié d'elle.

Bien sûr, je l'ai uniquement connue enfant, ce sont là mes seuls souvenirs.

Je pensais que les événements ne marqueraient jamais ma sœur, qu'elle viendrait toujours à bout du malheur en dansant. Ou qu'elle le regarderait droit dans les yeux comme elle le faisait avec ma mère, et qu'elle le défierait. Même petite fille, je me souviens qu'elle frappait du pied, ses minuscules poings sur les hanches, modèle réduit de la posture de ma mère, en affirmant : « Non. Je ne veux pas. Je ne le ferai pas. »

On lui administrait une fessée. Moi, l'enfant tranquille, obéissante et observatrice, je poursuivais mon chemin.

Nous semblions n'avoir rien en commun.

À l'école secondaire, elle faisait partie de ces bien-heureuses au pied léger qui connaissaient tous les pas et le secret.

Mais ensuite — ensuite, il sembla que, après avoir quitté la maison, parce que j'étais vaillante à l'école et suffisamment brillante, ou que j'en avais suffisamment besoin pour être envoyée là-bas, le vent tourna. Le jour de mon mariage, l'avantage semblait de mon côté.

Et elle, ma rieuse sœur aux cheveux brillants, a épousé un jeune plombier, et ils ont acheté une petite maison à seulement trois rues de chez mes parents : lorsque Harry et moi leur rendions visite, à Noël, c'est moi qui semblais jouir d'une vie éclatante.

Je n'étais pas différente de celle qu'ils avaient connue ; mais c'était beaucoup, c'était suffisant de pa-raître m'être muée en une autre personne.

Ils ont dû s'étonner de me voir au bras de cet homme assuré qui parlait avec passion de choses aux-quelles eux ne pensaient même pas. Un homme d'affaires qui s'adressait à un plombier et à un commis de quincail-lerie à la retraite.

Bien sûr, je ne veux pas dire que nous étions meilleurs qu'eux, rien de si mesquin ni de si prétentieux. Le fait demeurait que, contrairement à toute prédiction, j'avais épousé un homme avec une carrière et un avenir, je m'étais installée en ville pour vivre une vie sortant de l'ordinaire, tandis que Stella restait là, avec son plombier. Si les choses avaient suivi leur cours apparent, le contraire serait sûrement survenu ! Stella, la pétillante hôtesse, avec l'éblouissant mari ; moi, l'être insignifiant, avec le plombier dans la petite ville. À supposer que je sois même avec quelqu'un.

« Bien contente de te voir » nous disions-nous à Noël quand nous nous effleurions les joues de nos lèvres.

« Seigneur Dieu ! me disait Harry en revenant à la maison. C'est comme de se retrouver coincés avec une bande d'étrangers dans une tempête. Personne ne dit rien. Vous n'avez donc rien à vous dire ? »

Non, nous n'avions rien à nous dire. Gratter la surface pour s'enfoncer dans un gouffre ? Personne n'en avait envie ; sûrement pas moi.

Nous parlions, Stella, ma mère et moi, de vêtements, des nouveaux magasins en ville, de recettes. Des petits problèmes de maison, d'idées de décoration. Je doute que ces détails domestiques nous aient réjouies, surtout ma mère, mais nous nous trouvions là, trois femmes adultes réunies pendant une journée ou deux ; de quoi aurions-nous pu parler ? La question essentielle que j'aurais pu adresser à ma mère était celle-ci : « Qu'est-ce qui te rendait si dure, si malheureuse et si sévère ? » Et à ma sœur : « Quel est ce secret que tu me taisais ? Pourquoi les choses fonctionnaient-elles si impeccablement pour toi ? » Et peut-être auraient-elles eu des questions à m'adresser, à moi aussi.

Le risque de nous dire de telles choses était minime.

« Le vieux proverbe qui dit que les cordonniers sont les plus mal chaussés est pas mal vrai chez nous, se plaignait Stella. Nous avons un robinet de cuisine qui fuit depuis des semaines et Frank ne fait rien pour le réparer. Croyez-le ou non, je vais être obligée d'appeler un plombier. »

Ma mère n'a jamais tenté d'établir de règlements, ni pour Harry ni pour Frank ; elle devait éprouver du respect pour eux, si bien que, lorsqu'ils s'asseyaient dans la salle de séjour et qu'ils sortaient leurs cigarettes, mon père trouvait le courage d'allumer sa pipe. Son petit plaisir de l'année, ce défi de vacances. Il n'avait jamais l'air totalement à l'aise, — cela restait un plaisir mitigé — mais au moins il le faisait.

Lorsque les autres étaient couchés, ma mère vaporisait la pièce et lavait les bonbonnières en verre bleu utilisées en guise de cendriers.

« Pourquoi supporter ça chaque année ? » me demandait Harry.

Je l'ignore. Nous passions le jour de l'Action de grâces avec ses parents, et quelquefois Pâques. Mais Noël avec les miens. Rien à voir, je pense, avec le partage égal du temps et des visites. Mais Noël ailleurs aurait semblé étrange pour moi. Moment parfois malheureux et toujours bizarre, mais qui sentait quand même bon, le seul temps de l'année où cette maison exhalait l'amitié plutôt que l'humidité. Les oignons, les épices et la dinde, les canneberges, la sauce et les tartes au « mincemeat » — nulle part ailleurs, cela n'aurait eu cette odeur.

Noël me rappelait mon enfance, me rendait enfantine. Je me souviens que, pendant des années, il y avait des poupées, une pour moi et une pour Stella, non enveloppées sous l'arbre, de la part du Père Noël. La veille de Noël, nous nous asseyions tous les quatre dans la pénombre du séjour avec, pour tout éclairage, les lumières de l'arbre, et nous restions là, à les contempler. Muets, bien sûr. Absorbés dans nos pensées. Mais nous étions là, tous les quatre. Peut-être attendions-nous que quelqu'un dise quelque chose. Peut-être que, à tous les Noël des années qui suivirent, nous revenions nous y asseoir en espérant que quelqu'un dise quelque chose. En tout cas, peu importe ceux qui vinrent s'ajouter, Harry ou Frank, c'est tous les quatre que nous avions commencé, comme inévitablement condamnés à vie.

Mais où sont-ils aujourd'hui ? Ai-je été trop loin, pour qu'ils m'abandonnent ?

C'est peut-être tout simplement qu'ils ne savent pas quoi me dire.

Nous nous écrivions de temps en temps, sorte de triple futilité. Ma mère au sujet des voisins, de la température, d'un nouvel abat-jour, de ses faibles tentatives pour accomplir quelque chose dans la maison. Elle terminait toujours de la même façon : « Ton père va bien. Il t'envoie son affection. » Elle signait : « Maman ». Je lui écrivais pour lui parler de Harry, de son travail et des changements dans notre maison, des invités que nous avions eus pour dîner ou encore de la soirée où nous nous rendrions peut-être.

Stella couvrait à peu près le même terrain que ma mère, en ajoutant les menus potins concernant les personnes que nous avions toutes deux connues à l'école. « Maman et papa vont bien, écrivait-elle. Fatigués l'un de l'autre et malheureux, comme d'habitude. »

Nous aurions peut-être pu parler d'eux, Stella et moi. Ils étaient, bien sûr, ce que nous avions en commun. Mais nous n'étions jamais seules toutes les deux. Avant, il y avait nos parents, et ensuite, nos maris. Je ne me suis jamais assise à une table de cuisine devant une tasse de café pour bavarder avec ma sœur. Je ne me suis jamais assise dans la véranda pour fumer une cigarette rien qu'avec elle. Nous nous sommes écrit des lettres uniquement, et nous avons uniquement contemplé le vide.

Mais elle a essayé. Une fois, elle a essayé et a persévéré pendant quelque temps. C'est cet effort qui me porte à penser que si elle entrait dans cette chambre, là, maintenant, je poserais le stylo et le cahier pour la laisser m'entourer de ses bras, si l'envie lui en prenait.

Maintenant, j'aurais certainement des choses à lui dire. Et maintenant, je n'aurais plus aucune raison de les lui cacher.

Je suppose que lorsqu'elle m'a écrit cette lettre, elle se trouvait envahie par un sentiment similaire. Et je l'ai laissée tomber. Agirait-elle de la même façon ? Ne serait-ce que pour se venger ? Je comprends aujourd'hui ce qu'elle a peut-être voulu dire, mais je ne l'ai pas compris à ce moment-là. Ces choses dépassaient mon entendement. Et je regrette, Stella. C'est la première chose que je lui dirais aujourd'hui : je regrette, je ne savais pas.

Ensuite, je dirais que je sais maintenant, et nous pourrions échanger nos impressions et nous révéler vraiment le fond de notre pensée. Bien sûr, cela s'est mieux terminé pour elle, tout à fait différemment. Parce qu'elle savait frapper du pied, se mettre les poings sur les hanches et dire non ? Parce qu'elle s'était longuement entraînée à défier et à survivre ? Enfin, si elle venait me voir, nous pourrions peut-être parler de choses semblables.

C'était une lettre de plusieurs pages, griffonnée volontairement. Son écriture n'était pas tout à fait la même. Je terminai mon travail du matin et m'assis avec un café et une cigarette pour la lire. Je ne manifestais jamais de hâte à dépouiller le courrier.

Elle écrivait toujours sur du papier à lettres qui lui ressemblait : un petit bouquet de fleurs roses, mauves et blanches au coin supérieur gauche de chaque feuille, une enveloppe mauve assortie. On n'aurait pas été étonné qu'une odeur de lilas s'en dégage. Habituellement, il y avait deux feuilles soigneusement remplies : cette fois, il y en avait une quantité. Différent.

« Chère Edna », à côté des fleurs. Encre verte. Elle utilisait toujours de l'encre verte.

« Chère Edna, ça va être une surprise, mais pour en venir droit au fait, je quitte Frank. J'ai attendu pour t'écrire parce que c'est difficile de le mettre sur papier comme ça, c'est comme si j'annonçais la mort de quelqu'un, mais je le sais depuis assez longtemps maintenant, je me suis faite à l'idée, d'une drôle de façon, alors je suis capable de te l'écrire aujourd'hui. C'est la première fois que j'en parle, je m'entraîne avec toi parce que le plus ardu dans tout cela, c'est bien de l'annoncer aux gens. On ne vend pas de cartes expressément conçues pour ça. Non pas que je raconte tout aux gens, mais il faudra dire que je m'en vais et quels sont mes projets, et tu serais surprise (peut-être pas) à quel point les gens peuvent être curieux et grossiers. Les rumeurs courent partout dans la ville, bien sûr, tu sais que les gens, ici, n'ont rien à faire de mieux que de jaser. Maman est totalement humiliée, alors elle est en colère contre moi. Pas contre Frank, même si tout cela est de sa faute, mais contre moi parce que j'en ai fait toute une histoire et que tout le monde l'a su. Elle ne l'aurait pas même confié à toi.

« En tout cas, pour en venir à ce qui s'est passé, te souviens-tu de ma meilleure amie à l'école secondaire, Carol ? Elle, son mari Tony, Frank et moi, avons été amis pendant des années. Il y a deux semaines, Tony m'a téléphoné pour me demander si je savais que Carol et Frank avaient une liaison. Évidemment, je l'ignorais, alors tu peux t'imaginer à quel point je me suis sentie bouleversée. Mais il détenait toutes les preuves, les dates, les heures et même un mot de Frank fixant un rendez-vous à Carol, il est tellement idiot, mais je suppose que je devrais être contente qu'il le soit, autrement je ne me serais jamais aperçue de rien. Tony a flanqué une bonne raclée à Carol et j'ai emballé les affaires de Frank en lui disant d'aller se faire voir. C'est déjà assez terrible de savoir qu'il couchaillait ici et là, mais avec ma meilleure amie, c'est un comble ! Quand j'y pense, je lui en veux plus à elle qu'à lui, tu sais, les amies ne devraient jamais faire ça, tu ne trouves pas ? Je ne vois pas comment on peut agir ainsi avec une amie. Et puis, après tout, qu'est-ce que ce type est, hein ? Rien qu'un crétin de plombier, pourquoi en veut-elle tant, il n'a rien d'épatant. Eh bien, elle l'a, maintenant, et pour de bon si elle aime les restants.

« Maman me dit, tu n'avais pas à lui demander de partir. Bien des choses sont plus supportables qu'on le pense. Peut-être peut-elle supporter bien des choses, elle, mais moi je n'ai pas l'intention de passer le reste de ma vie avec un type qui peut poser un geste pareil. Une fois que ça commence, ça n'arrête plus et, en plus, avec ma meilleure amie ! Ça, je n'en reviens pas encore. Je ne veux même plus poser les yeux sur lui, alors pour ce qui est de vivre avec lui !

« Très bientôt, c'est la deuxième partie de mes projets, je n'aurai plus à poser les yeux sur lui car je quitte la ville. Nous devons régler un tas de trucs devant le notaire, bien sûr, et je vais lui faire payer ça cher, crois-moi, mais aussitôt les papiers signés, je décampe. C'est drôle mais, maintenant, je me suis faite à l'idée et je suis plutôt excitée de voir que, soudain, tout est sens dessus dessous. Au début, ça me faisait mal, je n'arrivais à penser à rien d'autre, et puis j'étais furieuse, mais après, j'ai commencé à penser, eh bien, au diable tout ça, et, après quelque temps, je me suis demandé quelle serait la première chose à faire. Après tout, tu ne peux pas continuer éternellement à ne rien faire.

« Alors, j'ai pensé et pensé, puis j'ai commencé à me rendre compte que j'étais libre. Je ne suis pas si vieille que ça et je peux recommencer ma vie. J'aurai assez d'argent de Frank pour me donner le temps de reprendre mon souffle et une chance de retomber sur mes pieds. Et je n'ai pas de remords parce que, dieu du ciel, Frank me doit bien ça !

« En tout cas, ce dont je suis pas mal sûre, c'est que je vais m'en aller à Vancouver. Être libre, ça veut dire ne pas rester ici, pour commencer, alors j'ai regardé une carte et j'ai pensé, Vancouver. Au moins, il est censé faire chaud là-bas. Finis, les hivers affreux. Et ça semble assez loin pour que tout soit vraiment différent. T'imagines-tu, Edna, que tout d'un coup, tout puisse être différent ? C'est comme avoir la chance de devenir une autre personne.

« C'est drôle, pourtant, toutes les choses idiotes dont on peut s'ennuyer. J'imagine que ça va passer. Par exemple, de ne pas avoir à préparer le dîner de Frank pour six heures, ça rend l'heure entre cinq et six un peu bizarre, c'est qu'il n'y a tout simplement plus aucune raison de faire certaines choses. C'est vraiment étrange de dormir seule, c'est difficile de s'y habituer parce que tu es tellement accoutumée d'avoir quelqu'un d'autre là, c'est comme si le lit était en déséquilibre. Et je n'ai plus à me lever aux premières lueurs de l'aube, alors je dors parfois jusqu'à neuf heures et ensuite, je me réveille et reste étendue là, à me demander ce que je peux bien avoir à faire, ce qui m'oblige à me tirer du lit. Il y a des tas de choses à quoi je n'avais jamais pensé avant. Par exemple, pourquoi donc, avant, est-ce que je me levais si tôt ? Seulement parce que lui devait se lever. Ça te fait réfléchir sur tout ce que tu as fait d'autre, seulement à cause de quelqu'un d'autre.

« Mais maintenant, je suis libre et quoi que je fasse, ce sera pour moi. Au diable les sacrifices.

« Je deviens tellement furieuse quand j'y pense. Ça me dégoûte, rien qu'à l'idée de m'être levée pour lui faire avaler un bon petit déjeuner et lui donner suffisamment d'énergie pour passer la journée, et lui qui s'en allait sauter Carol.

« Et il y a aussi que tu te morfonds en te demandant ce que tu as fait de mal et ce que tu aurais dû faire pour ne pas qu'il file avec quelqu'un d'autre. Mais là, je me dis : et puis après ? Il n'est peut-être qu'un salaud. Pourquoi devrais-je me tuer à essayer de m'accrocher à quelqu'un comme ça ? Après tout, il devrait me devoir quelque chose aussi, il aurait dû tenter un petit effort, lui aussi.

« Et il y a maman qui me répète que les choses ne sont pas tout à fait ce qu'on voudrait qu'elles soient dans le mariage, qu'on doit s'y habituer et vivre avec. Au moins, elle ne peut pas dire « pense aux enfants » parce que, Dieu merci, on n'en a pas et peut-être que si on en avait eu, j'aurais été d'accord avec elle et j'aurais décidé de rester jusqu'au bout pour eux. Mais je ne ressens pas le besoin de souffrir, seulement pour m'assurer que Frank et son salaire rentrent. Je ne veux pas du tout voir Frank rentrer et je suppose que je peux toujours apprendre à m'occuper de mon argent. Avec celui que je vais soutirer à Frank, pour m'aider à démarrer.

« Pauvre maman. Je me demande ce qu'elle a bien pu supporter. Dieu sait que papa ne courait pas les jupons, mais elle a raison, il y a toujours quelque chose qui cloche. Elle soupire beaucoup. Elle a toujours beaucoup soupiré, mais maintenant elle soupire tout le temps. Je parie qu'elle se lève le matin, qu'elle regarde par la fenêtre et qu'elle soupire.

« Chanceuse, toi, tu t'en es sortie. Je ne devrais probablement pas dire ça, ça va vraiment te sembler terrible, mais j'ai toujours été jalouse de toi. Ce n'était pas ta faute, mais je me souviens que maman disait toujours des trucs comme, Pourquoi n'es-tu pas une bonne fille comme Edna ? Et Edna travaille fort à l'école, tu pourrais avoir de bonnes notes toi aussi si tu travaillais fort. Elle avait raison, j'aurais pu aller à l'université, peut-être, et tout aurait été différent si j'avais eu de meilleures notes, mais tu ne penses pas à tout ça quand tu n'es qu'une enfant qui s'amuse. Et aujourd'hui, tu es installée dans une belle maison avec un bel homme intelligent et tu peux faire tout ce qui te plaît. Alors, parfois, je dois t'avouer que je pense : Comment se fait-il que pour Edna tout ait si bien tourné et que pour moi, tout ait foiré ? C'est ma faute, bien sûr, mais là, je vais m'en aller pour tenter d'obtenir ce que je veux, et je ne referai pas les mêmes bêtises.

« Parfois, je souhaiterais m'asseoir et bavarder avec toi. C'est comme si on était à des kilomètres de distance. Je suppose que c'est vrai. Maintenant, je n'ai plus de véritable amie, c'est passablement triste ici. J'imagine que tu ne te rends pas compte à quel point il y a peu de gens à qui tu peux parler jusqu'à ce qu'il t'arrive quelque chose comme ça. Ce qui revient à dire que l'insouciante Stella ne trouve point de cœur à qui confier ses malheurs. Ça ressemble à une chanson, tu ne trouves pas ?

« Je ne vais pas être capable de tout glisser dans l'enveloppe si je ne m'arrête pas. Je récrirai pour te laisser savoir ce qui se passe, la date de mon départ, et on pourra peut-être s'arranger pour se voir avant que je m'en aille. Je ne sais pas combien de temps ça prendra et combien d'argent je pourrai tirer de Frank. Je me sens mieux maintenant que je me suis assise et que je t'ai écrit. On dirait que c'est devenu plus réel pour moi.

« À bientôt, grande sœur. Affectueusement, Stella. »

Eh bien ! Je relus la lettre, lentement, pour m'assurer que j'avais tout saisi. Départir les faits et les sentiments de l'étrange conviction que sous tout cela se dissimulait un prétexte.

Considérée sous tous ses angles, c'était là une lettre étonnante. Premièrement, en raison de la nouvelle elle-même. Qui aurait imaginé ça de ce balourd de Frank, si ennuyeux ? Dans cette petite ville lourde et ennuyeuse.

Et avec sa meilleure amie ? Je n'ai eu l'occasion de formuler ni de vérifier aucune théorie concernant les meilleurs amis, mais j'imaginais, par ces mots, l'intimité et la confiance. Je pensais que Harry était mon meilleur ami, une relation serrée qui incluait tout.

Je relus la lettre. Le fait qu'elle provenait de Stella, qu'elle m'était adressée, était aussi étonnant.

Tous ces Noël, ces recettes, ces potins et toutes ces soirées à observer ma bienheureuse sœur qui franchissait la porte en dansant — et voilà ce qu'était véritablement Stella ? Stella aussi était fière, seule, blessée, troublée et — ce qui me surprenait le plus — jalouse ? Jalouse de moi ?

Jamais quoi que ce soit n'aurait pu me donner à penser qu'elle était intéressée par moi, et encore moins jalouse.

Et pourquoi l'aurait-elle été ? Je rêvais de ressembler à Stella. Je rêvais d'avoir les cheveux blonds, le pied léger, les yeux rieurs et la conversation facile. Avoir quand même Harry, mais en étant une autre.

Mais je n'étais pas une autre. Et elle avait raison, les choses avaient bien tourné pour moi, j'avais eu ce que je voulais. Le reste n'était qu'illusion.

Et elle se sentait quelque peu coupable de ce qui lui arrivait ? Elle croyait qu'il y avait de sa faute dans l'abandon de Frank ? Eh bien, ça me semblait là des hypothèses raisonnables. Elle devait avoir négligé quelque chose, en effet, il n'aurait sûrement pas agi de cette manière sans motif valable. Quelque chose devait lui faire défaut à elle ? J'avoue avoir ressenti à ce moment un brin de plaisir en constatant qu'elle n'était pas parfaite. Ce n'était pas gentil, mais tant pis.

Mais elle semblait vouloir ignorer tout cela, être capable de porter son attention ailleurs que sur la recherche de la faille. Elle semblait vouloir évacuer sa faute, quelle qu'elle soit, sans tenter de la racheter ni de la corriger. Elle était capable de se dire : « Maintenant, je suis libre. »

Libre ? Mais de quelle façon, auparavant, se sentait-elle liée ? Est-ce si terrible, est-ce une si grande atteinte aux droits de la personne que de se lever tôt pour préparer un petit déjeuner, ou de se concentrer sur l'élaboration d'un dîner ? Comme Harry, elle me disait libre. Je suppose que, dans un sens, ils avaient raison. Mais je ne savais pas ce que cela signifiait. Stella le savait, elle l'avait appris. Cela l'excitait. Quand je pensais à la liberté, je voyais des images de chaos ; une catastrophe, une grande fosse noire où tout pouvait arriver.

Est-ce cela que Stella trouvait si excitant ?

Il lui était possible de regarder une carte, de mettre le doigt sur une ville et hop ! de décider d'aller vivre là-bas. Un nouveau départ, une vie différente. Elle pensait que cette possibilité me surprendrait ? Elle me terrifiait. Et si une telle chose m'arrivait ? « Si Harry mourait ? » pensais-je, car c'est tout ce que mon imagination pouvait envisager.

Ah, les questions que je lui aurais posées à ce moment-là. Et toutes celles que je lui poserais aujourd'hui.

Je lus et relus la lettre en essayant de comprendre. Quand Harry rentra, je la lui montrai. Soulagée parce que, sachant tant de choses, il comprendrait celle-là aussi, il serait capable, d'un coup d'œil, de l'analyser pour moi.

« Dommage, dit-il. Sale coup. Mais il me semble que Stella fait bien de s'en aller pendant qu'elle le peut encore. Elle est assez jeune pour recommencer. Mais c'est surprenant. Je ne pensais pas que ce salaud était capable de ça. »

Avait-il glissé une pointe d'admiration dans cette dernière assertion ? Je ne l'ai pas repérée.

« Ça ne te semble pas drôle qu'elle puisse si facilement envisager de s'en aller ? Qu'elle se sente libre ? Ça ne sonne pas un peu faux ? »

« Eh bien, ce n'est pas exactement tout ce qu'elle ressent, après tout. Et puis non, je ne vois pas le mal qu'il y a à se sentir libre. Non, vraiment pas. » J'entends ces mots aujourd'hui, le ton de sa voix — je les écoute.

« Mais, » et c'est ce que je voulais vraiment qu'il m'explique, « de penser qu'elle est jalouse de moi ! »

« Eh bien, et il sourit, tu es une personne plutôt enviable. Tu m'as et rien que ça... » Nous avons ri et quelque chose qu'on avait presque atteint retomba hors de portée.

« Mais tu ne crois pas qu'il aurait agi autrement si elle s'était montrée correcte en tous points ? Sûrement quelque chose devait clocher chez elle. »

« Ah ! Je ne sais pas, Edna. Il y a des types qui sont simplement cons, et je ne le connais pas suffisamment pour me faire une opinion. De toute façon, il semble qu'elle se portera bien mieux sans lui. Stella va s'en tirer, j'en suis sûr. »

Je pensai qu'il avait probablement raison. Et elle me sembla de nouveau éloignée et différente.

« Si tu t'inquiètes d'elle, pourquoi ne pas lui écrire et lui demander de venir chez nous pendant quelque temps, jusqu'à ce qu'elle s'organise ? »

Charmant tableau, deux sœurs en train de se confier l'une à l'autre. Mais, considéré en toute lucidité, quelque peu différent. Stella dans ma maison ? Pour venir chambarder mes journées ? Elle voudrait parler sans cesse. Il faudrait que je l'écoute sans cesse. Je désirais parler avec elle, certes, mais pas durant des jours. Une heure ou deux, peut-être.

Mais la raison véritable était tout autre. La vérité, c'est que je ne voulais pas amener la resplendissante Stella — car elle resplendirait quand même, en dépit de cette tragédie, elle serait toujours ma petite sœur qui dansait — dans la fraîcheur de mon parfait sanctuaire. Harry nous verrait et s'interrogerait. La présence de ma sœur pourrait avoir des conséquences, si Harry nous voyait toutes les deux ensemble et remarquait ce que je n'étais pas.

Je voulais qu'il me parle de sa lettre et de ce qu'il nous était loisible de penser de son mariage. Je pensais que l'on pourrait établir aussi une intéressante comparaison. Je pensais qu'il me dirait des choses qu'autrement il ne dirait pas, sur la façon dont il nous percevait. Je pensais que, si nous parlions de notre mariage, je saurais à quel point il était réussi.

Mais cela ne l'intéressait pas. Pour quelle raison s'y serait-il intéressé ? Mes questions ne l'impatientaient pas, mais il ne se donnait pas la peine d'y réfléchir, n'apportait pas de réponses concluantes. Comment se fait-il qu'il ait pu tant parler de ses préoccupations à lui et être si peu attentif aux miennes ? Parle-moi, Edna, me disait-il, mais il ne désirait vraisemblablement pas que je parle pour vrai.

Il épuisait déjà la totalité de ma capacité d'écoute. Je n'aurais pas pu avoir Stella aussi dans la maison, je n'aurais jamais pu écouter à ce point-là.

« Chère Stella, lui répondis-je. Je suis désolée. Si je peux faire quelque chose pour toi, s'il te plaît, fais-le-moi savoir. »

C'est peut-être pour cette raison qu'elle ne m'a pas rendu visite.

Plus tard, elle écrivit qu'elle n'aurait pas le temps de passer me voir avant de partir pour Vancouver. « C'est la bousculade, maintenant, parce que nous avons vendu la maison pour pouvoir nous séparer l'argent et régler tout, et alors, vu que j'ai ma moitié et nulle part où demeurer ailleurs que chez maman et papa, ce qui est un sort pire que la mort, je décampe immédiatement. »

Elle trouva un appartement, m'envoya sa nouvelle adresse. C'était bien vrai : il était possible de changer totalement de vie.

« Chère Edna, les choses vont tellement bien ici, c'est incroyable. C'est assez agréable de vivre, pour faire changement, dans un immeuble tout en hauteur où personne ne se connaît, où on ne s'occupe pas de savoir qui tu es ou ce que tu fabriques. Vraiment différent de chez nous ! Je me suis promenée aux alentours, je suis allée au cinéma et dans quelques bars. J'estime que j'ai eu mes vacances et maintenant, je vais mettre dans un bas de laine ce qui me reste de l'argent de Frank (mon argent, je l'ai gagné) et je vais me chercher un emploi.

« Ça me rend folle de penser à toutes les années que j'ai perdues à rater tout ça. Tu peux faire absolument *n'importe quoi* ici. »

« Chère Stella, répondis-je. Je suis heureuse que tu sois installée et j'espère que tu t'es trouvé un emploi. » J'aurais aimé lui demander : « Quel plaisir y a-t-il à être capable de faire n'importe quoi ? Comment t'y prends-tu pour choisir ? Ce n'est pas angoissant ? » Mais, bien sûr, je ne l'ai pas fait.

« Chère Edna, j'ai déniché un assez bon emploi : je travaille pour un groupe d'avocats. Le fait d'avoir tenu la comptabilité pour Frank et subi tous ces cours de commerce à l'école secondaire a finalement servi à quelque chose puisque je n'ai pas à commencer au bas de l'échelle, à taper à la maison ou quelque chose du genre. Mais, mon Dieu, ce que ça peut être différent de vivre dans une grande ville ! C'est bien plus difficile d'arriver à connaître les gens. Je suis peut-être tout simplement trop vieille pour certaines choses, aussi. Tu sais, je suis sortie avec quelques types, tu ne peux pas faire autrement que de rencontrer des hommes dans un bureau d'avocats, mais parfois ça semble si idiot, toutes ces histoires, c'est comme si je me retrouvais encore à dix-sept ans. Laisse-moi te dire que la vie de célibataire n'est pas du tout ce qu'on en dit. Mais, d'un autre côté, ça fait changement. »

Même pour Stella, donc, la liberté n'était pas uniquement merveilleuse ?

Je me mis à nettoyer un peu plus à fond, à embrasser Harry un peu plus fort lorsqu'il rentrait du travail.

Il n'avait peut-être pas fait ou dit ce que j'avais espéré, mais il n'y avait pas de doute : j'avais besoin de lui. Il constituait mon seul et unique abri contre les dangers de l'univers de Stella.

Quelques mois plus tard : « Chère Edna, grande nouvelle ! J'ai rencontré un homme super ! Du moins, moi, je le trouve super. Il s'appelle Kurt Walther (ses parents sont allemands) et il est divorcé aussi, comme moi, sauf qu'il a deux enfants, mais c'est son ex qui en a la garde. Il les prend les fins de semaine, alors moi aussi, maintenant, on les emmène à des endroits tel que le zoo et ils ont l'air de s'habituer à moi. Il est comptable et je l'ai rencontré où je travaille. (Je te l'avais bien dit qu'on rencontrait plein d'hommes dans un bureau d'avocats.) Nous sommes sortis ensemble assez régulièrement ces deux derniers mois, et je pense que ça fonctionne bien. Il est grand, blond et je le trouve joli garçon, même s'il devient un peu chauve. Il est amusant, gentil et intelligent aussi — en fin de compte, c'est un être totalement différent de Frank ! »

Et, après tout ce qui lui était arrivé, c'était bien Stella, de retomber ainsi sur ses pieds. Que connaissait-elle de la souffrance ? Pour elle cela n'avait jamais duré. Et je me demandai ce que je voulais insinuer par là, moi qui ne souffrais pas du tout.

Il demeurait difficile d'imaginer sa nouvelle vie. Au moins, avant, quand je pensais à elle, je la plaçais dans son décor. Maintenant, tout l'arrière-plan de sa vie, l'endroit où elle se trouvait, ce qu'elle y faisait et qui était cet homme, n'était que brouillard.

Naturellement, ils se sont mariés. Stella ne pouvait pas rester seule longtemps. Elle mentionnait dans sa lettre que ce serait un simple mariage civil, et qu'elle ne s'attendait pas à ce qu'aucun de nous vienne de si loin pour y assister. « Vous viendrez peut-être un jour en vacances ici, et nous aurons l'occasion de nous revoir. Ou bien nous nous rendrons à l'Est. Essayons de planifier quelque chose, en tout cas.

« Kurt et moi achetons une maison, il y aura toujours de la place pour les invités. Il verse une bonne somme en pension alimentaire et soutien pour les enfants, alors je vais continuer de travailler, au moins jusqu'à ce que son ex se remarie, ce qui semble être son intention. De toute façon, ça me manquerait de ne pas travailler maintenant. J'aime posséder mon propre argent et savoir que je l'ai si quelque chose arrive. Ce n'est pas que Kurt ressemble à Frank, mais s'il y a une chose que j'ai apprise, c'est à prévoir l'imprévisible. En tout cas, ça me rassure de savoir que je pourrais me permettre de partir s'il le fallait. »

Je dis à Harry : « C'est bizarre, cette façon de s'embarquer dans un mariage. En pensant en même temps à en sortir. »

« Inhabituel, en tout cas. » Il semblait si détaché, si éloigné de tout cela. Je voulais lui dire : « Écoute, ça m'intéresse. Je ressens de drôles de choses, je veux comprendre ce qui est arrivé à Stella et ce qu'elle a fait. Elle est tellement loin. Je t'écoute toujours. Pourrais-tu m'écouter rien qu'un instant ?» J'aurais voulu frapper sur la table ou sur sa poitrine pour attirer son attention.

Mais, bien sûr, je n'aurais pas voulu qu'il fasse semblant d'être intéressé s'il ne l'était pas. Et que voulais-je au juste lui dire ou me faire dire ? Je commençai à oublier.

Plus tard, elle écrivit pour annoncer qu'elle était enceinte. « Enfin », disait-elle. Ce fut un garçon. Une lettre contenait une photo d'elle, de Kurt et du bébé, qui portait le même nom. « Comme tu vois, mes deux Kurt sont de beaux gars. » La photographie avait été prise face au soleil. Stella tenait le bébé et son visage, ainsi que celui de Kurt, étaient inclinés pour regarder l'enfant. Une lumière diffuse auréolait les têtes. La calvitie de Kurt brillait. À l'arrière-plan, c'était touffu, une impression de verdure et de broussailles. Elle ne disait pas où la photo avait été prise, mais à ce moment-là, ils avaient acheté leur maison, alors je suppose que c'était là. Stella était encore mince et blonde, c'est à peu près tout ce que je parvenais à voir.

J'envoyai un cadeau, un petit ensemble pour bébé, avec mes félicitations. Plus tard, quand elle accoucha d'une petite fille, je fis la même chose. Stella continuait de travailler et ses enfants allaient à la garderie avant de commencer l'école. Elle devint l'assistante personnelle de son avocat. Nous continuions de nous écrire. Ses lettres ne ressemblèrent plus jamais à cet épanchement initial, cette unique tentative de rapprochement ; les miennes ne furent jamais différentes de ce qu'elles avaient toujours été.

Aujourd'hui, d'une manière un peu perverse, je me sens presque libre.

Ainsi, je pourrais lui demander ce que c'était de porter un enfant et ensuite, de l'élever. Comment c'était de tout recommencer, d'avoir deux hommes au lieu d'un, de gagner son pain. Comment c'était d'avoir eu les beaux cheveux, le beau sourire et les beaux mots qu'il fallait, pendant si longtemps, qu'il lui semblait naturel de faire un saut à l'autre bout du pays, et d'être sûre de survivre. Comment elle pouvait avoir eu tout cela et les bébés en plus.

Je pourrais lui demander pourquoi elle a pu tout recommencer et comment elle a su s'y prendre pour saisir la seconde chance plutôt qu'un couteau.

22

LES GENS REGARDAIENT, BOUCHE BÉE.

Je me souviens d'eux, nos voisins, rassemblés sur leur pelouse dans l'obscurité, drapés dans des robes de chambre, chaussés de pantoufles, qui observaient, écoutaient. Je peux difficilement les blâmer. Harry et moi aurions fait la même chose si c'était arrivé à l'un d'eux. Si je n'avais pas été entièrement occupée à regarder le lent mouvement de la pendule et, ensuite, de nouveau le papier peint, en plus d'avoir tous ces étrangers dans ma maison, moi aussi j'aurais été dehors en train d'observer.

J'aurais aussi été attirée par le sang : signe de passion et, en même temps, de chance. Parce que si cela survient à quelqu'un, tout près, les chances sont moindres que cela arrive chez soi. Statistiques et probabilités. Nos voisins ont dû se réjouir de voir que c'était arrivé à côté de chez eux, dans la même rue, plutôt que dans leur propre salle de séjour ou dans leur cuisine.

Journée superbe, aujourd'hui. De la neige fraîche, immaculée. Le soleil s'y reflète et on dirait des joyaux, des pierres du Rhin peut-être, plantés là, sur le sol. Les branches des arbres sont rigides et immobiles.

En dépit de tous les coins négligés à l'intérieur, c'est propre, clair et vivifiant à l'extérieur.

D'autres endroits furent vivifiants, mais pas aussi propres.

Au premier endroit où je me rendis ensuite, il y avait des moutons dans les coins, de la crasse sur les rebords des fenêtres et des piles de papier en désordre sur le seul grand bureau de bois. Les corbeilles de métal posées dessus débordaient de documents. Il y avait deux hommes et une femme dans cette petite pièce encombrée, et moi. Ils parlaient et posaient des questions en se passant la main sur les yeux et le front d'un air las. Le soleil se leva au milieu de leurs discours et de leurs questions.

À la maison, ils m'avaient dit de changer de vête-ments. Ce que je fis ; en ne choisissant rien de spécial, qui aurait convenu pour une circonstance exceptionnelle, mais une autre robe du genre de celles que je portais pour travailler, à petit motif fleuri. Une robe pour mes moments ordinaires.

Mes robes sont toutes ici maintenant, ainsi que mes sous-vêtements et mes robes de chambre. Quelqu'un a dû aller les chercher. Quelqu'un a dû retourner dans cette maison.

Ah, mais que je suis bête ! Bien des gens seront allés et venus dans cette maison depuis ce temps-là.

Plus tard, je me retrouvai dans une petite pièce située dans le même édifice que le bureau encrassé. La femme qui était là et moi avions descendu péniblement les deux escaliers menant de ce bureau à la petite pièce.

Celle-ci était éclairée par des lampes fluorescentes qui se trouvaient sous une sorte de grillage, au plafond, et les murs étaient d'un vert fade. Il n'y avait pas de fenêtres. Il y avait une cuvette dans un coin, un lit de camp contre un mur. Je m'étendis quand la femme me l'ordonna, puis elle tira sur moi une couverture de laine grise, rêche. Faisait-il froid à cette époque de l'année ? Il aurait dû faire chaud, c'était en juillet.

Je ne me trouvais pas mal, là. J'étais fatiguée. Le lit de camp se creusait et penchait et n'était pas du tout comme mon lit, mais c'était un endroit où m'étendre. Je me sentais le teint fade, semblable à la couverture, mais pas aussi rugueux ni rêche.

Je pense que j'aurais pu simplement rester étendue là à tout jamais, mais, bien sûr, on ne vous laisse pas seule. Il semble qu'en ces circonstances, il y ait beaucoup à faire. La femme revint et me fit lever, puis nous avons traversé un corridor vert clair, monté un escalier différent aux lourdes rampes de bois, marché dans un autre corridor, lambrissé, brun clair celui-là et, enfin, nous sommes arrivées dans une grande pièce. Pareille à une salle de bal ou de conférence, sauf qu'il y avait des rangées de bancs. Une sorte d'église, peut-être. Et, comme dans une église, un homme était assis, très haut, au fond ; on devait lever la tête pour le regarder. Il se prononçait là une grande quantité de paroles.

Ce n'est pas que je ne pouvais ni voir ni entendre. Simplement, mon esprit se trouvait ailleurs. Il semblait être resté suspendu là-bas, et ne pas pouvoir arriver jusqu'ici.

Je m'étais préparée à attendre. Je n'avais pas fini de passer l'aspirateur et ce qui restait à faire n'avait même pas été commencé ; le rez-de-chaussée, cependant, était aussi terminé qu'il le serait jamais. C'était un peu irritant d'être retenue loin de tout cela, mais j'étais habituée à attendre.

Il faisait de nouveau noir, ce qui, je supposai, voulait dire une journée de terminée — donc, encore plus de retard dans mes travaux — lorsqu'on m'emmena dehors, à une fourgonnette. L'air était différent, il n'avait pas l'odeur de moisi de l'intérieur, mais je n'ai passé que quelques instants dehors. Il y eut un court trajet et, ensuite, d'autres couloirs, une chambre différente, mais avec la même sorte de lit de camp, une toilette et, cette fois, un lavabo et une chaise. Ils m'apportèrent des plateaux de nourriture, qu'ils remportèrent. Des gens allaient et venaient. Des voix continuelles.

Les lumières ne s'éteignirent pas, mais je m'endormis. Quand je m'éveillai, je fus surprise de trouver mon visage humide, des larmes sur mes joues et l'oreiller trempé. J'étais incapable de découvrir ce qui pouvait bien en avoir été la cause.

Il y eut ensuite tellement de pièces, des grandes et des petites, et tellement de gens différents, de voix et de questions, tellement d'endroits où ils voulaient que je m'assoie et tellement de choses qu'ils voulaient me faire faire. Beaucoup d'hommes et quelques femmes. Je devinais leurs sentiments : quelquefois ils étaient impatients, quelquefois fâchés, mais la plupart du temps fatigués, ennuyés peut-être. J'avais la sensation d'être entourée de gens qui soupiraient.

Je suppose que j'aurais pu le leur dire. Cela n'aurait pas exigé un effort considérable ni requis beaucoup de concentration. Mais ce n'était pas de leurs affaires. Harry et moi n'étions que nous deux ; nous l'avions toujours été. Nous n'avions pas de place pour les étrangers. De plus, ils semblaient dangereux. Ils étaient peut-être las et ennuyés, mais ils en voulaient à ma sécurité. Ils voulaient me placer à l'extérieur, moi qui avais fait tellement attention et avais travaillé si fort pour m'installer à l'intérieur, pour rester à l'abri du danger.

Face à leurs questions, je fermai mon esprit et le repliai sur lui-même.

Encore des paroles, encore des gens, encore des discours, encore des questions. Je suis venue, ici, dans cette chambre. Je l'ai quittée une fois pour retourner dans l'une de ces grandes pièces où un homme était assis là-haut, au fond. Il y avait quelques personnes qui regardaient, dispersées sur les bancs, mais je ne pense pas en avoir reconnu une seule.

Mes parents étaient peut-être là. Ou ceux de Harry. Ou quelques-uns de nos amis, ou elle. Mais je les aurais sûrement reconnus. Si je l'avais aperçue, j'aurais tout de suite su que c'était elle.

Tout cela s'étirait trop en longueur. L'aspirateur était encore en haut dans la chambre à coucher, le courant coupé, mais encore branché. Je n'avais même pas commencé à nettoyer la salle de bains. Les miroirs devaient être tachés. Je voulais terminer tout cela.

« Avez-vous quelque chose à dire, maintenant, Mme Cormick ? » me demanda l'homme un peu indistinct qui dominait, là-haut, à l'autre bout de la pièce. Il a dû être surpris quand j'ai parlé haut, fermement, pour que tous entendent et que personne ne puisse ainsi ignorer mes désirs.

« Je veux m'en aller à la maison, maintenant, s'il vous plaît, répondis-je. Je n'ai pas fini de faire le ménage. »

Je sais, je comprends aujourd'hui à quel point cela a pu paraître étrange. Mais c'était ce qui me préoccupait. C'était ce que je désirais. Quand ils m'emmenèrent de nouveau dehors, au soleil, pour retourner dans l'auto, je pensai : « Enfin, c'est fait. J'aurais dû parler plus tôt. »

Mais, bien sûr, l'auto revint directement ici.

Ah, j'étais en colère ! Je bouillais. Cette nuit-là, ils me donnèrent des cachets pour me faire dormir. Et où était Harry alors que j'avais besoin de lui ? Alors qu'il aurait dû m'aider, il n'était pas là. Le fait que ce soit moi la cause de son absence, la raison pour laquelle il n'était pas là pour me défendre, n'importait pas. J'étais là à cause de lui.

Ce qui était vrai, en somme.

S'il pouvait me laisser tomber, n'importe qui le pouvait. Le monde était, une fois de plus, peuplé de bêtes méchantes aux yeux braqués sur moi.

Ne jamais faire confiance. Ne jamais se détendre. Ne jamais se considérer en sécurité. Ne jamais parler si on peut faire autrement. Ici, en particulier, les mots sont des armes.

Parfois, bien sûr, on ne peut pas les éviter. Quand je vis une infirmière écrire dans un cahier exactement semblable à celui-ci, je dus lui demander : « Puis-je en avoir un s'il vous plaît ? »

Stupéfaite, elle releva brusquement la tête de sur ses notes.

« Quoi ? Vous voulez quelque chose, Mme Cormick ? »

« Votre cahier. Et votre crayon. »

« Ah ! Eh bien, vous ne pouvez pas avoir celui-ci. Je m'en suis servie, mais je vais voir si je peux vous en procurer un. Est-ce que ça vous va ? »

Je ne pensais pas qu'elle m'en apporterait un. Promesse non tenue mise à part, ils se méfieraient des crayons. Mais peut-être prendraient-ils la promesse en plus grande considération que le danger que représentait le crayon ? Ils auraient à peser leur décision.

Ce fut le docteur, pas elle, qui m'apporta le premier cahier pur, parfait. Je ne sais pas à quoi j'avais pensé quand, la première fois, j'avais aperçu le cahier dans les mains de l'infirmière. À un poème peut-être. Ou à un autre moyen de stabiliser les événements. Les aplatir en mots ou les redresser, ou les regarder. Ou seulement m'en débarrasser. Les mettre quelque part où on pourrait les enfermer.

Ils pensaient qu'un cahier servirait d'ouverture ? Il a plutôt construit un autre mur. Et cette fois, c'est mon propre mur, je n'ai pas à le partager. Donc, cette fois, aucun doigt ne cherchera à passer à travers. Ni d'un côté ni de l'autre.

Ce cahier, je peux le toucher, le tenir ; il ne vacille pas et n'a pas de volonté propre, pas d'autre que la mienne. Il se modifie seulement quand j'y apporte une modification, de mon écriture parfaite.

Souvent, il ne contient pas ce que je souhaiterais, c'est-à-dire chacun des petits détails d'ici, tous écrits, identifiés et fixés. Trop souvent, je m'égare dans cette autre époque. Mais ce n'est pas la faute du cahier, seulement un manque de volonté de ma part. Tout ce qu'il contient, c'est moi qui l'y ai mis.

Certains soirs, je m'endors avec lui. Non que je le prenne pour quelque chose d'autre, car il est froid et lisse. Il ne pourrait pas être confondu avec quelque chose de chaud, qui répond par une étreinte.

Mais une surface froide et lisse ne ment pas ; alors que les étreintes, elles, peuvent mentir.

23

LES ÉTREINTES PEUVENT MENTIR. Mais j'avoue que, parfois, je m'ennuie de cette illusion.

Je demeure peut-être incapable de me rappeler avec précision les traits de Harry, mais je peux me souvenir du contact de son corps. Son bras en travers de mon corps, la nuit, son épaule sous ma tête. Ses jambes étendues le long des miennes. La chaleur. La seule chaleur me manque. Je me réveille encore de temps à autre la nuit pour me tourner vers la chaleur et découvrir qu'elle n'y est pas.

Je ne me souviens pas aussi bien de lui en dedans de moi. Cette partie semble émoussée aujourd'hui. Pas d'excitation ni de chaleur à son souvenir. Avant, il y en avait. Avant, il y avait quelque chose de presque sacramentel. Pendant quelques mois, quand j'étais très jeune, j'étais devenue pieuse. Recevoir la communion me faisait frémir : le pain et le vin — qui était en réalité du jus de raisin —, je les fixais en essayant de voir en eux le vrai sang et le vrai corps du Christ. Je frissonnais rien qu'à y penser. Harry en dedans de moi me faisait un effet semblable : il se dégageait une sorte de caractère sacré, un symbole de notre indivisibilité et un lien avec une unité, plus grande que chacun de nous deux pris séparément.

Dans cette union, j'aurais voulu me nourrir de lui ; l'attirer tout entier à l'intérieur de mon corps afin de réussir à créer une véritable unité. Selon toute apparence, c'était ce qu'il s'efforçait d'atteindre, lui aussi, avec tous ses efforts et ses contorsions.

Mais je suppose qu'il n'en était rien. Je suppose que, quant à lui, il s'agissait d'autre chose. Lorsque le téléphone sonna, lorsque je découvris que ce n'était pas du tout un acte sacré, à ce moment précis, de cette partie de moi, toute sensation dut disparaître. Débranchée, une autre partie de mon corps pend, détachée.

Si le Christ revenait et lançait quelque chose comme : « Ah non ! Croyez-vous que je pensais réellement tout ce que j'ai dit ? », les âmes des gens se dessécheraient sur le coup. Songeons à tout ce qui s'effondrerait. Les gens ne haïraient-ils pas ? Ne tueraient-ils pas le Christ ?

Quand nous nous trouvions tous les deux, ce n'était pas tant le caractère sacré de la chose que je ressentais, que l'idée de ce caractère sacré. C'était ce qui réveillait ma passion dans notre lit.

Il y avait ces moments d'intimité imminente lorsque je voulais l'attirer tout entier à l'intérieur de mon corps, tous les deux en sécurité et au chaud.

Mais j'admets qu'il existait d'autres genres de moments. Ce n'est pas toujours aisé de se concentrer sur ce qui se passe. L'esprit divague. On pense à des choses futiles et sans rapport entre elles. On pense, par exemple, au beurre d'arachides ou au détersif qui va bientôt manquer, ou encore à la robe qui conviendrait pour le dîner du samedi. On entend les sons de l'amour comme des sons, qui, saisis de cette façon, ne sont pas toujours terriblement agréables. Ils ne sont alors que des mouvements de chair qui transpire ou des sons rauques de respirations saccadées.

Et parfois, il se passe des choses encore plus étranges. Je me souviens que, parfois, mon esprit se déplaçait tout simplement jusqu'à un autre coin de la chambre à coucher, et mes yeux observaient, comme si je ne faisais absolument pas partie de ce qui se passait ; comme lorsque je pouvais sentir notre enfant nous observer au moment où nous essayions si fort de le concevoir.

De ce point de vue, je voyais deux personnes étrangères sur le lit, ses fesses familières qui frissonnaient, ses jambes qui se tendaient et le corps qui se mouvait de bas en haut, encore et encore. Sous son corps étendu, haletant, j'arrivais à peine à me distinguer, moi, la deuxième personne.

Qui veut être un voyeur, me demandais-je, si c'est pour apercevoir les choses de cette façon ?

Cela n'arrivait que de temps à autre — pas souvent, en fait — et seulement durant quelques secondes. Ensuite, mes yeux réintégraient mon corps, sous lui. Mais je me demandais bien s'il y avait une faille ou une sorte de trahison à agir ainsi.

Le meilleur venait après. C'est alors qu'il avait le temps d'être tendre, sans hâte ; il s'étendait là, tout près, contre moi, et me caressait les bras, le dos. Voilà ce qui me manque : la tendresse, la douceur lente de son être qui m'entourait.

C'est à ce moment aussi que je pouvais promener mes doigts le long de sa mâchoire, examiner ses pommettes dans le noir et découvrir ses omoplates. Il y avait un creux à la chute de ses reins, que j'aimais atteindre. Sous la peau se trouvait la robustesse de son vrai corps. Entourant, comme une carapace, la douceur du mien. Et mon corps doux était, pour lui, un abri secret.

Ils semblaient être faits pour aller ensemble.

J'éprouvais presque de l'horreur à imaginer qu'il me prenait dans ses bras, la nuit, et que ma chair était flasque. Cela peut facilement survenir, avec un poids un tout petit peu excessif : étendue sur le côté, le ventre glisse vers le matelas et le bras qui est autour de toi le sent, c'est quelque chose de doux et de malléable, comme un de ces animaux marins privés de colonne vertébrale. La nuit, ce n'est pas une très agréable sensation.

Aussi, faisais-je mes exercices pour rester ferme ; je ne mangeais pas trop et je dormais en lui tournant le dos, ou la tête sur son épaule, mais légèrement inclinée, pour ne pas qu'il sente mon haleine nocturne.

Je faisais tout. Qu'est-ce que je ne faisais pas ?

Je me suis habituée à l'idée qu'il n'y aurait, de tout cela, pas de résultat autre que le sang. Pas de bébé. Je me disais : « Peu importe ce qui manque à l'intérieur, au moins, il n'y a pas de marque. » Je suis restée ferme.

Je n'aurais pas aimé les marques, bien que j'aurais aimé les bébés. Je suppose que, d'une certaine façon, j'étais comme Harry : je voulais tout. « On ne peut pas avoir le beurre et l'argent du beurre » me disait ma mère avec l'air de quelqu'un qui connaît le pénible de la vérité. Cela semblait vrai.

Je me disais aussi : « Si nous avions eu un enfant, je ne serais pas capable de faire tout ça. » Je pensais à tous les soins qu'exige une maison. Il y aurait plutôt eu les parcs de bébé, les berceaux, les jouets, les bouteilles, les boîtes de céréales et les pots de nourriture verte et jaune pour bébés, cette odeur acide des couches sous le parfum sucré du talc, enfin, toutes les senteurs de bébés des maisons où nous allions. Ensuite, les tricycles et les bicyclettes, la surveillance et la peur que quelque chose de terrible n'arrive ; avoir un enfant signifiait un monde nouveau rempli de terreurs.

Ce que je faisais à ce moment-là était déjà bien assez compliqué. Mon dévouement aurait risqué de ne pas se montrer à la hauteur de deux tâches.

Harry me dit, une fois, après un long dîner arrosé de vin, célébration intime d'un avancement qu'il avait eu, je crois : « Je suis content de ne pas avoir à te partager. » Je suppose qu'il voulait parler des bébés.

« Moi aussi. »

Mais il devait sûrement savoir que je ne voudrais pas non plus le partager ?

Il semble que nous ayons eu, chacun, des règles différentes. J'aimerais avoir pensé à lui demander quelles étaient les siennes.

C'est tellement idiot — comme si j'étais aveugle — d'être incapable de le voir. Vingt ans déjà, et je vois un garçon courir derrière moi dans une rue et, après, seulement la sensation d'un long corps mince et dur, une sorte de vibration de personnalité, puis un éclatement en morceaux. Y a-t-il des endroits, sur le parcours, où je n'ai pas regardé ?

Mais nous avons tout pris comme allant de soi, tout. Nous n'avons jamais réfléchi. Cette maison où nous vivions, cette banlieue, propre et nue quand nous y avons emménagé, mais, après vingt ans, toute garnie d'arbres et de fleurs — mais toujours propre —, tout cela s'est développé autour de nous. Nous nous y sommes installés comme on s'enfonce dans un fauteuil confortable.

Nous avons pris comme allant de soi les grosses voitures changées tous les deux ans ; les téléviseurs couleurs achetés aussitôt qu'ils étaient sur le marché ; le tourne-disque ; et ce que, plus tard, Harry appelait la chaîne stéréo ; la texture même de notre vie.

C'est la texture que j'arrive à sentir, pas les événements. Les soirées, les dîners, les conversations et la tasse de café sirotée avec une voisine dans la cour arrière — toutes ces choses ont existé. Nous avions d'infimes querelles, qui me heurtaient quand même, et je faisais mon travail. Tout se passait dans l'innocence. Et tout est maintenant brouillé, déformé, comme une photographie prise sous un angle étrange, avec une lentille bizarre, dans une perspective entièrement différente. L'innocence n'est plus là, dans la mémoire, le dénouement conférant à l'ensemble un éclairage troublé. Un nuage en forme de champignon, un éclat de lumière surnaturelle ; vingt années illuminées d'une façon qu'on n'aurait jamais pu imaginer à l'époque où on les vivait.

À ce moment-là, la texture était douce et lisse, comme un peignoir de velours qu'on enfile après un bain par une journée fraîche.

Je pense que je peux, avec assurance, affirmer que *nous* avons tout pris comme allant de soi, *nous* n'avons pas réfléchi. Ce doit être vérifiable aussi pour lui parce que s'il avait réfléchi, s'il n'avait pas présumé de nos forces, il n'aurait jamais osé, il n'aurait jamais risqué de perdre cela, de me perdre, de se perdre. Un saut comme celui qu'il a fait — eh bien, on ne peut le faire qu'à partir d'une base de confiance totale, une base qui va de soi.

Sauf, bien sûr, s'il s'en balançait complètement. Mais il n'était pas menteur à ce point. Il a menti, certes, mais pas de cette façon.

Pourtant, des changements ont dû s'opérer chez lui, des changements autres que de nouvelles lunettes et des épaules qui se courbent. J'ai vieilli et changé en dépit de mes efforts ; il a dû, bien sûr, changer lui aussi. Les cheveux gris, les rides, un relâchement de la peau, cela aussi a dû lui arriver.

Si j'ai été incapable de noter tout cela, comment aurais-je pu m'apercevoir des changements invisibles ?

Était-ce le fond de sa pensée, que je me suis montrée incapable de percevoir ? Souhaitait-il simplement que quelqu'un le perçoive ?

À mon avis, ce pourrait tout autant être le contraire. Peut-être a-t-il pensé que je voyais trop bien, ou trop, et il voulait se garder de temps en temps l'occasion d'être invisible.

Mais pas durant longtemps. Simplement au cours d'une minuscule portion de nos années ensemble.

Quand je suis étendue sur le lit et que je regarde au-dessus, je vois des carreaux blancs au plafond. J'ai dénombré les trous qu'ils contiennent, ce qui n'est pas facile. Tu commences et, après un certain temps, les trous s'embrouillent, ils semblent se grouper par deux, puis c'est à recommencer. Mais en procédant lentement et patiemment le long des lignes, j'en ai compté vingt-trois de chaque côté. Le trou de chacun des coins est, bien sûr, compté deux fois, une fois pour chacun des deux côtés qu'il relie.

Avec de tels exercices, je m'épure.

Quand je me brosse les dents, j'étale un pouce de pâte dentifrice sur les poils de la brosse. Les mauvais jours, lorsque quelqu'un d'autre me brosse les dents, on en utilise un peu moins. Je les brosse avant et après le petit déjeuner, et puis, seulement avant de me coucher. Avant, je fumais de temps à autre, mais ici, on ne me permet pas d'utiliser des allumettes, alors j'imagine que mon haleine est meilleure. Il ne devient donc plus nécessaire de se brosser les dents durant la journée. Est-ce du gaspillage d'utiliser un pouce de pâte dentifrice? Ou est-ce compensé par le fait que je me brosse les dents uniquement trois fois par jour?

Harry me disait : « Tu es superbe. » Ou bien : « Que dirais-tu de porter ta robe rouge vendredi? » Mais il aurait peut-être préféré que je sois constellée de cicatrices ou de taches de naissance, que je porte plus de maquillage ou que je m'habille différemment. Il m'aurait peut-être préférée autre.

Quelquefois, il me demandait : « Edna, est-ce que ça va? » et je ne savais pas, alors, ce qu'il voulait dire. « C'est que, disait-il, tu restes tout le temps à la maison. Est-ce que ça va? » et il prenait un de ces regards inquiets, troublés.

Ne souhaitait-il pas que je passe l'aspirateur chaque jour et que j'essuie le grille-pain? Voulait-il que je me mue en véritable boute-en-train? Les gens les complimentaient encore, me disait-il, sur sa petite femme aux cheveux noirs, paisible, qui aimait écouter les autres. Je ne pouvais pas être tout à la fois. Il acceptait la personne que j'étais et, pourtant, il y avait des moments où celle que j'étais semblait l'inquiéter.

Mais il aurait détesté ne pas avoir de chemises propres ou que la vaisselle sale traîne dans l'évier.

Mais que voulait-il au juste? Que voulait-il de plus?

Il se produit d'incessantes perturbations, ici. C'est difficile de s'y habituer, après tant d'années vécues en privé.

Ils entrent et disent : « Allons, venez, c'est l'heure du petit déjeuner. » Ou du déjeuner ou du dîner. « Bon, Edna, on va prendre son bain maintenant. » Et : « C'est l'heure d'aller voir le médecin », ce qui ne me dérange pas tellement, bien que, parfois, le moment soit mal choisi : je me trouve quelquefois plongée en plein milieu de quelque chose d'autre.

« Il faut éteindre, Edna, disent-ils, le soir. C'est l'heure de poser la plume. »

C'est là une tâche épuisante, tout ce travail, toute cette écriture, tout ce triage d'événements. On ne me donne des cachets pour dormir que les mauvais jours. Autrement, je dors passablement bien, sauf lorsque je me réveille au milieu de la nuit pour chercher la source de chaleur qui n'est plus là. Toutes mes habitudes ont été rompues, ici, à part celle-là, la nuit.

À la fin de la journée, les yeux me brûlent, mon poignet droit et mes doigts sont crispés, douloureux, à cause de cette écriture constante, soignée.

Mais je suis mal à l'aise quand les lumières sont éteintes, et qu'il est l'heure de dormir. Je ne peux pas

écrire dans le noir, alors je rate peut-être des choses ?
Avec le stylo, je pourrais suivre, par exemple, la progression du sommeil qui survient, comprendre comment cela
se passe.

D'autres fois, aussi, le stylo et le cahier deviennent
inaccessibles. Aux repas, on ne me laisse pas les prendre
avec moi et c'est difficile d'écrire ensuite les détails de
mémoire, difficile d'être suffisamment attentive pour
me souvenir correctement de tout. Ce qu'on éprouve
exactement en portant une cuillère à sa bouche.

Et dans le bain, autre endroit où je ne peux pas
prendre le cahier : n'y a-t-il pas une sensation d'eau et de
savon sur la peau, que j'oublie ?

Il y a tellement de choses à écrire. Rien qu'ici, dans
ce fauteuil, il y en a tellement. Et, malgré tout, je dérive
et j'écris d'autres choses. Je ne me montre pas encore
assez attentive. Mais je vois beaucoup mieux qu'avant.
Je suis en train d'acquérir, pour le détail, un œil
beaucoup plus acéré qu'auparavant.

24

JE ME DEMANDAIS PARFOIS pour quelle raison on donnait des vacances à des gens comme Harry. Je suppose que, de la même façon que l'argent, elles représentent la récompense, l'accomplissement. Les premières années de notre mariage, nous n'avions pas beaucoup d'argent, mais suffisamment, et deux semaines de vacances, ce n'était pas beaucoup, mais c'était suffisant. Ensuite, à mesure que les années passèrent, nous avions de plus en plus d'argent, plus que suffisamment, et les semaines de vacances s'allongèrent également pour devenir beaucoup plus que suffisantes.

Les vacances existent pour qu'on fasse des choses. On est censé découvrir des stimulations nouvelles, se reposer, rompre la routine avant de reprendre, reposé, les occupations ordinaires. Mais qu'est-on censé « faire » ?

S'en aller, voyager, quitter la maison. Mais la maison était ma vie ; la quitter, errer à travers le pays, m'envoler vers la Floride, la Californie ou dans une quelconque île des Caraïbes, signifiait me retrouver nulle part. Nous mangions des variétés de fruits différents et buvions des boissons différentes. Nous demeurions dans des hôtels où d'autres personnes, des femmes de chambre, s'occupaient de changer les draps et de nettoyer les toilettes, où l'on jouissait, inévitablement, d'une vue imprenable sur la plage. Nous pouvions louer une voiture et nous promener sur des routes creusées d'ornières ou parcourir un livre près de la piscine d'un hôtel, étendus sur une chaise longue, en maillots de bain et verres fumés. Nous pouvions marcher sur le sable au soleil couchant. Nous pouvions ressembler aux affiches des agences de voyage.

Mais mes mains étaient vides lorsque nous étions en voyage. Ce qu'elles étaient censées faire leur manquait. Tenir des torchons et de la nourriture leur manquait. Elles n'avaient plus de but et ne savaient que faire d'elles-mêmes.

Harry devait ressentir la même chose car, parfois, ses doigts pianotaient sur la table en attendant son verre ; parfois, il se mettait à courir sur la plage, en me laissant derrière, et, le soir, il lui arrivait de se jeter sur son lit d'hôtel en soupirant. Il se demandait ce qui résultait de telle affaire, au bureau, ou comment il devait résoudre tel problème. Un congé semblait souvent un temps mort, un repos embarrassant.

Nous sommes allés ensemble en Jamaïque, à la Barbade, à Sainte-Lucie, à Hawaï. Une fois, nous nous sommes rendus au Mexique et, une autre fois, faisant preuve d'audace, nous avons acheté un voyage organisé à Cuba, où nous pensions découvrir un endroit sévère et exotique. Mais rien de tout cela ne nous a paru tellement différent. Vu des hôtels et des plages, tout se ressemble.

Nous sommes allés en Californie, où nous avons arpenté différentes sortes de rues et de plages, où nous avons écarquillé les yeux dans l'espoir d'apercevoir des vedettes de cinéma. Et en Floride. La chaleur et l'eau nous attiraient, l'antidote aux hivers froids, à la grisaille et à la neige. Comme des oiseaux migrateurs, nous fuyions vers le Sud.

En été, nous prenions l'auto pour nous rendre en Nouvelle-Angleterre, au nord de l'Ontario et sur les deux côtés du pays, en planifiant des itinéraires, en traçant des lignes sur les cartes, en feuilletant les guides pour repérer les bons hôtels. Nous n'étions pas particulièrement attirés par les grandes villes, bien qu'au printemps ou en automne, Harry disposât parfois de quelques jours de congé : nous allions en avion à New York, où nous descendions dans un hôtel fiable et nous nous rendions en voiture au restaurant et au théâtre. Jamais à pied, bien sûr. Nous connaissions trop bien les dangers. L'Amérique du Nord semblait en général trop familière parce que nous étions conscients de ce qui pouvait arriver. Ailleurs, nous ne pouvions être assurés de rien, donc nous y voyagions plus librement.

C'était agréable d'assister à des pièces de théâtre. Dans l'obscurité, à part les toussotements et les quelques murmures, ça devenait presque intime, comme si nous nous trouvions dans notre salle de séjour. Et, dans l'obscurité, je pouvais m'imaginer sur scène.

Elles nous fournissaient aussi des sujets de conversation. Nous retournions à notre chambre nous délasser les pieds, commander un verre et parler des représentations. De retour chez nous, Harry aimait raconter aux autres ce qu'il avait vu et fait. Se permettre librement ces choses, s'envoler vers New York pour une fin de semaine de quatre jours, constituait un luxe qui nous enchantait tous les deux.

(S'ennuyait-elle de lui, lorsque nous partions? Et lui, s'ennuyait-il d'elle? Harry participait à des réunions qui se tenaient à l'extérieur de la ville. S'y rendait-elle avec lui, étaient-ce là leurs vacances?)

Mais nous ne partions pas toujours. Parfois, Harry gardait une semaine ou deux pour rester chez nous à bricoler. Il s'occupait du jardin, repeignait des pièces et, une fois, il ponça une table et la revernit. Chaque jour, ou presque, il téléphonait à son bureau, ou bien quelqu'un lui téléphonait, ce qui lui faisait également plaisir et contribuait à lui tenir l'esprit immuablement orienté vers son travail, le rendant ainsi à la fois plus tendu et plus satisfait.

Ces vacances à la maison étaient aussi étranges pour moi. Il venait à la cuisine quêter un sandwich et une bière à midi, alors qu'il n'était pas censé être là du tout. Les sons me désorientaient: toussotements et coups de marteau, bruits de pas et de voix, quand tout, normalement, aurait dû demeurer silencieux. Mes plaisirs s'en trouvaient retardés. Je ne pouvais certainement pas faire jouer un disque l'après-midi, m'étendre sur le canapé, fermer les yeux et danser.

Je sentais son corps se raidir au fur et à mesure que le retour au travail approchait. Le matin du premier jour, il bavardait, riait et, en franchissant la porte, m'adressait un grand sourire.

Je ne souriais pas, je n'étais pas précisément heureuse, mais je refermais la porte derrière lui avec un sentiment de paix rétablie.

En voyage, la parole créait une tension entre nous. Nous parlions de ce que nous voyions et faisions, mais sans plus. Même Harry, privé de son travail, se retrouvait un peu à court de mots. Nous disions : « Regarde ce coucher de soleil » et : « Allons-nous faire le tour de l'île en voiture demain ? » ou encore : « As-tu vu l'accoutrement de cette femme ! »

De quoi les autres parlent-ils ? De la même chose peut-être, sauf qu'ils ne le remarquent pas, que cela leur suffit ou ne leur semble pas important ?

Peut-être n'étions-nous pas adaptés aux endroits où nous allions, peut-être n'étaient-ils qu'un vide dans notre vie à deux, peut-être l'échéance approchait-elle insidieusement. Mais la même chose ne se produit-elle pas chez tous les vacanciers ? En vacances, on ne peut qu'observer, il n'est pas question de s'installer. Notre vie à nous se situait hors du soleil, hors des plages sablonneuses ou même des hôtels interchangeables. Nous observions les gens du pays, les Californiens bronzés, les Caraïbes bruns, mais nous en apprenions moins sur eux que si nous les avions observés à la télévision. C'était, en fait, un peu comme de regarder la télévision, de s'en trouver quelque peu saturés, mais de persister à scruter l'écran. Nous nous sentions hors de notre élément, et pas suffisamment détendus.

Et, en plus, le fait de ne pas avoir d'enfants créait une différence. Les vacances doivent paraître si simples, ou peut-être plus assommantes, pour les gens qui ont des enfants. Mais, dans ce cas, il y a toujours des choses à faire et des endroits à visiter. On se rend, sans doute, à Disneyland au lieu de partir en promenade. Au musée de cire au lieu d'avaler un dîner bien arrosé. Les enfants doivent donner une forme et une structure familières aux vacances. La partie vitale de la maison qui voyage avec soi, et dont les exigences rappellent le chez-soi. Harry et moi ne sommes jamais allés à Disneyland ni dans un musée de cire. Ce n'était pas là des visites qui nous ressemblaient.

Peut-être aurions-nous dû en parler : discuter de notre malaise face à cette absence de sujets de conversation. Peut-être aurions-nous dû avouer : « Sapristi ! Trois semaines ensemble, c'est long, n'est-ce pas ? »

Pour compenser, nous nous caressions beaucoup plus que d'habitude et nous faisions l'amour plus souvent. Nos corps nous aidaient à nous rassurer.

Jamais la tendresse ne nous fit défaut : c'est seulement que nous étions limités dans nos moyens de l'exprimer. Et le fait de n'être que deux, jour après jour, faisait que nous n'en devenions que plus conscients.

Mais lorsque je nous devinais, comme sur une photographie, lorsque je nous observais comme l'aurait fait une tierce personne, le bras de Harry autour de moi tandis que nous déambulions, ou penchés ensemble sur une carte posée sur le capot de notre voiture louée ou bien étendus côte à côte en train de nous faire bronzer près d'une piscine, de nous citer des passages tirés de livres et de journaux, nous projetions une charmante image. Nous semblions si heureux.

Nous étions heureux. C'était simplement étrange, voilà tout.

Dans ma tête, je faisais le décompte des jours qui restaient avant le retour à la maison. Et Harry également, conscient du temps qui s'amenuisait, disait des choses comme : « Il ne nous reste que six jours. Demain, nous devrions nous rendre au marché. Le temps file. » La veille de notre départ, nous parvenions à nous abandonner à une espèce de joie, nous riions plus facilement, buvions plus et parlions avec enthousiasme des vacances maintenant terminées. Durant ces soirées où nos vacances nous défilaient sous les yeux, les jours envolés pouvaient, en toute sécurité, se mettre à scintiller.

Lorsque, au retour, nous atteignions notre rue et notre allée, et que j'apercevais notre maison pourtant quelconque, j'avais envie de l'enlacer, de la prendre dans mes bras, d'embrasser ses portes et ses fenêtres. Aussitôt que Harry retournait au travail, j'entreprenais de rendre au foyer sa fraîcheur et sa propreté car, pendant notre absence, elle avait emprunté une odeur de renfermé ; pas tout à fait de moisi, mais une odeur non familière, qui n'était pas la nôtre. Je n'aimais pas qu'en franchissant la porte, la maison nous oublie et se mette à accumuler de la poussière et des odeurs différentes.

Nos vacances n'étaient pas désastreuses, simplement étranges. À moins que le mutisme ne soit une tragédie. Mais, avant de partir en voyage, nous n'étions jamais muets, à tel point que je crois que nos véritables vacances se passaient en planification. Chaque année, nous avions hâte de partir, comme si les semaines à venir allaient s'avérer parfaites ; et nous étions aussi amusés et emballés que nous aurions dû l'être pendant les vacances pourtant destinées à cette fin.

« J'ai six semaines cette année, me disait Harry. Que penses-tu que nous devrions en faire ? »

Et nous parlions des lieux aperçus à travers les réclames de la télévision, ou de ceux que nous connaissions déjà, et nous nous interrogions sur l'opportunité d'en visiter de nouveaux. Harry se rendait à des agences de voyage (ou peut-être l'envoyait-il, elle) pour rapporter des brochures et des horaires de vols ainsi que des listes de tarifs. Nous contemplions les images des hôtels à multiples étages, nous évaluions la proximité de la plage et nous nous imaginions dans l'une des chambres, à l'une des minuscules fenêtres.

Les gens du bureau narraient leurs vacances à Harry, lui mentionnaient quelles îles des Caraïbes pourraient s'avérer désagréables cette année en raison des relations tendues entre les gens du pays et les touristes, ou dangereuses ou trop mornes. Pour ceux qui désiraient plus qu'un bronzage, qui aimaient s'occuper, comme nous, certains endroits étaient à éviter. Mais les Caraïbes restaient l'endroit idéal où se rendre. Il n'y avait qu'à remplir des formulaires tout prêts pour se rendre aux îles, on savait plus ou moins à quoi s'attendre et, pourtant, c'était différent de chez soi. En décembre, on s'étreignait en songeant au mois de février qu'on traverserait étendus sur une plage ou à marchander des chemises et des chapeaux de paille dans un marché.

« J'ai hâte ! disait Harry. J'ai hâte de m'évader de ce maudit bureau. »

Notre enthousiasme, avant les vacances, ne fléchissait jamais.

Comme des enfants, nous observions, excités, par les hublots de l'avion, les nuages s'amonceler en dessous.

Je ne craignais que le décollage et l'atterrissage.

Dans les minibus qui nous emportaient vers l'hôtel, nous jugions par la vitre les qualités et les défauts de l'endroit choisi.

Je pense que ce n'était qu'après avoir signé à la réception de l'hôtel et défait nos valises dans notre chambre, seuls tous les deux, que l'ennui s'installait.

Je crois que j'aurais aimé visiter l'Europe. Errer dans les châteaux en Bretagne et les vieilles caves viticoles en France. En Espagne, nous aurions même pu aller à la plage. Mais ce n'était jamais la bonne époque de l'année, c'était plus difficile de compter sur le soleil. Et Harry disait : « Tout est vieux là-bas, tout se meurt. Ils n'ont que le passé. Qu'y a-t-il d'intéressant à se traîner de musées en vieilles ruines ? Rien ne bouge là-bas. » Il disait que ce serait ennuyeux et qu'il s'agissait de ses vacances, après tout, il les avait gagnées, c'était lui qui avait besoin de repos, de répit, de changement de rythme.

Mais si je pouvais voyager aujourd'hui, c'est là que j'irais. Dans des lieux où il fait frais : en Écosse, à l'automne, même sous la pluie, ou dans les montagnes en Espagne, au printemps. J'arpenterais, seule, les grandes villes telle que Paris et je regarderais attentivement ces vieilles choses : les édifices, les peintures et les monuments. Je ne crois pas du tout qu'elles soient en train de mourir. Je crois plutôt qu'il serait rassurant de constater qu'il y a des choses qui survivent, qui durent des siècles. Contrairement à la neige, aux feuilles, aux maisons et aux journées.

Ou de constater que tellement de gens et d'événements ont existé durant tellement d'années — le passé est énorme — que deux personnes, à un moment précis de l'existence, aujourd'hui, ne signifient pas grand-chose. Elles ne peuvent qu'être minuscules, désespérément infimes, en réalité.

25

« PARLE-MOI, EDNA », me disait-il, quoique moins souvent, je l'admets, ces dernières années. Il ne serait pas juste d'affirmer qu'il devenait indifférent. (Bizarre, ce souci soudain d'être juste, alors qu'il devrait être le dernier à m'effleurer.)

« Est-ce que ça va ? me demandait-il. Ça va bien, toute seule à la maison, comme ça ? » Que croyait-il qu'il se passait ?

Peut-être qu'il se passait effectivement quelque chose pour lui, et qu'il sentait alors le besoin de découvrir des choses étranges chez moi.

Il commença à quitter la maison plus tôt le matin parce que, disait-il : « J'évite le gros de la circulation de cette façon. J'aurais dû y penser plut tôt. » Je le réveillais toujours aussi doucement ; seulement plus tôt.

Ce qui signifiait au lit plus tôt le soir, nos soirées ensemble s'en trouvant écourtées.

Elles s'en trouvaient écourtées également parce qu'il se mit à rentrer souvent tard. Encore, disait-il, pour éviter la circulation de l'heure de pointe. Ou à cause du travail. Parfois, il passait la nuit en ville. « C'est ce maudit boulot », me disait-il. Il avait encore eu, bien sûr, de l'avancement, directeur du marketing, il était donc normal d'imaginer qu'il travaillait encore plus énergiquement. Elle avait été promue en même temps que lui. Il me racontait en riant qu'on appelait cela une « promotion de chambrée » ; étrange expression.

Nous bénéficiions encore de la plupart de nos soirées, même si elles raccourcissaient. Et nos fins de semaines, nous les avions aussi. Il ne s'agissait que de petites incursions dans notre vie, si subtiles et si normales. « Bien sûr, disais-je, je comprends. » Et je croyais comprendre.

Puis, je sautai soudain de trente à quarante ans. Cela survint tellement rapidement ; de façon étrange, étant donné que chacune de mes journées se faisait longue et remplie d'heures.

Quarante ans. En m'éveillant ce matin-là, je me souvins que c'était le jour de mon anniversaire et je me sentais comme étrangement condamnée. Il me fut, et c'était rare, vraiment difficile de sortir du lit.

Il semble que j'aie traversé des crises normales. Je n'ai pas dû apprendre à les affronter de façon normale. Voilà le fond du problème, j'imagine.

En réalité, un anniversaire n'est qu'un chiffre. Mais changer de décennie plutôt que d'année constitue un changement touchant, même si j'imagine que la prochaine mutation, la cinquantaine, ne s'avérera pas aussi importante. Il me manque le sens de l'avenir.

Les hormones, probablement. Mon docteur m'a dit une fois qu'on pouvait habituellement expliquer les sautes d'humeur par des modifications d'hormones. Cela fit que je me sentis particulièrement impuissante ; rien, semblait-il, pas même mon humeur, ne m'appartenait.

Mais mon anniversaire, ce matin-là, était plus qu'une question d'hormones. Les hormones avaient peut-être coulé à pic, mais tout le reste avait été entraîné avec elles.

Parce que j'avais dû bénéficier, à ce moment, d'une vision claire. Un petit sommet d'où on peut regarder en arrière et apercevoir quarante années en bloc, et regarder en avant et savoir comment cela avait des chances de se passer, avec une clarté qui, à elle seule, devrait être rassurante. On devrait pouvoir dire : « J'ai fait cela » et : « Je ferai ceci. » Il devrait y avoir quelque chose comme un A sur un relevé de notes, un B, même, se révélerait satisfaisant. Et Harry ? Je suppose qu'il aurait ses promotions et son salaire. Un progrès constant ; une quantité de réussites, comme des étapes, derrière lui.

Mais pour moi ? Si on fait et refait toujours la même chose, chaque fois convenablement, chaque fois du mieux possible, ce que l'on semble pourtant en retirer, c'est un tas d'activités identiques et incessantes. On a l'impression de ne se rendre nulle part.

Il existait un but, bien sûr. J'avais mes raisons. Seulement, cette journée-là, la vision m'en échappait. Au lieu du grand but, j'apercevais les minuscules tâches. Elles me remplissaient la tête, s'y bousculaient : une avalanche de vaisselle et de lessive, d'époussetage et de récurage, d'exercices et de maquillage, d'observation de la pendule en vue du retour de Harry. Et la seconde vie, secrète, vécue les yeux fermés, en jouant à être une autre sur scène, nimbée de musique. À la lumière de ce quarantième anniversaire, tout cela paraissait absurde et triste. Je me dis alors que je ne pourrais peut-être plus y replonger après l'avoir vu sous cet angle.

J'étais dans la cuisine, immobile, prostrée, une poêle dans une main, un œuf dans l'autre, frappée non pas par un coup, mais par une pensée : « Tout ça n'est rien. Ça n'est rien du tout. »

Imaginez une pensée semblable lors d'un quarantième anniversaire : pas étonnant que je dusse me tenir immobile, le souffle coupé pendant un moment.

Néanmoins, il fallait casser l'œuf dans la poêle, griller le pain, verser le jus de fruit, préparer le café.

J'accomplissais chaque mouvement, comme si je me trouvais sur une autre planète où la force de gravité est énorme ; les membres alourdis, m'entraînant vers le sol. Debout, là, j'aurais pu traverser le plancher de la cuisine.

Et Harry, là, assis à table en face de moi, dans les mêmes odeurs que chaque matin, avec le soleil coulant un filet de lumière sur la table de cuisine : ce matin était semblable à tous les matins de ma vie. Sauf que les odeurs étaient aigres et que tout était voilé de noir. Le café était amer et ma cigarette, de la poussière sur mes poumons. Les petits plaisirs n'étaient, après tout, que petits.

Je soupirai et j'entendis alors ma mère. Était-ce ce qui s'était passé ?

« Bon anniversaire, me dit Harry. Mais on dirait que ça t'emmerde. » Oui, je me souviens de cela, qu'il le savait, qu'il était très attentif, c'était moi qui étais assise en face de lui, qui vivais avec lui ; il le savait bien.

C'est difficile de ne pas m'acharner à le défendre, même contre moi. C'est difficile de rompre une habitude vieille de plus de vingt ans. Et c'est troublant de repenser qu'il a aussi menti et qu'une fois, il a eu besoin d'être défendu, mais que je n'étais pas disponible.

Il y a quelque temps, oh ! il y a des années, au début de notre mariage, il rentrait du travail et nous dînions, et, quand le crépuscule puis la nuit tombaient, nous éteignions toutes les lampes, nous mettions des disques sur le phono, nous nous débarrassions de nos chaussures et nous dansions, dans l'obscurité. Bien pelotonnés, nous nous laissions entraîner dans la salle de séjour, les yeux fermés, au gré des refrains tendres. Les Mills Brothers chantaient : « On fait toujours du mal à celui qu'on aime. » Mais nous dansions au rythme de la mélodie, pas à celui des paroles. Et puis, qui écoute véritablement les chansons ? Qui les prend au mot ?

Je n'arrive pas très bien à me rappeler à quel moment nous avons rompu cette habitude. Comme d'autres choses, certaines de nos heures passées ensemble, elles ont dû doucement disparaître, puis nous avons oublié qu'elles avaient existé.

Je ne m'étais pas rendu compte à quel point tant de choses avaient changé.

« Tu ne fais certainement pas quarante ans » me dit Harry. Mais les compliments mêmes perdaient de leur saveur. À quoi ressemble-t-on à quarante ans ? Un de ces jours, est-ce que je me désagrégerais, mon vrai visage, celui de quarante ans, surgissant brusquement, irréversiblement vieilli ? Un jour, rien, ni les exercices ni les crèmes ni les soins n'y changeraient quelque chose. Je savais, même s'il ne l'avait peut-être pas remarqué, qu'il y avait déjà de petites rides, de minuscules béances à la base de ma gorge. J'achetais des foulards pour les cacher, ce que je n'avais jamais fait auparavant. Ce n'était que le début ; la terre attirerait vers elle mes seins, mon ventre et mes cuisses.

Ça ne devrait peut-être faire aucune différence. Mais, en réalité, cela fait une différence. Vieillir douce-ment sans jamais s'être vue, et après tant d'efforts. Tout ce temps envolé.

Quarante années envolées. Divisées également en sentiments de peur et de sécurité, vingt années de l'un et vingt années de l'autre. Et encore vingt, quarante ans ? Ah mon Dieu ! la fatigue, le poids de toutes ces années truffées de petites tâches sans fin. Harry en valait-il la peine ?

Ah ! mais c'était là une pensée dangereuse, traîtresse. Remets cela en question et tout risque d'arriver ; j'aurais pu tout aussi bien voler en éclats, assise là, sur ma chaise.

« Franchement, Edna ! » Et je me secouai. « Mais qu'est-ce qui se passe, donc ? Allons ! Remets-toi ! » et j'essayai, je fis un effort pour rejeter les pensées vagabondes, ravageuses, traîtresses, destructrices.

Ce n'était certainement pas un désir de changement. La seule pensée d'un changement me terrifiait. Mais alors, qu'est-ce que je voulais ?

Seulement un peu de temps pour me faire à l'idée. Apprendre à avoir quarante ans, à me trouver dans la quarantaine, à en prendre conscience. Un tout petit peu de temps.

« Es-tu malade ou quoi ? Tu es pâle. » Il avait posé sa fourchette, sa tranche de pain grillé coupée en diago-nale, sa tasse de café. Il ne faisait que me regarder. Que voyait-il ? Je sentis que j'avais porté mes doigts à mon cou pour cacher les rides. Si j'avais pu, j'aurais mis les mains sur mon visage.

« Non, je vais bien. »

« Bon Dieu, Edna ! s'il ne s'agit que de ton anniversaire, ce n'est pas une tragédie, tu sais. Tu n'as pas à faire une tête d'enterrement. Ce n'est pas la fin du monde. Je suis plus vieux que toi et regarde-moi, est-ce que je suis sur mon déclin ? »

Oui, justement.

« Bien sûr que non. Je suis idiote. Ça me fait un drôle d'effet, voilà tout. Souviens-toi de ton quarantième anniversaire, ça t'avait fait quelque chose, à toi aussi, tu sais. » Et c'était vrai. J'avais fait un gâteau et je lui avais donné mon cadeau au dîner, une paire de boutons de manchettes en or d'un prix exorbitant, gravées à ses initiales. Mais il était demeuré silencieux. Il avait bu sans arrêt toute la soirée, d'un air presque boudeur, et il était allé se coucher ivre. « Merci pour les boutons de manchettes, m'avait-il dit. Ils sont très beaux. » Il ne s'enivrait presque jamais.

« Merde, ce n'est rien ! Tu ne parais pas du tout quarante ans. » Toujours la même rengaine. Que trouverait-il à me dire, lorsque je les paraîtrais ?

« Écoute » et il me saisit les mains sur la table. Mes mains qui n'étaient plus aussi douces ni aussi fraîches qu'avant, « je vais te dire ce que tu vas faire. Prends un taxi pour me rejoindre au bureau à cinq heures et nous irons prendre un verre et dîner. C'est le temps de célébrer, pas de te démoraliser. Nous allons nous offrir un dîner royal et boire quelques bouteilles de vin. Occupe ta journée à te dorloter et à te préparer. Prends un bain avec une huile bien parfumée. Pomponne-toi, sois belle ce soir. Et je vais te prouver qu'on peut se payer du bon temps à quarante ans. » Il me lança des œillades, ce qui nous fit rire. Ce n'était peut-être pas si terrible que cela. Les petits plaisirs pourraient peut-être se muer en petits miracles, et pas si petits que ça, après tout.

« D'accord. Tu as raison. Ça va être agréable. » Mais croyait-il vraiment que quelques mots et un sourire, un long bain et un grand dîner allaient effacer les rides, raffermir la chair, supprimer le temps ?

Une journée de congé risquait de conduire à d'autres semblables : à l'anarchie. Je travaillai toute la matinée, comme d'habitude. C'était une tâche dure et pénible, pas si petite que cela. Mais cruelle, ce jour-là ; je ne pouvais pas tout à fait distinguer le salut dans les miroirs reluisants.

L'après-midi, je pris un long bain chaud parfumé d'huile chère, je m'étendis dans la baignoire avec mes cigarettes et mes magazines, ensuite, je me lavai les cheveux. Je porterais mon tailleur de soie bleu, élégant et amincissant. Comment une femme de quarante ans devait-elle s'habiller ? Je regardai mes vêtements et remarquai que la plupart semblaient sans âge ; mais il fallait trouver ce qui serait convenable.

Quand je quittai la maison, j'étais élégante, sinon belle. Mais j'avais suivi ses instructions ; ça n'avait pas été un plaisir, comme il l'avait souhaité, mais une autre petite chose à faire.

Mon injustice et mon manque de gratitude m'irritaient. Mais qu'est-ce que je voulais ? Simplement me faire dire que c'était important, peut-être.

Avant que nous ne quittions son bureau, il me tendit une rose jaune, en coupa la tige et l'accrocha à la boutonnière de mon tailleur, puis, la tête de côté, il se recula, me contempla. « Tu es magnifique » dit-il en m'embrassant sur la joue. (Et ce, je me souviens, devant elle. N'avait-il donc pas honte, ni pour elle ni pour moi ?)

(Je devais pourtant leur apparaître bien réelle. Je ne devais sûrement pas être invisible au point qu'ils ne me remarquent pas ; au point peut-être de l'avoir envoyée acheter la rose ? Cela relevait-il de ses attributions de secrétaire ? L'éventualité de ces infimes choses, de ces minuscules blessures, les rend presque aussi douloureuses et traîtresses que la grande blessure.)

Je lui avais déjà dit : « À mon avis, une seule chose vaut mieux qu'une douzaine. Tout le monde peut offrir un bouquet de fleurs, mais une seule, c'est particulier. » J'étais touchée qu'il s'en souvienne.

Au restaurant, il me dit : « Bon anniversaire, Edna, en levant son verre de vin blanc à ma santé. À toi, ma parfaite épouse. »

Extravagant ? Oh oui ! Harry était extravagant dans ses paroles comme ailleurs. Qu'entendait-il par « parfaite » ? Que j'étais sourde, muette, aveugle et idiote ?

Un sourire, une rose — voilà qui avait dû constituer de bons dividendes.

« Alors, me demanda-t-il, te sens-tu mieux ? As-tu fait ce que je t'ai dit ? T'es-tu dorlotée aujourd'hui ? »

Des questions. Une soirée de questions. Mais il manifestait de l'intérêt. Il ne parlait pas de lui. C'était de ma faute si je n'arrivais pas à trouver quoi dire, ou quoi demander.

Des années à écouter, des gouttelettes de faits qui dégoulinent dans le puits de mon esprit, des opinions qui tombent en éclaboussant. Mais il lançait toujours quelque chose à mon intention : demandait comment avait été ma journée, ou ce que je faisais ou projetais de faire, ce que j'étais en train de lire et ce que j'avais envie de regarder à la télévision. Il m'a toujours donné l'occasion d'effectuer un virage, alors ce doit être de ma faute si je ne l'ai pas fait. Peut-être parlait-il seulement pour combler mes vides ? Mais non, il s'agit là d'une hypothèse trop tortueuse. Il parlait parce qu'il voulait me dire des choses, ou s'entendre me dire des choses.

« Oui, je me sens mieux. » Mes doigts revenaient constamment tâter la rose, pour voir si elle suffisait. « C'est seulement ce matin, ça m'a donné un drôle de coup. De penser que je suis dans la quarantaine, tu vois. Comme si tout avait été — si court. » Peut-être ai-je voulu dire si petit. Comment pouvait-il savoir ?

« Eh bien, et il me fit un grand sourire, tu n'es pas à l'article de la mort, tu sais. »

Mais, bien sûr, cela en fait partie. Quarante ans signifie précisément qu'on est en train de mourir, — il est presque possible de l'entrevoir — que tout va se terminer et qu'on se retrouvera étendue sur un énorme amas de très petits morceaux de ceci et de cela.

« Est-ce parce que tu sens que tu as raté quelque chose ? Y a-t-il des choses que tu voulais réaliser, qui ne se sont pas faites ? »

Il connaissait très bien la réponse. Nous avions discuté de tout cela avant même de nous marier. Il savait parfaitement que je n'avais aucune ambition.

« Bien sûr que non. C'est qu'il me faut simplement m'y habituer. » Je haussai les épaules. « Ce n'est pas si terrible que ça, je suis une sotte, je te l'ai dit. »

Nous mangions, mais il continuait de me lancer des coups d'œil, de me scruter comme s'il voulait lire à travers ma peau. Ma peau qui ne paraissait pas encore âgée de quarante ans.

« Tout ce que j'ai jamais souhaité, c'est de bâtir un foyer solide. »

« Et tu as très bien réussi » répliqua-t-il en levant son verre pour boire de nouveau à ma santé. S'interrogeait-il au sujet de mes ambitions ? S'en sentait-il digne ou honteux ?

« Tu crois que ce n'est pas suffisant ? » Pour un peu, j'aurais pleuré sans très bien savoir pourquoi.

« Bien sûr que si, du moment que c'est ce que tu souhaites. Tout ce que je demandais, c'était s'il y avait autre chose que tu voulais et que tu n'avais pas. »

Nos voix avaient pris comme une sorte de tranchant. Vers quoi nous dirigions-nous ? Ce bord tranchant, aurions-nous dû l'enjamber au lieu de l'éviter ?

« Harry, je me rends compte que je n'ai plus dix-sept ans. J'ai quarante ans, et c'est ce dont je suis en train de m'apercevoir. C'est tout. Comprends-tu ? »

Et, Dieu merci, il le comprit. C'est à ce moment que nous nous sommes écartés du bord.

« Oui, en fait, je pense que je comprends. Tu te demandes comment c'est arrivé, ce qui s'est passé, ça va si vite. »

« Exactement. » Je rayonnai de satisfaction et me dis : « Nous sommes proches l'un de l'autre. »

« Eh bien, naturellement, je voulais un enfant, peut-être. Pendant quelque temps. » Le fait d'évoquer l'enfant montre à quel point je pensais être proche de lui à cet instant précis. Était-ce si rare, alors ? Il semble que oui, c'était presque comme si nos esprits avaient suivi leur chemin pendant des années sur des lignes parallèles, complètement écartées l'un de l'autre, et qu'il devenait prévisible qu'ils continueraient de cette manière indéfiniment.

« Y penses-tu beaucoup ? »

« Non, presque jamais maintenant. C'est seulement quand tu m'as demandé s'il y avait quelque chose que je voulais et que je n'avais pas eu, eh bien... c'est à ça que tu avais pensé toi aussi, n'est-ce pas ? »

« Je suppose. Ç'aurait été différent, n'est-ce pas ? »

« C'est difficile à imaginer aujourd'hui. »

Là, je sentis que la soirée se languissait. Ardu et épuisant d'entretenir la conversation malgré les brusques variations, de l'hostilité sous-jacente à l'intimité, de ses questions à ma gêne, et maintenant à une sorte de douce tristesse à la pensée de nos vies perdues, nos enfants perdus, tout ce qui aurait pu nous affliger si nous avions été du genre à s'affliger de ce qui est impossible. Ce que nous n'étions pas, à cette époque-là.

Que se serait-il passé si je lui avais retourné ses questions ? Si je lui avais dit : « Et toi ? Que penses-tu avoir raté ? As-tu fait ce que tu voulais ? Es-tu satisfait ? De moi ? De tout ? Que veux-tu de plus ? »

Qui sait ce qu'il aurait pu me répondre, quand il y avait cette chandelle sur la table, le vin dans nos verres et la rose à la boutonnière de mon tailleur de soie bleu ? Il aurait pu confesser qu'il était malheureux et insatisfait, qu'il était inquiet ou fragile, ou encore qu'il désirait beaucoup plus que ce qu'il possédait. Il aurait pu dire la vérité, quelle qu'elle soit. Nous aurions pu, tous les deux, nous dire la vérité.

Mais que se serait-il passé alors ? Aurais-je allongé le bras pour plonger, publiquement, le couteau à steak au cœur de notre petite tragédie ?

Une petite tragédie, oui. Rien d'unique, pas de gros titre, j'en suis sûre. Je me demande si les journaux en ont même parlé. Rien que le simple, le banal échec d'un mariage.

Mais il me faisait un grand sourire et, tout comme au petit déjeuner, il me prit les mains sur la table, les tint, les couvrit. « Assez de cette triste merde. On est censé célébrer. Tu as gagné quarante années, tu devrais être fière. Tu as quarante ans à ton actif. »

Mais quand commenceraient-ils à perdre de la valeur ?

« Tu n'es rendue qu'à mi-chemin, vraiment. Allons, buvons à nos quatre-vingts ans et à notre soixantième anniversaire de mariage. »

Et, bien sûr, je me mis à rire avec lui. Son rire était encore contagieux et, en outre, il était amusant de nous imaginer tous les deux, vieux, ridés, courbés et encore — toujours — ensemble. La vieillesse elle-même n'était pas démoralisante, c'était les années pour y parvenir qui l'étaient.

« À nous deux, dit-il. Que tu sois alors aussi ravissante et moi aussi séduisant que nous le sommes aujourd'hui. »

Mais je n'étais pas ravissante. Il était séduisant, mais je n'étais pas ravissante. Que voyait-il ?

« Penses-tu que mes cheveux deviennent trop gris ? Devrais-je commencer à les teindre ?

« Bon Dieu non ! Ça te va bien, tes cheveux semblent chauds et doux comme toi. D'ailleurs, il n'y a pas beaucoup de gris. Et, de toute façon, c'est comme ça à quarante ans, c'est quelque chose que tu as gagné. Tu devrais en être fière. »

Je ne pense pas qu'il y croyait vraiment. Il essayait seulement de me remonter le moral, ce qui était gentil. Mais qu'avais-je fait pour gagner quarante années et des cheveux gris ? Je ne me crois pas vaniteuse ; seulement effrayée. Ou est-ce la même chose ?

« Pourquoi lutter ? Pourquoi cacher ce que tu es ? »

Par habitude, je suppose. Par nécessité.

« C'est une perte de temps de s'en faire pour des choses auxquelles on ne peut rien. »

J'espère qu'il le pensait réellement. J'espère qu'il y croyait vraiment et qu'il n'a pas été déçu, à la fin, par ce qu'il ne pouvait empêcher.

« Mais écoute, mis à part aujourd'hui et le fait que ce soit ton anniversaire, es-tu heureuse ? Est-ce que tu vas bien ? »

Je vais bien, c'est sûr. Mis à part aujourd'hui et l'anniversaire. Heureuse ? Drôle de notion. Quand on est jeune, on pense peut-être à être heureuse. C'est ce que j'espérais. Et si quelqu'un m'avait demandé : « Que veux-tu être ? » J'aurais répondu : « Heureuse » en pensant que ce mot-là ne contenait qu'une seule signification.

Mais on oublie. Pour quelqu'un comme moi qui a obtenu ce qu'elle croyait devoir la rendre heureuse, l'idée du bonheur ne peut qu'aller en s'émoussant. Je supposais que je devais être heureuse. Je supposais que je l'étais. Mais cela ne semblait pas être le mot juste.

Quel mot aurait donc convenu ? Généralement contente ? Satisfaite ? Mais les deux termes impliquaient une détente, une relaxation, une sérénité, et tout cela ne ressemblait pas beaucoup à mes journées, où il y avait tant à faire.

« Je suis occupée » répondis-je lentement. Je voyais à son air un peu surpris, déçu, que ce n'était ni approprié, ni suffisant. « Je suis heureuse, naturellement. Comment pourrais-je ne pas l'être ? »

« Je ne sais pas. Tu ne le dis jamais. Tu ne dis jamais ce que tu ressens. »

« Mais ce n'est pas absolument nécessaire, n'est-ce pas ? Je me sens bien. Ma vie est exactement telle que je la souhaitais. » Mon Dieu, il traînait dans cette phrase une tristesse que je n'avais pas du tout voulue.

« Écoute, Edna, » et il me regarda avec dureté, comme si j'avais été une employée récalcitrante, il semblait presque en colère ; que me voulait-il ? « Écoute, tu étais toute bouleversée d'avoir quarante ans ce matin. Je comprends ça, ça peut arriver à tout le monde. Mais je m'inquiète de toi, parfois. Je ne sais rien de tes journées, comment tu te sens dans tout ça, ce que tu penses. La maison est grande et, bien sûr, tu en as fait un endroit dont on peut être fier. (Ce n'était pas de fierté dont j'aurais souhaité qu'il parle, mais de refuge.) Mais à part ça ? »

Que voulait-il dire « à part ça » ? « De quoi t'inquiètes-tu ? »

« De tes journées. Ce que tu en fais. »

« Harry, tu sais à quoi ressemblent mes journées. Pour l'amour du ciel ! »

« Non. Je ne le sais pas. Je sais ce que tu fais, si c'est ce que tu veux dire, mais je ne sais pas encore quel effet elles te font. »

Je haussai les épaules. « Elles me font l'effet d'être remplies. Je ne comprends pas ce que tu veux, Harry. »

« Je veux savoir », et il avait l'air si violent et si dur que j'aurais presque pu m'effrayer, « si c'est totalement suffisant pour toi de t'occuper d'une maison et de moi. » Puis il se calma. « Je veux savoir si, pour toi, ça va bien. Tu fais tout ça depuis vingt ans et, parfois, je me dis que tu dois t'ennuyer, non ? Tu n'as pas envie, parfois, d'essayer des choses différentes ? »

M'ennuyer, certes, quelquefois. Mais cela paraît inévitable ; cela fait partie du marché conclu en échange d'une vie.

« Eh bien, je ressens différemment les différentes journées ; elles ne sont pas toutes identiques. Parfois, elles me fatiguent et, parfois, elles me plaisent. J'imagine que c'est la même chose pour tout le monde. Ça ne t'arrive jamais d'être déprimé, toi, ou de te lasser de ton travail ? Après tout, Harry, je n'en sais pas plus sur ce que tu ressens à faire ce que tu fais toute la journée, que tu en sais sur mes journées à moi. »

« Eh bien, tu devrais » et il me souriait encore, Dieu merci, « je t'en parle suffisamment. Quelquefois, je me demande comment tu fais pour écouter autant. »

À ce moment, aurais-je dû lui confier qu'il m'était parfois difficile et ennuyeux de l'écouter du fait que je n'arrivais jamais à sentir la relation de tout cela avec moi ?

« Non, j'aime t'entendre parler de tes journées. »

Qui suis-je pour l'avoir traité de menteur ?

De quoi parlaient-ils ? Discutaient-ils de tout, avait-elle la parole facile, et, par la suite, s'ennuyait-il de ce même genre de conversation lorsqu'il se retrouvait avec moi ? Parlaient-ils de moi ? Le soir de mon anniversaire, au restaurant, lors de cette conversation étrange, tendue, jusqu'à quel point nous comparait-il, elle et moi ?

Ah, je voudrais le tuer !

Peut-être ce dont je manque le plus est d'un meilleur sens de l'humour.

« Écoute Harry, buvons et profitons de cette soirée. J'ai quarante ans, d'accord ? Je vais bien. »

D'habitude, je ne pouvais pas ingurgiter autant de vin. D'habitude, le vin me faisait dormir. Mais ce soir, il semblait que j'aurais pu en boire sans arrêt et qu'il se serait infiltré dans mon corps sans laisser de trace, sans me faire tituber, mal articuler, m'endormir ou, même, me précipiter à la salle de bains. J'avais l'impression que l'alcool se résorbait, comme la sueur, dans la discussion et l'inquiétude.

« Mais tu ne te sens pas seule, Edna ? C'est que tu restes là, dans cette maison, et, bien des fois, maintenant, je ne rentre pas dîner. Tu ne veux pas sortir de temps en temps pour rencontrer des gens ? Ça ne te rend pas folle ? »

« Eh bien, je vois des voisines. Ça nous arrive de prendre un café ensemble. Mais je ne me sens pas seule. J'aime me retrouver seule, j'ai toujours aimé ça. J'abats beaucoup de travail, et j'aime lire. J'aime nettoyer la maison, dans un sens, c'est paisible de faire briller les choses. Et j'aime m'asseoir dans la cuisine à quatre heures pour boire un café et penser que tu vas bientôt rentrer. »

234

« Mais quand je ne rentre pas ? Que se passe-t-il si je suis en retard ou que je ne rentre pas du tout ? »

« Ça va. Je regarde la télé et je lis, ou bien je fais des gâteaux si je n'en ai pas eu le temps durant la journée. Il y a des tas de choses à faire. Bien sûr, j'aime mieux lorsque tu rentres à la maison, mais je me trouve quand même des choses à faire. »

« Et ça ne te rend pas folle ? »

« Grand Dieu non ! Pourquoi cela me rendrait-il folle ? »

Oui, en effet, pourquoi ?

De toute façon, nous avions fait un marché : je ne demanderais rien et il donnerait. Mais que donnait-il ? Tant pis. Ce n'était pas le moment de lui dire, après vingt ans, que j'étais encore en train d'attendre.

Mais n'étais-je pas l'épouse parfaite et compréhensive ?

Un soir, Harry amena un collègue de bureau prendre un verre à la maison. Ils s'étaient assis dans la salle de séjour pour discuter pendant que je tentais d'empêcher que le dîner ne soit gâché. J'imagine que l'épouse de l'homme était chez elle en train de tenter la même chose. Deux heures plus tard, l'homme s'était levé, avait soupiré et dit : « Bon, il faut que j'aille retrouver mon vieux boulet. »

Quelle épouvantable chose à dire, quel terrible sentiment à éprouver. « C'est simplement une expression » m'avait dit Harry, plus tard. Mais il n'y a pas de fumée sans feu et cet homme avait lancé ces mots tellement naturellement, d'un air si indifférent, à propos de sa femme. Pas Harry. Non, pas Harry, jamais.

« Donc, ce que tu me dis, c'est que tu t'estimes tout à fait heureuse et contente, et que tout marche comme sur des roulettes, c'est ça ? » Un scepticisme railleur, une aigreur dans le ton ; infiniment bizarre. Et comment répondre à cela ?

« Je suppose que oui. Si c'est de cette façon que tu veux considérer les choses. Harry, s'il te plaît, laissons tomber. Je suis parfaitement satisfaite de ma vie. »

Il leva les mains. « D'accord, d'accord. Si tu en es sûre. Je voulais simplement m'en persuader. »

Je pense sincèrement que, ce soir-là, les questions ne s'adressaient pas du tout à moi. J'imagine qu'en fait il vérifiait s'il avait la permission d'être libre.

À la maison, nous avions tout juste franchi la porte qu'il dit : « Je suis fourbu, je vais me coucher. Bon anniversaire, Edna. » J'avais pensé que nous nous assoirions pour boire un autre verre de vin, pour nous calmer de la soirée et de tout ce qui avait été troublé (et non troublant) entre nous. Mais il semblait tout à fait fatigué.

Encore agitée, je demeurai en bas un moment pour regarder autour de moi. Simplement me promener dans les pièces, contempler les surfaces brillantes. Tout comme mes vêtements, mon ameublement convenait-il à mon âge ? L'austérité des vases de Rosenthal, dans la salle à manger, la fraîcheur du canapé recouvert d'une étoffe tissée, beige, dans la salle de séjour, la simplicité du cadre d'argent de la gravure modérément moderne, qui représentait quelque chose de pas tout à fait vrai, me plaisaient. J'aimais les surfaces douces et celles qui avaient du relief. Qu'elles étaient fraîches et claires, mes pièces !

Mais convenaient-elles à une femme de quarante ans ? Et puis, quelle importance, du moment qu'elles reflétaient le bon goût. Les magazines donnaient des leçons de goût, informaient des changements que le goût subissait au fur et à mesure que les règles se modifiaient. Mais, ayant adopté mes propres règles, je n'en avais pas besoin de nouvelles. Pas besoin non plus de trouver la simplicité par des assiettes à gâteaux anciennes à motif floral et des vases peints, d'acquérir des tables de bois brut au lieu du verre et du chrome, des meubles lourds, sculptés, au lieu d'un mobilier simple et léger. Ces choses à la mode étaient anciennes, elles auraient presque mieux convenu à la maison de mes parents qu'à la mienne. Les choses — les goûts et les règles — semblaient à la fois reculer et avancer. Déconcertante perspective.

Après avoir si bien appris la simplicité, je devais probablement m'en tenir à elle. À quarante ans, on doit sûrement avoir le droit de dire : « Voilà, c'est ça. » Même si, avec la satisfaction de pouvoir le dire, vient un petit goût de mort.

La pendule de la cuisine en forme de marguerite marquait minuit passé et je me retrouvais dans ma quarante et unième année.

Lorsque je montai me coucher, Harry était profondément endormi. Je le regardai et me demandai : « Pourquoi toutes ces questions ? Pourquoi voulait-il remuer tout cela ? » Mais qu'avait-il remué ? Je me tournai et me retournai dans le lit pendant un moment avant de pouvoir m'endormir.

Mais j'étais debout tôt le lendemain, matin du premier jour de ma quarante et unième année, me souvenant à peine de la veille. Cela paraissait maintenant une aberration. Qu'est-ce donc qui avait semblé si dur, ou si mal? Trop de questions. Trop de questions mène au découragement, à la trahison. Quel soulagement de reprendre ma route!

Il m'apparut important de montrer à Harry que j'allais bien. Il n'avait pas besoin de s'inquiéter, ni même de penser à moi. Les choses étant ce qu'elles devaient être, il pouvait regagner son bureau allégé d'un poids. Bien sûr, je ne voulais plus qu'il me jette ce regard précis qu'il avait eu la veille, ou qu'il me reparle de cette manière.

Les crêpes étaient habituellement réservées aux fins de semaine, alors qu'il y avait beaucoup de temps et beaucoup à faire; mais j'en fis quand même ce matin-là, comme preuve indiscutable.

« Elles sont très bonnes » dit-il, et il en mangea quatre. Ce matin, pas de questions, pas de vestiges de la soirée de la veille. « Je dois me dépêcher si je veux éviter l'heure de pointe. À plus tard. Je pense pouvoir rentrer dîner. Je te le ferai savoir. »

Je lui fis au revoir de la main et commençai mon travail. Je ne penserais pas à vingt ni à quarante ans. Une journée à la fois.

J'oubliai combien la musique écoutée la veille, les yeux fermés, m'avait semblé triste et, l'après-midi, je mis un disque, me vis tournoyer sur scène, et souris.

Plus tard, il téléphona pour dire qu'après tout il ne pourrait pas rentrer pour le dîner, mais qu'il serait là à neuf heures. « Écoute, Edna, et il rit, ne fais plus jamais de crêpes un jour de semaine. »

« Pourquoi? »

« J'ai les intestins dans un état ! Ils pèsent une tonne. J'ai du mal à bouger. Tout ce que je souhaiterais, c'est dormir. »

« Je suis désolée. Je n'avais pas pensé à ça. »

« Merde. Je plaisantais. » Ces dernières années, il me faisait marcher si facilement ; et même cette fois, je ne le remarquai pas vraiment. « Elles étaient succulentes, mais quand tu restes le cul sur ta chaise toute la journée, elles sont difficiles à passer. Si j'étais à la maison à tondre le gazon, elles seraient déjà digérées. Écoute, je dois me rendre à une réunion. À plus tard, d'accord ? »

Bon. Un dîner en solitaire. Une omelette et une petite salade devant l'appareil de télévision ; un autre repas sans Harry, un autre repas qui me permettait de surveiller mon poids. Je regardai Walter Cronkite en mangeant. Mais qui était donc Walter Cronkite ? Avait-il des secrets, disait-il des mensonges ? Rien de cela ne semblait évident, mais les visages, à ce qu'il paraît, ne sont que des masques qui cachent d'autres visages.

Étais-je ainsi moi aussi ? Ou mon défaut a-t-il simplement été d'être transparente ?

26

L'APPEL DE CETTE FEMME : Dottie Franklin.
Pourquoi faire une chose pareille ? Par méchanceté ?
Peut-être était-ce ce que je méritais.

Je la connaissais, bien sûr. Nous avions dîné ensemble, tous les quatre, elle et Jack, Harry et moi, et
nous nous étions aussi rencontrés à des réceptions. La
première fois, il y a bien des années, avant de faire leur
connaissance, Harry m'avait un peu parlé d'eux. Il a
toujours essayé d'agir ainsi, de me donner des détails au
sujet des gens que nous voyions pour que je me sente
moins à part, ou que je ne dise rien de déplacé, ou pour
qu'ils ne me paraissent pas complètement étrangers.

« Pour l'amour de Dieu, ne discute pas de mariage ! »
me recommanda-t-il. Mais pourquoi aurais-je abordé un
sujet aussi intime ? Mais il me mettait en garde : « C'est
un sujet à éviter, particulièrement s'ils ont pris quelques
verres. » Tout le monde prenait toujours quelques verres.

« Pourquoi ? »

« Parce que le leur est bizarre et que s'ils commencent à en parler, tout va tourner en dispute. »

« Mais qu'est-ce qu'il y a ? »

« Qui sait ? » Il leva les sourcils, étendit les mains vers moi, haussa les épaules. « Probablement une quantité de choses. La plus évidente, c'est que Jack a tendance à courailler et, chaque année ou à peu près, il se met à fréquenter quelqu'un pendant un certain temps jusqu'à ce qu'il commette une bêtise, je ne sais pas, comme de rentrer chez lui avec des cheveux blonds sur son veston, ce qui fait que Dottie découvre le pot aux roses. Alors ils se font une scène de tous les diables, ils se lancent des objets à la tête et ensuite, ils se réconcilient. Enfin, façon de parler, jusqu'à la prochaine fois. »

« Mais c'est terrible. Pourquoi restent-ils ensemble si la situation est si épouvantable que ça ? » Tout étonnée que des gens puissent se crier des injures, se lancer de la vaisselle et vivre dans la tromperie.

« Parce que ça leur plaît de cette façon, sans doute. Il y a toujours plus d'un coupable, dans ces histoires, tu sais. » Oui, en effet. « Jack n'est pas un mauvais type, il est simplement comme ça. Et, à leur manière, ils font bon ménage. Ils aiment peut-être se quereller ; c'est peut-être ce qui les allume. »

Et lorsque nous les avons rencontrés, ils semblaient bien s'accorder, à vrai dire. Jack n'était ni fin ni brillant, contrairement à Harry, mais il possédait en effet une sorte de charme naturel. Je voyais le genre. Il pouvait sembler attirant, pour quelqu'un enclin aux liaisons de passage.

Et lui et Dottie échangeaient leurs petites plaisanteries personnelles, ils se parlaient par signes, se souriaient, et si je percevais là-dessous un courant de tension, c'était peut-être simplement parce que j'étais prévenue.

« Nous avons eu de la chance, me dit plus tard Harry. Ils n'étaient pas trop mal ce soir. »

Mais je me souviens de l'avoir regardée, elle, et d'avoir éprouvé une sorte de pitié. Et je dois confesser l'arrogant redressement de ma colonne vertébrale, la fierté de constater que Harry et moi étions différents.

Si elle a téléphoné par méchanceté, c'est compréhensible.

Mais impardonnable, s'il s'agit de pitié. Impardonnable, s'il est vrai qu'elle a simplement pensé qu'il était « équitable » de me le révéler. Si, tandis qu'elle prenait le combiné, composait le numéro, elle se marmonnait pour elle-même : « Pauvre Edna. »

« Ce n'est que par hasard que Jack les a vus, me dit-elle. En passant devant l'immeuble où habite cette fille, il a jeté un coup d'œil, de la voiture, et ils étaient là, dans le parc de stationnement. En train de s'embrasser. »

« Et, après tout, à huit heures du matin, quelle autre explication pourrait-il exister ? »

« J'ai pensé que vous devriez le savoir. J'ai pensé que ça n'était que plus équitable. »

La chose à laquelle j'ai pensé durant mes douze heures de réflexion, en fixant le mur de papier peint blanc moucheté d'or, c'est que l'unique, le flamboyant, l'intelligent, l'énergique Harry, qui n'était pas rentré hier soir, avait été capable de commettre un petit péché si ordinaire, si classique, si banal. Il aurait pu figurer dans un des articles de mes magazines, c'est dire à quel point il s'était mué en créature ordinaire, et, cela aussi, c'était une trahison.

Qu'il puisse faire une telle chose — chose que je n'aurais jamais imaginée, mais si je l'avais imaginée, je l'aurais vu avec quelqu'un de plus exotique, d'inaccessible, un être qui aurait représenté un défi considérable pour lui. Et non pas celle qui se trouvait le plus à portée de sa main.

Les mains de Harry étaient posées sur elle. Devant cette vision, chacun des pores de ma peau me faisait mal.

Quand Harry l'avait embauchée, il avait dit : « C'est incroyable la façon dont elle a tout pris en charge dès son arrivée. Elle est très jeune pour se montrer si sûre d'elle. »

« Elle te facilite le travail alors ? »

« Tu parles ! Ça fait seulement une semaine qu'elle est là et elle sait où trouver la moindre chose, quel client faire attendre, de qui s'occuper d'abord et elle n'est pas encombrante, elle ne vient jamais m'ennuyer avec un tas de questions. » Il riait. « Dans quelques semaines, je n'aurai plus à me rendre au bureau, elle va s'occuper de tout. Tu ne peux pas t'imaginer à quel point il est exceptionnel de dénicher quelqu'un sur qui on peut compter. »

Eh bien, je croyais en avoir une idée.

« Bien sûr, disait-il, elle est au sein de la compagnie depuis un an, donc elle comprend comment se font les transactions. Mais, quand même, c'est rare de trouver une personne qui s'acquitte de son travail avec efficacité sans t'ennuyer tout le temps. »

Quand on nous a présentées pour la première fois, un jour que j'étais allée rejoindre Harry au bureau après le travail, rien chez elle ne me la fit particulièrement remarquer. Rien ne trahissait qu'elle était efficace ou remarquable ou quoi que ce soit du genre. Elle était assez jolie, sans être belle. De toute façon, je ne m'attendais pas à ce qu'elle le soit. Quand Harry vantait les talents qu'elle possédait, je prenais pour acquis qu'elle n'était pas une beauté. Il l'aurait mentionné.

Le jour où nous nous sommes rencontrées, ses cheveux blonds étaient ramenés en arrière, sans rien de spectaculaire, bien que plus tard, je les aie vus quelquefois dénoués, bouclés, sur les épaules. Pour tout maquillage, un trait de rouge à lèvres. Elle portait une blouse blanche négligemment rentrée dans une jupe de tailleur grise, et la jaquette grise était jetée sur le dossier de sa chaise. Une tenue convenable pour le bureau, je suppose, même si ce n'est pas là ce que j'aurais choisi de porter. Trop rigide. Des yeux bleus, légèrement trop écartés, et un nez presque trop plat. Une bouche large et un menton rebondi qui doublerait de volume un jour si elle n'y prenait pas garde.

Si je ferme les yeux et que je me concentre, j'entends les battements de mon cœur et de mon pouls. J'entends presque le sang parcourir mes veines et mes artères. Contre mes paupières s'agitent des motifs changeants de lumières et de formes, et je commence presque à saisir le fonctionnement de tout cela, de ces complexités internes. Pourrais-je retracer les morceaux pendants, détachés ?

Il est admissible de penser que ce corps, en accomplissant ses propres routines, continue à fonctionner, peu importe ce qui se passe à l'extérieur. Il peut ralentir, si la réaction est faible, ou au contraire accélérer, mais, fondamentalement, il continue de fonctionner. Le sang s'insinue dans les endroits les plus minuscules ; les aliments et les boissons se trouvent pulvérisés, transformés en acides et déplacés, modifiés, absorbés ; les nerfs envoient des impulsions ; les connaissances et la mémoire assaillent le cerveau ; tout est en marche. Les cheveux et les ongles d'orteils croissent, sont coupés, croissent encore.

J'aimerais pouvoir vivre aussi aveuglément et silencieusement que les cheveux et les ongles, j'aimerais pouvoir faire renaître mon ignorance. J'aimerais être une goutte de sang, ou un battement de cœur.

Lorsque je téléphonais à Harry au bureau, elle disait toujours : « Ah ! Bonjour, Mme Cormick. Je vais sonner à son bureau pour m'assurer qu'il n'est pas en réunion. » S'il était occupé sur une autre ligne et que je devais attendre, elle revenait et disait : « Il sera libre dans une minute. Comment allez-vous ? On ne vous a pas vue depuis un moment » et je lui répondais : « Très bien. Comment ça va au bureau ? »

Ce qui ne signifiait rien, mais c'était précisément cela : elle était gaie, sympathique et ordinaire, et elle ne signifiait rien.

En réalité, je ne savais d'elle que ce que Harry me racontait : qu'elle était très rapide et efficace, la meilleure secrétaire à avoir jamais travaillé pour lui. Mon Dieu ! Je veux bien croire que c'était vrai. J'allais même jusqu'à m'apitoyer sur son sort, en me disant que, dans la vingtaine, elle était confrontée à un travail qui ne pouvait qu'être ennuyeux : taper, prendre des dictées et des ordres. « A-t-elle un ami ? Est-elle fiancée ? » demandai-je à Harry. « Non, elle dit qu'elle n'a pas envie de se caser. » Autant que je sache, il ne s'agissait pas de se caser. Il s'agissait d'acquérir la sécurité et un but, de ne pas se laisser traîner à la dérive.

Apparemment, elle ne se souciait ni de sa propre sécurité ni de la mienne. Encore moins de celle de Harry.

Qu'une telle femme puisse exister me dépasse. Même Dottie Franklin semble plus compréhensible, et sa cruauté, plus humaine.

Comment se sentait-elle lorsqu'elle me parlait au téléphone, lorsqu'elle m'apercevait au bureau de temps à autre, lorsqu'elle voyait Harry me prendre le bras et m'embrasser sur la joue ? Comment réagissait-elle à tout cela ? Il ne lui importait pas de nous voir quitter le bureau ensemble, pour un dîner en tête à tête ? Connaissait-elle des choses particulières, lui donnait-il des raisons d'en minimiser l'importance ? Comment pouvait-elle me parler gaiement et normalement au téléphone ? Avait-elle pitié de moi ? Riait-elle de moi ? Je peux me tromper, bien sûr, je me suis trompée à propos de bien des choses, mais je n'ai perçu ni détecté de pitié ou de sarcasme dans sa voix. Mais elle était sûrement cruelle. Seule une personne cruelle peut jouer avec la vie des autres, et si la stabilité ne l'intéressait guère, comme disait Harry, elle a dû simplement s'amuser.

Elle comprend peut-être maintenant que les jeux peuvent entraîner des conséquences. Je me demande si elle a un peu peur de vivre aujourd'hui.

Mais si elle était cruelle, que dire de Harry ? Il me revenait chaque soir (presque chaque soir). Il caressait mon corps, avalait les repas que je lui préparais, portait les chemises que je lui lavais et repassais, marchait sur les tapis où je passais l'aspirateur et endossait les complets que j'allais chercher chez le nettoyeur, et tout ce temps, il savait.

Pensait-il à elle, avec moi ?

Il me laissait m'étendre à côté de lui dans l'obscurité et lui chuchoter « Je t'aime » et il me redisait la même chose, et tout ce temps, il savait.

Comment imaginer une telle cruauté? Un esprit presque hitlérien, mon tendre Harry.

Je n'arrive pas à voir de quoi il s'agissait. Je me la représente dans ma tête, toutes ces fois où je la rencontrais et toutes ces fois où nous échangions quelques mots, mais je suis incapable de m'imaginer ce qui a fait qu'elle s'est laissée glisser à ma place et a traversé ma vie avec autant d'insouciance.

Était-ce simplement le fait d'être jeune et accessible? Est-ce seulement l'âge qui a compté?

Ici, je ne me suis astreinte à aucun exercice depuis des mois. Il m'est impossible de surveiller mon régime: je mange ce qu'on me donne. Je ne me maquille pas: personne à impressionner ou à qui cacher mes rides. Je n'ai aucune raison de porter de foulards dans le cou, ou des bas de teinte plus foncée pour faire paraître mes jambes plus minces qu'elles ne le sont en réalité. Je n'ai pas besoin, à la fin de l'après-midi, de troquer ma tenue contre quelque chose de plus séduisant. Je n'ai même pas besoin que le pantalon et le chemisier soient assortis.

Il n'y a aucune raison de me regarder dans un miroir. Sauf pour remarquer les changements.

Je commence peut-être à porter mon âge. Je suis sûre que je dois paraître plus de quarante ans, peut-être quarante-trois. Comme je m'y attendais, ça arrive rapidement, lorsque ça arrive.

Je ne peux pas tout à fait distinguer l'effet global. La femme qui vient chaque semaine me laver les cheveux et les coiffer (ainsi que ceux de toutes les autres), les tord de ses doigts agiles, les tire en arrière et les maintient en place à l'aide d'épingles. « Ça fait très chic et très élégant, ma petite dame », me dit-elle, en se reculant pour apprécier son travail. Je ne sais pas. Je ne vois que des cheveux bruns et grisonnants tirés en arrière.

Mais je peux constater qu'à cause de toute cette nourriture excessive et ce manque d'exercice, la peau autour de mes os fait mine de se rétracter. La peau elle-même semble presque diaphane, d'une pâleur lumineuse qui pourrait peut-être briller dans le noir. Il y a un effondrement. Je trouve à mes vêtements une façon bizarre de pendre, de frotter ; comme ceux de ma mère quand elle clopinait dans ses bottes trop grandes en allant étendre sa lessive. Mes yeux, bleus sur cette étendue de peau grisâtre, scrutent. Et, en retour, je remarque parfois des gens, des visiteurs, qui me dévisagent.

Que remarquent-ils ? Que voient-ils ? Quelque chose d'étrange, de déséquilibré ? Un indice de ce que j'ai fait ?

J'essaie de compter mes cheveux gris pour voir s'il s'en est rajouté, mais je me perds toujours en cours de calcul. C'est tellement frustrant de se montrer incapable d'effectuer ce qui semble si simple.

Parfois, la colère me gagne à force de toujours devoir recommencer.

27

TRÈS BIENTÔT, ce sera le printemps. Depuis l'événement qui semble à la fois s'être reculé loin dans le temps et s'être rapproché, trois saisons se sont écoulées. Je suis une personne différente, maintenant. Comme si j'étais née, tard, une nuit de juillet. Une horrible naissance, ma vie née de la sienne. Une atrocité. Je devrais me sentir coupable et avoir du chagrin. Je me sens un peu fautive d'être incapable de ressentir ces choses-là. L'Edna qui vient de naître semble quelque peu déformée.

C'est difficile de se rappeler l'autre Edna. Qui a passé des années insouciante, aveugle, en dépit de l'ordre qui régnait. À ce moment-là, ce n'était pas tellement difficile. C'est de voir qui est difficile, pas d'être aveugle. J'avais mes livres et mes magazines, mon travail et Harry, et la musique, et il était de plus en plus facile, et non pas dur, de tout considérer comme acquis et de ne pas penser. Je ne le remarquais même pas.

Je suis maintenant réduite à moi-même, à ce stylo et à ce cahier qui n'a l'air de rien, mais qui est peut-être plus important qu'il ne le paraît. Et une grande difficulté s'annonce : c'est que cet endroit qui semblait si vaste et si illimité quand j'ai commencé à écrire, est en train de devenir étroit et monotone. À partir d'ici, je ne sais pas vraiment où aller.

J'ai examiné l'émail des lavabos, le teint des gens, moi-même dans les moindres détails. J'ai noté toutes les imperfections au fur et à mesure qu'elles m'apparaissaient. J'ai écrit avec une minutieuse exactitude même si, trop souvent, j'ai déraillé. Mes cahiers sont empilés dans les tiroirs de ma moitié de commode. J'ai étudié les feuilles, les roses et le docteur. J'ai démonté un stylo pour voir comment il fonctionnait. J'ai scruté, jusqu'à ce que de nouvelles rides se forment autour de mes yeux. J'ai noté la peinture qui s'écaillait dans les couloirs et les numéros noirs sur l'encadrement de la porte de cette chambre. Je me suis tenue droite, mes chevilles bien croisées. J'ai marché et couru pour noter les muscles qui s'étiraient à chaque mouvement. J'ai pris des centaines de repas, j'ai mangé tous les différents mets qu'ils ont ici, dont les textures, les couleurs, varient si peu que je commence, malgré moi, à me poser des questions.

Y a-t-il eu un coin négligé, un détail oublié ? Ou bien quelque chose de tout à fait autre : Harry et moi. Ou seulement moi.

Je sais qu'il existe de plus infimes détails, de plus petites choses à remarquer. Mais les yeux humains ne peuvent voir au-delà d'un certain point. Les yeux humains n'atteignent pas les limites de la vision. Il existe des parcelles microscopiques ; et peut-être même d'autres encore, invisibles au microscope.

Le couvre-lit — rien que cela, déjà. Il est blanc et rugueux. Mais quand je le regarde de plus près, j'arrive à remarquer les fibres qui s'enchevêtrent et, à partir de ces fibres, des brins de fils encore plus petits. Je présume que si mes yeux étaient encore plus forts, je verrais chaque brin se dédoubler et, probablement, jusqu'aux atomes eux-mêmes, jusqu'au noyau de chacun d'eux. Ensuite, en s'éloignant légèrement, on note que, malgré la blancheur du couvre-lit, tout n'est pas uniforme ; des ombres, des fibres moins pures que d'autres, certaines plus usées que d'autres. Il y a une variation dans la blancheur. Ce qui fait que même un couvre-lit n'est jamais ce qu'il paraît être au premier coup d'œil.

Avant, je me promenais dans ma maison parfaite pour admirer la lumière qui se réfléchissait sur la table brillante, les couvre-lits bien tirés, les fenêtres immaculées. J'étais enchantée de constater que le verre était sans défaut, persuadée qu'à travers de tels carreaux, on ne pouvait jouir d'une vision déformée.

Que verrais-je aujourd'hui ? Maintenant que j'ai appris à regarder de plus près ?

Le problème ici, à présent, c'est simplement les limites que ma vision atteint. Avant, je n'aurais pas relavé de la vaisselle fraîchement lavée, ni repassé l'aspirateur sur un tapis fraîchement passé à l'aspirateur simplement pour occuper mon temps et mes mains. Et aujourd'hui, je ne peux pas observer et écrire de nouveau une chose que mon stylo a déjà fixée dans ce cahier. Une seule exception : j'entends une vieille femme, là-bas, plus loin dans le corridor, qui crie sans arrêt : « Aidez-moi, aidez-moi », et je crois que c'est là un élément nouveau. Je vais voir ce qui se passe, je me rends jusqu'au corps qui lance l'appel et je découvre avec surprise que ce corps est bien petit et bien frêle pour avoir une telle force dans la voix. J'écris : aujourd'hui, une petite femme a appelé à l'aide toute la journée. Sa voix est forte et désespérée, avec un grincement dans la gorge. C'est tout ce qu'elle dit : « Aidez-moi, aidez-moi. » Une infirmière est allée la voir au moins trois fois, mais quand elle la quitte, la femme recommence à appeler : « Aidez-moi, aidez-moi. » J'ignore de quel genre de mal elle souffre.

Je m'assois dans ce fauteuil pour écrire ; je marche et j'observe, et ce que je décris devient le miroir d'une impossibilité grandissante.

Avant, lorsque tout ce qu'il y avait à faire était fait, je prenais un bain, me changeais et prenais des dispositions en prévision des soirées avec Harry. Mais, aussi, j'errais, bien sûr, je cherchais la perfection, une confirmation dans le mobilier astiqué, épousseté de ma maison. J'avais aussi des moments de vide quand il semblait que rien ne serait jamais terminé. Mais je savais qu'à un moment donné, Harry reviendrait à la maison.

Cela donne un choc lorsque survient quelque chose d'irrévocable.

J'ai récolté les détails comme une moisson, et je les ai emmagasinés ici. Il ne doit plus en rester beaucoup d'autres, que vais-je faire, alors ?

Les arbres et la neige se transforment à mesure que le printemps s'installe : la neige fond et se salit, une clarté est visible dans le ciel même à travers la vitre. C'est plutôt une odeur qu'une chose apparente. De l'écorce rugueuse et, bientôt, de l'herbe tendre. Des fleurs. Dehors, il y aurait un millier de choses à toucher, à examiner et à décrire minutieusement. Dehors, cela pourrait prendre des années pour épuiser les possibilités.

Pourtant, avec des cahiers qui vont en augmentant et un champ de vision qui va en s'amenuisant, n'y aurait-il pas, là aussi, une fin ?

Dans le cabinet du docteur, je suis assise de l'autre côté du bureau et j'observe l'homme. Les murs sont bleus, ainsi que la chaise sur laquelle je suis assise. Son bureau est en chêne, je crois. Dessus, il y a une photo de sa famille : une épouse blonde penchée vers deux petits enfants blonds, tous en train de sourire à l'appareil ; à lui, s'il les regarde sur son bureau. Les oublierait-il s'il n'y avait pas de photo, est-ce pour cette raison qu'il la place là ?

Il est en train de m'observer, patient comme toujours, en débitant ses sempiternelles questions. « Parlez-moi de Harry, Edna » me demande-t-il, mais sans grand espoir ; par simple habitude, maintenant, je suppose. « Dites-moi comment il était. » J'écris ses questions.

« Était-il grand ? Mince ? Corpulent ? Avait-il une barbe ? Les yeux bleus ? Bruns ? Cheveux bruns, blonds, chauve ? Parlez-moi de Harry, Edna. » Il a déjà demandé tout cela ; mais les mots, comme toujours, se déversent et se placent méticuleusement sur les lignes de mon cahier.

Pourrais-je lui demander de me laisser aller dehors ? Parce que ce que j'ai au moins appris, c'est à étudier d'abord les possibilités. On devrait avoir sous la main tous les faits qu'on peut recueillir. Je n'apprends pas vite, mais il semble que je sois capable d'apprendre.

Mais il est difficile de demander. Car il va changer, cet homme avec qui j'ai passé tellement d'heures : il deviendra, au moment où je poserai la question, un simple homme, un docteur autoritaire, non plus celui sur l'épaule de qui j'aimerais parfois poser ma tête. Le corps changera de forme, Edna la magicienne, de ses mots, transformant la matière. Mais il s'agit là d'un progrès sur les couteaux.

Je prends une profonde, une courageuse respiration. « Pourrais-je sortir ? »

Il est secoué. Je le vois qui sursaute, très légèrement, en m'entendant parler. Je le vois espérer et éprouver un regain d'intérêt.

« Vous voudriez sortir ? » et sa voix, maintenant vivante, exprime une attente.

« Si je pouvais. » Il est important de ne pas gaspiller de mots. Ils s'en saisissent et essaient de les retourner. Ici, les mots superflus leur servent d'armes.

« Que feriez-vous dehors si vous pouviez y aller ? Qu'y a-t-il là que vous vouliez ? » Lui, maintenant, utilise trop de mots, les lance trop facilement, s'amuse avec eux. L'avantage est pour moi, avec mes armes plus réduites et plus parcimonieuses.

« J'irais voir ce qu'il y a. »

On dirait qu'il ne sait que penser. « Voulez-vous dire que vous désirez aller dehors seulement pour regarder ? Ou êtes-vous en train de me dire que vous voulez partir d'ici ? Voudriez-vous rentrer chez vous, Edna ? »

Il n'est pas particulièrement intelligent. Il ne voit pas extrêmement loin. J'avais raison, il était plus intéressant et plus important avant que je ne parle.

« Dehors. »

Il se rassoit sur sa chaise, les doigts croisés sous le menton, il me regarde. Il est content, je le vois bien. Il croit m'avoir amenée sur son terrain.

Est-ce ainsi ? Ou vois-je maintenant les choses tout de guingois ?

« Eh bien, Edna, j'aimerais pouvoir vous dire que c'est d'accord. Je comprends, bien sûr, que vous souhaitez aller dehors, d'autant plus que le printemps est maintenant presque arrivé. L'ennui, c'est que je ne peux pas vraiment vous accorder cette permission parce que je ne vous crois pas encore prête. »

Doute-t-il de mon acuité visuelle ? Comment pourrait-il se rendre compte de tout ce que j'arrive à voir maintenant ?

« Prête ? »

Il est maintenant penché en avant, les mains jointes sur son bureau, il me regarde fixement ; même un docteur, qui doit pourtant faire l'expérience renouvelée d'essais désespérants, continue à espérer. Mais je ne suis pas ici pour combler ses espoirs. J'essaie seulement de découvrir ce que je dois faire.

« Voyez-vous, Edna, vous n'avez pas été bien. C'est pourquoi vous êtes ici, pourquoi les tribunaux vous ont envoyée ici. Vous souvenez-vous des tribunaux et de ce que le juge a dit ? » Je ne réponds pas et j'écris la question.

« Comprenez-vous que vous n'avez pas été bien ? Savez-vous ce qui est arrivé ? Pouvez-vous me dire ce qui est arrivé ? »

Il essaie d'aller trop loin, trop vite. Mes yeux sont de nouveau baissés et j'écris. Je ne le regarderai plus. Je suis capable d'être silencieuse et je suis capable d'attendre. Il n'a aucune idée de l'entraînement que j'ai, de toutes les années où j'ai perfectionné l'art d'être silencieuse et patiente.

« Quand vous irez mieux, bien sûr, vous serez en mesure d'aller dehors. Et quand vous irez très bien, il y a toujours la possibilité que vous quittiez cette maison. Ensemble, nous pouvons y travailler, Edna. Si vous voulez aller dehors, nous pouvons commencer à travailler à ça. Vous pouvez vous rétablir, si vous nous laissez vous aider. »

Je nourrissais une opinion complaisante à son sujet, mais il s'avère, comme Harry, plus qu'ordinaire, il n'est pas à ma hauteur.

Comme je ne le regarde pas, il doit comprendre que c'est terminé. Mais non, il est idiot et encore rempli d'espoir. « Nous pourrions commencer dès maintenant. Vous pourriez commencer par me montrer ce que vous écrivez tout le temps. Me montreriez-vous vos cahiers maintenant, Edna ? »

Des questions, encore des questions, c'est ce que je suis en train d'écrire en ce moment.

« Eh bien, Edna, conclut-il finalement en soupirant, nous en reparlerons demain. Nous allons trouver un moyen de vous faire aller dehors, si vous collaborez. C'est dommage de ne pas profiter de l'air frais et des fleurs. »

Comme Harry, il est hypocrite. Mais il n'est pas mon mari et mes intentions ont changé.

Au moins, j'ai découvert ce que j'avais besoin de savoir : que je ne peux pas aller dehors. Le choix est donc clair ; je peux continuer à suivre des yeux les plus petites fibres du couvre-lit, jusqu'à ce que je ne voie plus rien, et que mon écriture devienne de plus en plus minuscule, comme les détails ; ou bien je peux faire face au moment et à la pendule en forme de marguerite jaune et blanche. M'enfoncer ou m'élancer.

J'appelle cela un choix ; et pourtant, comme bien d'autres choses, je vois que ce n'en est pas un.

Quelle différence cela fait-il ? Je suis encore Edna, assise dans ce fauteuil.

Mais tu peux rester assise et, pourtant, être une autre personne, toujours assise.

Je ne suis qu'Edna, toute seule, ni importante ni forte. Ce doit être quelque chose, mais quoi, je ne saurais dire.

C'est normal que la peur s'estompe. Il n'y a plus rien à perdre ; il ne reste rien, rien de terrible, rien qui mérite la terreur. J'ai accompli le pire.

Et pourtant, la peur me manque, je la pleure, j'essaie de garder une emprise sur ce qu'il m'en reste. Elle m'a si longtemps protégée, et de tellement de choses. Je me sens de plus en plus seule à mesure qu'elle s'enfuit. Elle m'a tenu compagnie plus constamment que Harry, ma peur, et je suis en train de la perdre, elle aussi.

C'est cette pendule en forme de marguerite jaune et blanche. Elle danse sur le couvre-lit et bloque le reste. Il semble qu'il n'y ait rien à y faire.

28

DES MENSONGES, DES MENSONGES, ENCORE DES MENSONGES.

Qui était-elle pour devenir plus importante que moi?

Ah! J'ai essayé de ne pas voir clairement. Mais ils sont là, les corps en sueur qui se roulent et se caressent.

Et ensuite, il était capable de me revenir, de me rejoindre dans notre lit et de me mentir.

Parlaient-ils de moi? De nous? S'il pouvait se rendre dans son lit et son corps, de quoi d'autre était-il capable? Que me cachait-il dans le but de lui donner? Des corps qui se mêlent, des mots et des caresses.

Il a eu tort. Il a mal agi. Si nous avons pu nous mentir, ou taire des vérités, c'étaient nos mensonges et nos vérités. Il n'aurait pas dû les emporter à l'extérieur, les donner à quelqu'un d'autre.

Il ne m'est pas venu à l'esprit qu'il pourrait oser cela. C'est ça, posséder la foi, n'est-ce pas ? C'est la même chose, pas vrai ?

Mais il l'a fait ; il a trahi la confiance.

Que se serait-il passé si je lui avais calmement dit : « Je suis au courant. Je sais tout. » ? Que serait-il arrivé ? Je pense qu'il aurait dit : « Je suis désolé, pardonne-moi, ça n'arrivera plus jamais, je suis désolé, pardonne-moi. » Il ne fait aucun doute que j'aurais pardonné. Qu'y aurait-il eu d'autre à faire que de continuer à vivre ? J'aurais mordu, ruminé et ravalé la rage et nous aurions continué. Toute la douleur aurait été en moi, plutôt qu'en lui. Mais nous ne nous serions plus regardés. Nous nous serions côtoyés et nous aurions été polis, et j'aurais été seule. D'une façon ou d'une autre, je finis par me retrouver seule.

Je pourrais en finir avec tout cela aujourd'hui. Il doit exister tant de moyens, ici : des poisons, la pendaison et des rasoirs dans la nuit. Des pilules peut-être. Ils sont prudents, mais on ne l'est jamais assez. Je sais cela mieux qu'ils ne le sauront jamais.

Je ne voulais pas être complètement seule : et je n'ai jamais eu l'intention que les gens me dévisagent.

Harry m'avait promis que je vivrais jusqu'à quatre-vingts ans ? Oh, sûrement pas !

Ne pourrais-je pas en finir tout de suite ? Serait-ce de la lâcheté ou du courage ? À cœur vaillant, rien d'impossible. C'est ce que ma mère disait. Elle ne se serait pas débattue comme moi. Elle aurait dit : « Franchement, Edna, il va falloir que tu apprennes à t'en sortir. Il faut que tu t'aides toi-même. Il faut que tu prennes tes décisions toi-même. » Mais quand ai-je fait attention à ma mère, sauf pour la considérer comme un médiocre exemple ?

Une forte femme, pourtant. Je me demande si elle se sentait seule. Je me demande si elle se sent seule aujourd'hui.

Stella dirait peut-être : « Essaie d'attaquer le problème d'une autre façon. Si ça ne fonctionne pas, laisse tomber et va de l'avant. »

Il m'est pénible de bouger, pourtant. J'aimerais peut-être danser, mais il m'est pénible de bouger.

Ah Harry ! Pourquoi n'es-tu pas là pour me dire ce que j'ai tant besoin de me faire dire ?

Pauvre Harry, avoir été aimé avec une telle ardeur. Avoir porté mon faible poids sur son dos pendant tant d'années. Pas étonnant qu'il commençait à se voûter.

Peut-être aurait-il préféré ne pas pouvoir trouver de chemises propres, ou que ses repas n'aient pas été aussi réussis qu'un tableau, qu'une nature morte. Deux légumes blancs au même repas lui auraient peut-être parfaitement convenu. Il ne s'en serait peut-être pas soucié du tout. Il était peut-être fatigué.

Ce n'est pas par hasard, peut-être, qu'il a découvert un trou dans le grand mur que j'avais érigé si soigneusement autour de nous, notre mur brillant : peut-être en a-t-il fait un délibérément, en creusant un tunnel de ses longs doigts fuselés, habiles.

J'avais construit si soigneusement et pendant si longtemps. Nous deux, nous avons accompli quelque chose ; ce n'était pas seulement moi. Et tout peut être détruit par un appel téléphonique, une phrase, un instant.

Ou, en ce qui le concerne, une fantaisie, un désir, un acte d'égoïsme, un mensonge.

Au moins, la douleur est plus propre ici que là-bas.

Mais il fait bien plus froid ici. J'ai tellement froid.

Avant, j'avais chaud, si bien emmitouflée, en sécurité. Je pensais que tout ce rembourrage, toutes les épaisseurs de douce chaleur derrière le mur me garderaient en sécurité.

Peut-être aurais-je dû laisser quelques parties de moi à découvert. Car des voix ou des signes m'ont échappé. J'ai raté tellement de choses.

La vraie passion — à quoi cela aurait-il ressemblé ? Comment aurait-ce été de sentir vraiment la peau de Harry, et la mienne, au lieu de la transformer en quelque chose de plus résistant, de plus dur — un rempart ? Comment aurait-ce été s'il n'y avait rien eu entre nous ? Si j'avais compris que ces mains, ce corps, tous les mots qu'il disait, étaient quelqu'un d'autre, une autre personne, une vie ?

J'ai pris le visage qu'il me donnait et je l'ai transformé en quelque chose d'autre.

Je me suis effacée comme un enfant efface son image sur le tableau noir et, ensuite, nous avons dû, tous les deux, y écrire quelque chose de faux.

Est-ce comme demeurer au couvent ? Être une religieuse avec des règles, des horaires et la foi, sans questions ? Dieu est-Il semblable à Harry ? Alors que les religieuses consacrent leur vie à Dieu, vont-elles devant Lui, à la fin, en pensant qu'elles ont payé leur dû, et leur tourne-t-Il le dos ? Leur dit-Il : « Ce n'était pas ce que je voulais du tout, vous vous êtes trompées » ? Quelle horreur que d'attendre le jugement et l'amour, la récompense, enfin, pour tout le travail et les sacrifices et Le voir rejeter le don. Puis ensuite, Se retourner et accepter une pécheresse qui n'a jamais rien payé. Les bonnes sœurs se mettraient-elles en colère ? Se saisiraient-elles de couteaux pour tuer Dieu ?

Où est la gratitude ? Qui paie ? Qui récompense ces sœurs, si elles se prosternent devant Dieu pour se faire dire que ce n'était pas nécessaire ?

Peut-être dit-Il : « Mais vous n'auriez pas dû croire, c'était une erreur. La foi vous a rendu la tâche trop facile, ce n'est pas censé être si simple. Vous avez trop pris de choses pour acquises, vous avez supposé que tout ce que je voulais, c'était que vous suiviez les règles. »

Offrirait-Il une deuxième chance ? Se pourrait-il qu'Il dise : « Maintenant, perdez votre foi et voyez ce qui arrivera, ceci est votre épreuve. Essayez à nouveau et voyez ce que vous pouvez faire sans elle. »

Est-il possible d'espérer sans la foi ?

Quelqu'un devrait savoir, quelqu'un devrait être capable de me dire comment il m'aurait fallu agir, en quoi consistaient les vraies règles. Ce n'est pas juste que personne ne me l'ait dit. Tous m'ont tu ces secrets, alors qu'ils devaient savoir. C'est comme de voir des gens s'enfoncer dans la campagne en pensant qu'ils sont sur une grande route et ne pas les avertir qu'ils vont se retrouver sur un chemin de terre n'aboutissant nulle part.

Erreur, cruciale faute de perception : une difformité, comme de naître avec deux têtes ou un bras. Quelque chose me manque, qui devrait être là.

Peut-être Dieu dirait-Il : « Si je vous enlève vos règles, si ce n'est pas si simple, vous allez découvrir ce que vous pouvez accomplir seules. Il va falloir patauger jusqu'à ce que vous trouviez vos propres règles. »

Quelles auraient été les miennes ?

Je n'arrive pas à imaginer. Cela ne semble pas du tout avoir été ma vie ; bien qu'elle ait dû paraître ainsi à ce moment-là.

Où ai-je appris ce que je sais ? Ma mère me disait, avec son habituelle impatience : « Pour l'amour de Dieu, Edna, défends-toi. » Cela ne venait évidemment pas d'elle. Mon père, le pauvre homme, ne donnait pas de conseil. Je ne voulais pas devenir ce qu'ils étaient, mais le contraire. Un étrange revirement dans les règles.

Quelles auraient été les miennes ? Si j'étais libre, qu'est-ce que je ferais ?

Ah ! Je pourrais danser sans arrêt, mon corps pourrait raconter des histoires, il pourrait se mouvoir comme l'eau. Je pourrais ouvrir grand les bras et soulever mon corps, sauter sur mes jambes, et mes cheveux flotteraient autour de mon visage. Je crierais et rirais fort, je sentirais le sang couler dans mon corps et j'étirerais aussi haut que je le pourrais mes doigts retenus à la terre.

Dans ma vie, j'aurais pu crier et rire fort et pleurer. J'aurais pu dire certaines choses à Harry, ou lui lancer un verre à la tête. Aux réceptions, j'aurais pu sourire, faire des blagues et flirter. J'aurais pu n'être que sourire et éclat.

Aujourd'hui, je pourrais brandir des pancartes devant les bureaux des magazines pour crier à quel point ils mentent. Que, s'ils prétendent qu'en faisant ceci on obtient cela, ils ne font que choisir la facilité, pas la vérité. Je pourrais avertir les autres de ne pas croire les vérités distribuées dans ces pages.

Je pourrais crier ma rage.

Je suis une femme de quarante-trois ans qui n'a pas dansé ni souvent ri tout haut. Je suis une femme de quarante-trois ans qui a peiné comme une bonne sœur pour le salut. Mon éclat a consisté en un sourire, un tapotement sur l'épaule ou une étreinte dans la nuit. Ma joie : des verres étincelants et des réveils au son d'un ronflement.

Mon ambition de m'élever a été de me baisser pour passer l'aspirateur ou pour ramasser les ordures. Mes bras qui s'ouvraient ont uniquement touché Harry, et à peine moi-même.

Qui m'a enseigné, et quand ? Qui m'a dit : « Reste tranquille, Edna, ne bouge pas, ne fais pas de bruit et tu seras en sécurité » ?

Ce n'était pas en moi d'être une danseuse ; je n'en avais pas le talent et je n'y pouvais rien.

Aurais-je pu ne pas faire ce que j'ai fait ? Harry m'avait fait remarquer, il y a si longtemps, qu'il pouvait exister une différence entre être et faire.

Maintenant, je suis minuscule dans cette minuscule pièce ; je tournoie en des cercles qui diminuent sans cesse jusqu'au moment suprême, le monde rapetisse de plus en plus et ma vie est un infime point. Toutes mes pensées tiennent dans l'espace de douze heures et ma vie dans l'espace d'un instant.

Les cahiers ont rempli le tiroir du bas de la commode et ont commencé à gagner celui du milieu. Mes sous-vêtements et mes articles de toilette sont maintenant fourrés dans de petits coins, pour laisser de la place.

Toutes les couvertures bleues, les lignes grises, les marges roses et même les trous, sont remplis de l'écriture méticuleuse. Toutes les lettres vitales de ma vie. Et le papier ne panse plus les blessures. Le sang filtre entre les pages et dégoutte des couvertures.

29

TOUTE UNE VIE DE RÉFLEXIONS CONTENUE DANS CES DOUZE HEURES. Tout était clair, sinon compréhensible.

« Je suis désolée, Edna, dit la voix de la femme. Mais je pensais que vous deviez le savoir. » Expliquant en détails. « Ils s'embrassaient. Quelle autre explication pourrait-il exister ? »

Mon étincelante salle de séjour. Le canapé sur lequel j'étais assise, le canapé sur lequel Harry et moi nous asseyions ensemble. Où je lui prenais les mains, en suivais le contour, les croyant capables de tout. (Et elles en étaient capables.)

Le fauteuil d'où parfois je l'observais, encore étonnée de sa présence, dans cette pièce, et de ma présence à moi, avec lui.

Toutes les autres pièces maintenant hors de mon champ de vision, ma parfaite maison ; sauf que l'aspirateur traînait encore là-haut, en attente, que le travail n'était pas terminé. C'était un peu agaçant. Mais pas en

ce moment. Retourner en haut, appuyer sur l'interrupteur, remettre le moteur en marche, chercher la poussière
sous les lits, passer soigneusement dans les coins, non,
pas en ce moment.

En bas, c'était terminé. Après tant d'années, c'était
vraiment terminé. La propreté figée. Plus de grille-pain à
tenir au-dessus de la poubelle pour en déloger les
miettes, plus de comptoir à essuyer. Plus de chiffon à
passer sur les rebords des fenêtres ni de coussins à
retaper d'un coup de poing. Plus de vaisselle sale ni de
fenêtres tachées ni de grains de poussière dans les coins
des tablettes. Cela n'avait pas semblé possible de jamais
en finir, mais voilà, c'était terminé.

Le papier peint blanc moucheté d'or, tout neuf,
accaparait toute mon attention.

La maison sentait le renfermé. Une fois, Harry
s'était mis en colère parce qu'il n'y avait plus de limonade. Il était en colère parce qu'il faisait si chaud — une
journée lourde, suffocante — et peut-être pour d'autres
raisons, également. Il était parti acheter un climatiseur.
Nous ne nous sommes plus chicanés à cause de la
chaleur, mais les fenêtres devaient rester fermées. La
maison était coupée du monde extérieur et on était
parfois ébahi, frappé, en sortant, de découvrir une
atmosphère différente. Mais ce n'était pas une atmosphère différente, c'était un manque total d'atmosphère ;
le vide ainsi créé me faisait retenir mon souffle.

De la douleur, oui, bien sûr. Bizarre, toutefois : je
pouvais dire que la douleur était là, mais sans pouvoir
tout à fait la ressentir. Elle laissait un trou au lieu d'une
présence. Une sorte de douleur complètement différente
de celle qu'on ressent quand on s'érafle le genou en
tombant ou qu'on se coupe un doigt avec du papier. Un

vide de douleur. Une onde de chocs, semblable à des éclairs derrière les yeux et une apesanteur, une solidité brusquement enlevée comme une nappe de dessous la vaisselle, si bien que j'aurais pu m'élever et m'envoler, loin, ou encore m'écraser.

Le temps comme un chronomètre : l'action est coupée net au signal d'arrêt. Quarante-trois années. Si occupées. Le temps rempli ou passé, le temps de faire des choses ou le temps où certaines choses doivent être faites ; le temps pour les retours à la maison et les différentes petites tâches, les départs ; le temps de prendre le café ou de se réveiller, le temps qui passe ; le temps qui s'envole ; le temps disparu.

Le temps suspendu comme l'air. Mon seul point d'attache, ce papier peint blanc moucheté d'or qui n'a rien à voir avec le temps ni l'air. Si je gardais les yeux fixés sur lui, je pourrais ne pas disparaître.

Pas besoin de reconstituer le passé, année après année, moment après moment : comme sur une photographie, on pouvait tout embrasser d'un seul coup d'œil. Mais cela faisait mal, comme de fixer le soleil, et on risquait de se brûler les pupilles, après avoir gardé la tête baissée pendant si longtemps. Les yeux, non protégés, nus, brûlaient facilement.

Deux appels téléphoniques le même jour. Le second, la voix familière, en qui j'avais confiance, mais grêle au bout de la ligne, comme un enregistrement de mauvaise qualité. Pas besoin de bouger, le bras s'allonge de lui-même, pas besoin de regarder, le bras se lève, fléchit et les oreilles entendent la voix chaude qui n'a rien à voir avec tout cela. Comme ces étranges moments où, du coin de la chambre, je nous voyais tous les deux dans le lit ; ou comme dans des histoires que j'ai lues, des gens qui meurent et qui aperçoivent une partie de leur corps en train de s'éloigner, d'observer, de se déplacer, de regarder derrière, avec un froid désintéressement, la lourde enveloppe maintenant arrachée. Sa voix, un mystère total à présent, la voix, mais pas les mots.

« Je suis désolé, Edna », me dit-il de si loin, d'une autre vie, d'un autre niveau. « Mais je vais bien finir par rentrer. »

« Oui. »

« Y a-t-il quelque chose qui ne va pas ? Tu as l'air drôle. »

« Non. »

A-t-il profité de la pause pour se persuader que c'était très bien d'être libre ? Qu'il n'avait pas besoin de faire attention ? Il a dû souvent ressentir le besoin de se rassurer, sinon comment aurait-il pu continuer à faire ce qu'il faisait ?

« Bon, d'accord. Si tu me dis que ça va. Je suis désolé. Demain, c'est sûr, je vais rentrer pour dîner. Écoute, tu es certaine que tout va bien ? »

« Oui. »

Même à moi, ma voix semblait bizarre, comme provenant de l'extérieur, sans résonnances internes.

« Je reviendrai aussitôt que je le pourrai. C'est ce foutu boulot. »

« Oui. »

Les muscles du bras, au loin, replacent d'eux-mêmes le combiné, sans tâtonner, sans avoir besoin de regarder. Tant de choses, semble-t-il, peuvent être faites sans regarder, alors pourquoi ces vingt années de vigilance ?

L'important, c'était de fixer les mouchetures dorées sur le papier peint blanc et, dessus, la lumière changeante, pendant que l'après-midi faisait place au soir, que le soleil venait d'une nouvelle direction, puis disparaissait. Si la lumière s'éteignait complètement, il n'y aurait plus moyen de fixer ces mouchetures dorées ; et si j'étais incapable de les voir, je perdrais mon équilibre, je culbuterais, glisserais, disparaîtrais. Il n'y aurait rien pour me retenir.

Dans la lueur grise de la soirée qui s'achevait, mon bras se tendit encore, le pouce chercha l'interrupteur de la lampe de table et, le trouvant, fit brusquement apparaître la lumière. Il était encore possible, même dans la pénombre, de guetter les mouchetures d'or ; le faisceau de lumière était à présent sur moi, mais il éclairait suffisamment la pièce là où j'en avais besoin.

Il y avait une certaine chaleur, je pouvais la sentir, qui émanait de la lumière.

Je voulais rester immobile, mis à part ce mouvement nécessaire. Il me fallait faire très attention, parce que j'étais devenue précieuse et fragile comme une porcelaine de Chine transparente, et que je pouvais facilement être renversée et brisée.

Les sons changèrent comme la lumière. Eux aussi étaient lontains et extérieurs, comme ma voix. Il y eut des chants d'oiseaux, jusqu'à ce qu'il fasse très noir, et des autos dans la rue. Calme, ici, dans ce respectable quartier, pas de bruits de pneus ou de freins. Des lumières qui clignotent, provenant des autos ou des maisons alentour. Dans ces autres maisons, des gens se déplaçaient de pièce en pièce, rentraient à la maison, allaient à la salle de bains, regardaient la télévision, ou montaient péniblement se coucher. Même les fenêtres fermées, je pouvais humer en ce début de soirée les biftecks qui grillaient sur le barbecue. Tous ces gens qui posaient tous ces gestes familiers. Des gestes que je pouvais avoir posés la veille. Tout était à présent tellement modifié que chaque mouvement qu'ils avaient pu esquisser, mouvements que j'avais esquissés vraisemblablement la veille, tout cela tellement ordinaire, normal, se retrouvait maintenant incroyablement exotique. Je me situais maintenant dans un monde différent et je n'étais sensible qu'à la réflexion des lumières.

Pas solitaire ; retirée. Ce monde était si lointain que si j'avais été solitaire, cela n'aurait pas signifié être aussi distante. Une sorte de lien aurait été conservé.

Tout s'était envolé comme si j'avais lu ou imaginé ce monde.

J'ai appris à marcher, alors que j'arrivais tout juste aux genoux de ma mère, à regarder les rides sous son menton, sa dure mâchoire, les pulsations de son cou ; son odeur de lessive fraîche et de travail ardu. Et les yeux tristes de mon père, leurs voix qui lévitaient au-dessus de moi. La toute petite Stella, doux bébé aux yeux fermés : mon père et ma mère unis, qui la contemplaient. Je me tenais à côté d'eux et les regardais. S'étaient-ils penchés sur moi de cette façon, unis et rêveurs ?

Les cheveux, le maquillage et le sang menstruel. Les soirées de danse, la musique, le pied léger et les désirs brûlants. La passion des miroirs et des oreillers. La voix de Harry entendue pour la première fois et, plus tard, étendue près de lui, examinant son corps long et étroit comme s'il était le soleil. Ce n'était ni miroir ni fantaisie, mais accomplissement, but, fin.

Il y avait des poètes et des hommes à la peau foncée ; mais cela se passait dans mon appartement et dans mon lit. Et ses mains essuyaient mes désirs comme s'ils étaient des larmes, et son corps, comme un linge, nettoyait le mien, et l'apaisait.

Je n'aurais pas pu faire moins en retour. Il me contenait : tous les gens de notre vie, tous les magazines, les jeux-questionnaires et les recettes, les planchers lavés, la vaisselle étincelante et les dîners bien présentés, tout le vin, la lessive et les rayons du supermarché, tous les tapis passés à l'aspirateur — tout cela dans un mince corps.

Évaporé comme l'air, quel coup !

L'obscurité tout autour, excepté cet éclairage sur moi qui se réfléchit sur le mur. Les lumières, dehors, éteintes brusquement, et il n'y avait plus que quelques phares d'automobiles qui balayaient les murs. Il ne restait que la lampe et les mouchetures d'or, dansantes, étincelantes.

J'aurais pu rester immobile pour toujours. J'aurais pu ne plus jamais bouger un muscle. J'aurais pu rester assise, respirer et mourir. J'aurais pu rester sans bouger, je suis souvent restée sans bouger, mais pas comme cela, pas figée. Mais il était question de toute ma vie, maintenant : aspirer et expirer jusqu'à ce qu'elle s'arrête, regarder les mouchetures d'or.

Je pouvais tout savoir maintenant. Je pouvais voir clair. Quarante-trois années se tenaient ici, il n'était pas difficile de tout connaître d'elles. Sauf le pourquoi, bien sûr.

Je voyais à travers moi comme à travers de la vitre ; mais je ne pouvais plus voir Harry du tout.

Il y eut un craquement sur le gravier de l'entrée qu'il avait toujours parlé de faire asphalter, sans jamais se décider. Ce n'était pas chose courante, chez lui, que de remettre à plus tard, mais il croyait, disait-il, que le gravier demeurait moins glissant que l'asphalte l'hiver. Le roulement de la porte du garage qui se soulève, le claquement de la portière de l'auto, la porte du garage qui se baisse. Des bruits tellement familiers. Des bruits qui, d'autres jours, m'avaient fait tressaillir, m'avaient fait battre le cœur. Ce soir, il n'y eut personne dans le couloir qui jeta un dernier coup d'œil dans le miroir, qui vérifia sa coiffure. Plus tôt dans la journée, j'avais dû jeter mon dernier coup d'œil dans un miroir sans le savoir.

La clef tourna sans bruit dans la serrure. Ah! Je possédais les sens aiguisés des chauves-souris pour percevoir si distinctement à travers les portes et les murs.

La porte d'entrée s'ouvrit et il y eut des pas, puis elle se ferma en claquant. Une porte solide, qui se referme avec un bruit sourd; on était toujours en sécurité derrière une telle porte, pas d'intrus, personne pour voir à l'intérieur.

Des pas feutrés à l'étage. Au-dessus de moi, je pouvais l'entendre tel un voleur. L'eau coula et la chasse fut tirée. Les portes s'ouvrirent puis se refermèrent, les pieds se déplacèrent plus rapidement. Une voix, la voix ordinaire, amicale, mais avec un ton légèrement différent, appelait, mais de tellement loin. Les pieds qui se déplacent plus vite, sans essayer d'être discrets, de ne pas déranger. Qui descendent l'escalier en courant, et la voix plus forte. Elle prononçait mon nom avec un point d'interrogation, mais je n'étais que silence à l'intérieur.

Il allait d'une pièce à l'autre et se retrouva dans la salle de séjour; les pas s'interrompirent brusquement. Je pouvais sentir la présence étrangère. Mais j'étais en sécurité si je ne regardais pas et si je restais complètement immobile.

Ç'aurait été sage qu'il s'en aille, mais il ne pouvait pas le savoir, bien sûr.

Deux longues jambes en face de moi — aurais-je pu me pencher et sentir son odeur à elle ? Je pouvais voir le mur, au-delà, et y accrocher mon regard.

Mais les deux longues jambes se plièrent et s'abaissèrent, un tronc apparut, une poitrine, un cou, un visage, des mains si proches, sur mes genoux, un visage grave et inquiet, et tout l'ensemble bloqua la vue. Je fouillai et fouillai du regard, mais sans pouvoir voir à travers ce visage, si beau et si effrayé. Les mouchetures d'or dansèrent pendant un moment sur son visage, puis s'évanouirent. Impossible de les retenir. Le visage familier devenu inconnu, étranger et troublé, la bouche émettant un murmure confus.

J'entendais mes pensées. Je me disais : « Tout ne se termine pas ici dans ce visage. C'est faux, c'est une erreur. »

Sans endroit où fixer mon regard, la perte d'équilibre, la culbute, la chute vers l'anéantissement s'amorça.

Les muscles tremblaient et étaient mous, les jambes étaient faibles, du fait que j'étais restée là si longtemps. Ce qu'elles ont dû se tenir raides pendant toutes ces heures ! Mais il y a un axe, au centre, pour les faire se lever, se mouvoir, un pied s'avançant sous l'impulsion de la jambe et ensuite, l'autre, c'est à cela que se résume l'action de marcher, un pas après l'autre. La voix était forte, elle criait et pourquoi, je n'étais pas sourde ? J'avais simplement cessé d'écouter.

Mais que voulait-il tant ? Pas moi, et trop tard pour cela, de toute manière. Je sentais ses mains et ses doigts, ses mains et ses doigts bien connus et admirés, agripper mon bras, mon épaule, essayer de me retenir. Pas pour blesser, pas de façon hostile, seulement une force pour m'arrêter.

Mais j'étais forte, ma foi ! Ce n'était pas le moment de commencer à rivaliser avec moi. J'étais capable de l'écarter comme une mouche.

Malgré tout, ma peau pouvait encore sentir ses doigts après qu'il les ait enlevés, marques de coups et blessures comme des brûlures, des cigarettes qu'on a éteintes en les écrasant sur les pores.

Mes pieds avançaient vers la cuisine, la cuisine jaune et claire. La lumière était allumée ; il devait déjà m'avoir cherchée là. C'est ici que, sur la table, les livres de recettes étaient lus, les cigarettes fumées, les cafés bus, les repas planifiés, les mets dégustés, le vin débouché et les verres levés. Les sourires échangés par-dessus la table y planaient, anges menteurs. Tous ces moments de mensonge dans chacun des carreaux de la cuisine, dans chacun des placards. Chaque fil des rideaux jaunes et chaque goutte de peinture jaune, un mensonge. Chaque robinet de l'évier et chaque élément de la cuisinière, toutes les chaises et les deux plantes, chaque feuille verte des deux plantes, un mensonge.

Il faisait noir, derrière la fenêtre au-dessus de l'évier. Tant d'heures passées ici à regarder dehors, pendant que les mains faisaient d'autres choses : lavaient la vaisselle, là, dans cet évier, et l'essuyaient. Nettoyaient des légumes et les pelaient, les pelures des pommes de terre, des carottes, des oignons chutant doucement dans l'évier.

Toutes les bouchées de nourriture préparées ici dans cette pièce. Pour alimenter les mensonges.

De fausses vitamines et des couleurs factices. À côté de la fenêtre, au-dessus de l'évier, une panoplie de couteaux tranchants en acier avec manche de teck, cadeau de mariage. Cinq : le plus petit pour peler, le plus gros pour découper. Celui du milieu, acéré, pour les tomates et autres choses délicates.

Je me tourne et je le vois de nouveau. Maintenant, il est plus effrayé. Pas effrayé-inquiet, mais terrifié, je le constate, et il recule. Ses mains se tendent vers moi et les sons se font plus forts, le ton plus haut, les cris sont à un niveau différent. Les mains ne se tendent pas vers moi, mais contre moi. Quelque chose de nouveau, ici, la voix et l'expression.

Que je suis forte ! Je n'ai jamais été aussi forte. Je me demande pourquoi je ne savais pas que je pouvais être plus forte que lui.

Cela ne s'enfonce pas assez loin en lui pour que ce soit en fait nécessaire de le toucher. La douceur est agréable et surprenante et j'en renouvelle encore l'expérience ; plusieurs autres fois. C'est un peu comme creuser avec une pelle dans la terre meuble, au printemps, pour planter une fleur. Une fois, un dur obstacle se présente, comme une racine ou une pierre, mais il est facile de le contourner, de retourner à la douceur.

C'est ainsi, m'étais-je imaginé, que ce serait de faire l'amour ; un envol, une perte de conscience, une transcendance, un dépassement. Je suis enfin sortie de moi-même — c'était donc le moyen de le faire. Je me suis retrouvée, et je suis libre. Cet instant est complètement mien, je suis si libre et si légère, minuscule et légère, un être d'hélium.

La pendule blanche en forme de marguerite sur le mur de la cuisine, avec ses aiguilles en forme de pétales jaunes qui partent du centre jaune, elle avance lentement, lentement, dans le silence. Le moment n'est qu'un moment. Son visage et ses mains se sont évanouis, et le moment disparaît, lui aussi.

Mais maintenant, je sais que ce moment est là ; j'ai prouvé qu'il existait.

Le silence résonne et retentit, et les aiguilles de la pendule avancent lentement.

C'est comme de poser ma tête sur l'épaule de Harry, après.

Dehors, dans le noir, j'entends des voix, quelques cris. Le silence cesse de résonner. Je me retrouve en train de tenir le couteau à tomates taché d'une couleur plus vive que celle du fruit. Sous le robinet, la tache coule, rouge, épaisse et brillante, déteint sur mes doigts et se désagrège sous la violence du jet. Je glisse mes doigts le long de la lame jusqu'à ce que le rouge disparaisse et que l'acier retrouve son éclat. La poignée de bois, modelée pour que les doigts gardent une bonne prise, est plus difficile à nettoyer : le rouge ne s'efface pas aussi facilement du grain.

Essuyé, le couteau est replacé où il se doit. Il y a de petites taches et des marques dans les lignes de mes bouts de doigts et de mes paumes, et je me lave les mains et les essuie dans une serviette.

Je serais capable de me déplacer dans cette maison les yeux bandés, ou aveugle. Je vais à reculons vers la salle de séjour, la pièce familière où la lampe éclaire encore les mouchetures d'or du mur blanc. C'est différent, maintenant ; l'attente est terminée. Je m'assois et j'essaie de trouver des motifs dans les mouchetures dorées qui dansent.

Bien mieux que de cuisiner le parfait repas, ou de faire briller le parfait cristal. J'ai accompli quelque chose, là, j'ai trouvé le moment.

30

C'EST ÉTRANGE : MAINTENANT QU'IL N'EST PLUS ENTIER, j'arrive à le voir ; ses os, sa peau et ses cheveux constituent un tout. Un étincelant Harry, debout, qui me regarde : je vois ses pores, aussi nettement que les miens. Il est agréable à regarder, mais pas aussi beau que ça. Il n'était pas destiné à être un dieu.

Je regrette qu'il soit mort, je suis désolée. Mais je n'arrive pas à faire le lien.

C'est la rage, non pas l'amour, qui a donné à ce moment sa clarté et sa pureté.

Pauvre homme, pauvre étranger, pauvre Harry, quel qu'il fût. Je veux bien croire qu'à une certaine époque il m'a aimée, quel qu'ait pu être le sens de cela pour lui et qui que ce soit qu'il ait vu en moi. Pauvre moi, pauvre étrangère.

Une autre Edna dans une autre vie. Réincarnée ici, grâce à un abracadabra de magicien, elle apparaît, assise dans ce fauteuil entre la grande fenêtre et le petit lit.

Quelque part, une enfant Edna embrasse un oreiller, un miroir, un homme. Mais tout s'est envolé : le miroir est fracassé, l'oreiller déchiré, l'homme déchiqueté.

Si je peux faire quelque chose, que vais-je faire ?

Que ferais-je si j'étais libre ?

Poser le stylo, peut-être. Mettre les pieds sur le rebord de la fenêtre et croiser les chevilles ; me laisser glisser un peu dans le fauteuil ; fermer les yeux et croiser les mains.

Je laisserais peut-être la poussière s'accumuler, les peluches s'entasser, les épingles s'empiler sur le tapis.

Je marcherais dans la ville où j'ai grandi, regarderais par les fenêtres des maisons, là-bas, scruterais les pièces et les vies, mes parents silencieux en train de regarder la télévision. Peut-être toucherais-je l'épaule de ma mère et embrasserais-je mon père sur la joue. Je regarderais autour pour essayer de découvrir ce qui me faisait peur. Pour chercher à savoir s'il y a encore quelque chose qui me fait peur.

J'écrirais à ma sœur pour l'inviter à me rejoindre, à venir regarder par les fenêtres avec moi. Je lui tiendrais peut-être la main, ou placerais mon bras autour de ses épaules.

J'évoquerais peut-être le garçon qui riait et courait derrière moi, je me retournerais pour regarder et voir si le visage était vraiment celui qui manquait au miroir et à l'oreiller. Voir si c'était magique.

Si je revoyais ce visage, je le pleurerais peut-être.

J'écrirais un poème et je verrais quels mots pourraient être employés pour décrire tout cela.

Je n'ai jamais dansé et j'aimerais le faire.

Mais je peux danser maintenant, si je le veux. Alors, je valse autour de cette petite pièce, entre les lits et la commode ; je me fredonne de la musique et soulève mes pieds. En dansant seule, je peux mouvoir mon corps à son gré. Si je ferme les yeux, je suis une danseuse.

Si j'ouvre les yeux, des gens se tiennent devant la porte et me regardent, surpris. Ils pensent que je suis folle ; et ce qu'ils voient n'a pas la moindre importance. Je me retrouve maintenant en train de danser les yeux ouverts.

Je peux m'étirer et tourner, me lancer en l'air et retomber, et si je saute sur mes orteils ou que je tombe, cela ne fait pas mal, ce n'est pas dangereux.

Je peux sortir de cette chambre en dansant et danser dans le couloir ; me pencher, lever les bras et tourner, sauter ou courir. Éviter les mains qui se tendent. Je pourrais danser sur les mains si je le voulais.

Je n'ai plus mal quand je bouge.

Je peux danser jusqu'à la folie. Je peux danser chaque instant de mes quarante-trois ans. Je peux danser en trottinant comme un bébé et faire des glissés comme un adulte. Je peux danser mes bébés perdus, une maison et Harry qui rentre du travail. Je peux danser la peur et la douleur. Je peux danser Harry lui-même, le muer en mouvement. Lui et ses blessures se déversent dans mes veines et sortent par mes orteils et le bout de mes doigts.

Je peux danser les larmes et les pleurs versés pour Harry, et les sécher en tournoyant. C'est bon de danser des larmes. Je sens sa douleur dans mes pas, sa terreur dans mes sauts. Sa confusion et son désarroi, et ce qu'il a pu voir pendant vingt ans, se retrouvent dans un glissé. Je peux danser ses yeux et sa vision. Je sens enfin son corps dans le mien. Je peux enfoncer la lame dans son corps et pleurer un peu plus et, encore une fois, sécher les larmes dans un tourbillon.

Je peux danser ses caresses, celles qu'il me donnait et celles qu'il lui donnait. Je peux danser les mensonges. Je peux danser toutes les surfaces brillantes.

Je sens les muscles qui sautent, le sang qui gronde, le cœur qui tambourine. Comme les danses, ils veulent jaillir de mon corps. Tout veut sortir pour danser. Les mots perdus aussi, enfouis à l'intérieur, vocifèrent comme mes enfants perdus. Je peux danser sans arrêt.

Pas éternellement. Les muscles, le sang et le cœur ont presque quarante-quatre ans et cette liberté, la danse, font l'effet d'un choc.

Mais pendant que c'est possible, je danserai. Je peux danser tout ce qu'il y a à danser, comme si demain n'existait pas.

Bien sûr, il y aura un demain. De quoi sera-t-il fait? Mystère. Mais il sera fait de quelque chose. Je danserai la liberté de demain, les yeux ouverts, en regardant les gens qui me regardent. Je chanterai peut-être, si je pense à une chanson.

Mais qu'adviendra-t-il donc de moi, l'agile, l'intrépide Edna qui danse, celle qui a tué son mari puis qui s'est tuée, dans une autre vie? Il lui reste, peut-être, une autre quarantaine d'années; toute une vie au moyen-âge. Tout un avenir pur pour esquisser une toute nouvelle Edna, la chanteuse et la danseuse, la femme libre dans l'étroit couloir, seule dans un petit lit blanc.